별룬엉

벌룬업

지은이 이동현
펴낸이 임상진
펴낸곳 (주)넥서스

초판 1쇄 인쇄 2023년 10월 5일
초판 1쇄 발행 2023년 10월 10일

출판신고 1992년 4월 3일 제311-2002-2호
10880 경기도 파주시 지목로 5 (신촌동)
Tel (02)330-5500 Fax (02)330-5555

ISBN 979-11-6683-641-1 03810

www.nexusbook.com
&(앤드)는 (주)넥서스의 문학 브랜드입니다.

별 룬 업

이동현 장편소설

운이에게

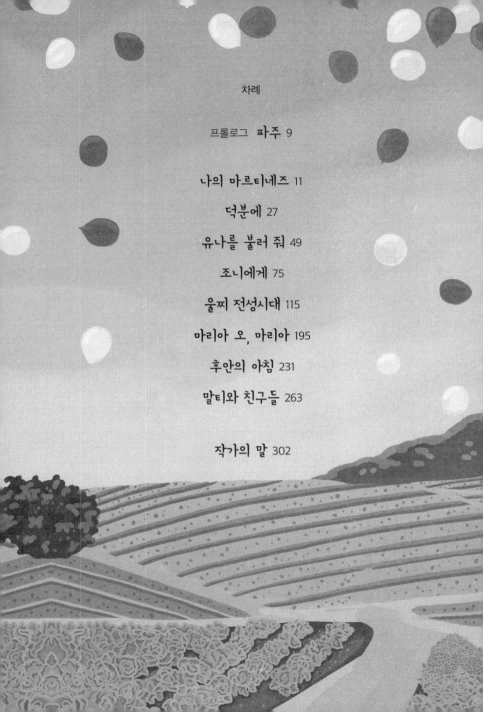

차례

일러두기
맞춤법은 국립국어원의 원칙을 따랐으나 뉘앙스를 살리기 위한 일부 표현은
그렇지 않을 수 있습니다.

프롤로그
파주[*]

샐리는 선물받는 걸 좋아하는 사람이었다. 사소한 것에서부터 부피가 큰 선물들까지 모두 가치 있다고 믿었다. 어쩌면 그녀에게는 삶 자체가 선물이었을지도 모른다. 그래서 우리는 샐리에게 선물을 자주 줬다. 샐리가 실연을 겪은 뒤 자살하겠다고 난동을 부렸을 때도 우리는 잠언집을 선물해 줬다. 실제로 그녀는 매일 밤 잠언을 낭독하면서 실연의 아픔을 이겨 낼 수 있었다. 회자정리라는 고리타분한 말을 가슴에 새기고.

샐리의 서른세 번째 생일에는 숙소에 있는 모든 이들이 돈을 조금씩 모아 그녀의 부모님 집으로 가는 차표를 끊어 줬다. 샐리는 먼 곳으로 이주한 부모님을 오랜 시간 만나지 못했다. 차표를 손

---

[*] 把住. 마음속에 잘 간직함.

에 쥐고 어쩔 줄 몰라 하는 샐리에게 우리는 미소를 지어 보였다. 잔업을 대신 도맡아 하기로 작정한 사람들처럼. 물론 샐리는 부모님을 만나지 못했다. 그녀가 출발하던 날, 부모님은 애석하게도 더 먼 곳으로 떠나 버렸기 때문이다. 우리 곁을 떠난 샐리가 지금은 부디 부모님과 함께 세계를 마음껏 유랑하고 있길 바란다.

샐리는 선물 받을 때마다 특유의 표정을 지었다. 입을 살짝 벌리고 이런 걸 받을 줄은 상상도 못 했다는 듯이 화들짝 놀라 했다. 샐리의 소식을 들었을 때 우리는 그녀와 비슷한 표정을 지었을 수도 있다. 우리는 샐리를 기억한다. 짙은 밤, 붉은 선이 그어진다. 어디선가 타는 냄새가 올라오고 무슨 일이 일어날 것 같은 예감에 움츠러든다. 개구리들이 헐떡이며 울어 댄다. 우리는 질펀한 땅 위에 서 있다. 건물 안에서 내는 빛이 점멸한다. 아득히 먼 곳에 있는 것처럼 느껴진다.

우리는 샐리를 되도록 오랜 시간 추억할 것이다. 라디오 안에서 누군가 바이올린을 켠다. 우리는 샐리를 뿌린다. 황량한 평원 위에 그녀가 흩날린다. 풀벌레들이 흥분한 듯 주위를 맴돈다. 밭 사이사이로 뼛가루가 스며든다. 다행히 시시하게 눈물을 보이는 사람은 없다. 그것이 우리의 방식이다. 그리고 다음 날, 아침이 밝으면 언제 그랬냐는 듯 일을 시작할 것이다. 아무 일도 없었던 것처럼.

나의 마르티네즈

1

　나는 고객의 손목을 잡고 가만히 서 있었다. 뜨거웠다. 팔 끝까지 고무장갑을 끌어 올렸지만 여전히 컸다. 선 캡 너머로 침대 위에 누운 고객이 보였다. 눈이 감긴 고객을 보자 잠든 양이 생각났다. 회색빛 털이 무성한 양. 마르티네즈는 고객의 발부터 사밀라아제를 바르기 시작했다. 나는 멍하니 손목을 붙잡고 있었다. 놓치면 그대로 떨어지기라도 할 것처럼. 뜬금없이 소변이 마려웠다. 마르티네즈는 살과 살이 겹치는 부위까지 신경 써서 발랐다. 머리에 땀이 차기 시작했다. 천장에 걸린 태양이 흔들렸다. 나는 촛농이 되어 가고 있었다. 콧등이 가려웠다. 이마에 송골송골 맺힌 땀방울이 굴러갔다. 선 캡을 쓰는 이유는 고객의 얼굴에 땀이 떨어지지 않게 하기 위해서라고 했다. 내 앞까지 다가온 마르티네즈가 다 됐다는 신호를 보냈다. 선 캡 아래로 그의 단추 같은 눈동자가 보였다. 나는 고객을 보며 직립보행 하는 양을 상상했다. 양은 성큼성큼 걸어 고개를 넘어가고 있었다. 마르티네즈는 고객의 발끝에 섰다. 그는 나에게 주의를 줬다. 우리는 타이밍에 맞춰 작업해야 했다. 고객의 몸에서 윤기가 났다. 마르티네즈가 외치는 구령에 고객을 침대에서 번쩍 들었다. 그와 나는 오른쪽으로 움직였다. 고객은 허공에서도 여전히 눈을 감고 있었다. 깊은 꿈에 빠진 것 같았다.

우리는 바닥에 설치된 대형 글라스 위로 알몸 상태의 고객을 옮겼다. 고객의 몸에서 나온 땀이 고드름처럼 글라스에 박혔다. 나는 우리 회사의 표어를 떠올렸다. 불순물을 1g도 남기지 말고 짜낼 것. 마르티네즈가 시작 신호를 보냈다. 그는 고객의 양 발목을 잡고 비틀기 시작했다. 동시에 나는 그와 반대 방향으로 손목을 잡고 틀었다. 사밀라아제로 부드러워진 고객의 관절은 뿌드득 소리를 내며 유연하게 움직였다. 곧 고객의 몸에서 땀과 사밀라아제가 폭포수처럼 글라스로 떨어져 내렸다. 연한 오렌지색 액체였다. 사람들은 이 액체를 기름이라 불렀다. 당장이라도 소변이 나올 것 같았다. 고객은 편안한 표정을 짓고 있었다. 톡 쏘는 냄새가 났다. 숨을 참았다. 마취가 풀려 당황하고 있는 고객을 떠올렸다. 마르티네즈가 힘을 주라고 소리쳤다. 나는 그가 시키는 대로 했다. 팔이 저렸다. 고개를 숙이고 입술을 깨물었다. 마르티네즈는 계속해서 "더, 더."라고 말했다. 이게 최선이라고 말할 여력도 없었다. 팔이 저리다 못해 떨리기 시작했다. 더는 못 하겠다고 말하려 마음먹었을 때, 마르티네즈가 힘을 뺐다. 더 이상 고객의 몸에서 액체가 분출되지 않았다. 고객을 그대로 내동댕이쳐 버리고 싶었다.

고객을 침대로 옮겼다. 선 캡 너머로 보이는 공간은 모두 흐릿했다. 마르티네즈는 태양의 전원 버튼을 껐다. 에어컨이 가동됐다. 나는 무릎에 손을 얹고 숨을 가다듬었다. 마르티네즈가 내 옆으로 와서 어깨를 붙잡았다. 그를 올려다봤다. 마르티네즈는 고개를 저었다. 내 의지와 무관하게 발이 떨렸다. 화장실을 찾았지만, 보이지 않았다. 뒤처리가 남았다. 마르티네즈가 고무장갑을 벗었다. 그러고는 침대 밑에서 포장된 흰 장갑을 꺼내 나에게 줬다. 빳빳한 라텍스 장갑은 손에 딱 맞았다. 그가 수건으로 고객을 닦는 동안, 나는 기름이 담긴 사각 글라스를 문 쪽으로 밀었다. 구역질이 나오려고 했지만 참아 냈다. 문 옆에는 유리판이 벽에 기대어 있었다. 내 키보다 큰 판에 팔을 뻗어 들었다. 뒤뚱거리며 판을 들고 글라스 앞으로 갔다. 던지듯 판을 내려놓았다. 다행히 텅 소리를 내며 글라스가 닫혔다. 그 사이 마르티네즈는 고객의 몸을 닦은 뒤 수건을 짜고 있었다. 나는 고객을 쳐다봤다. 양은 꿈속을 헤매는 중이었다. 내 몸 안에 있는 불순물들은 나갈 길을 잃은 채 방

황하고 있었다. 마르티네즈가 손짓했다. 땀이 말라 꿉꿉한 냄새가 났다. 그는 꽃무늬 자수가 놓인 이불을 꺼내 고객의 몸에 덮어 줬다. 영안실 안 시체 같았다. 마르티네즈가 걸레를 가져오라고 지시했다. 나는 두리번거리다 구석에 있는 걸레 두 개를 가지고 왔다. 마르티네즈에게 하나를 건넸다. 침대 주변에 튄 액체들을 닦았다. 미끄러워서 잘 닦이지 않는 곳은 몇 번을 다시 닦아야 했다. 촉박했다. 나는 닳아 가고 있었다. 병든 양같이.

작업장 밖으로 나오자 대기하고 있는 공장조 직원들이 보였다. 나는 여전히 발을 떨었다. 문틈으로 바람이 새어 나오고 있었다. 내 몸 안의 액체도 어딘가에서 새고 있을지 모른다. 마르티네즈는 뒤도 돌아보지 않고 걸어갔다. 그런 그에게 다가가 화장실을 다녀오겠다고 말했다. 그는 알겠다고 했다. 내가 어디로 가야 할지 몰라 서성이자, 그는 화장실이 어디에 있는지 알려 줬다. 나는 뛰듯 걸어갔다. 소변을 눴다. 불순물들이 몸에서 빠져나갔다. 노폐물을 1g도 남기지 말고 분출할 것. 소변이 자주 마려웠다. 이유는 알 수 없었다. 물을 마시지 않아도 일정 시간이 지나면 느낌이 왔다. 잔뇨감은 생각에서부터 찾아오는 듯했다. 까마득히 먼 곳에서부터 모습을 드러내는 불길한 신호는 나를 늘 초조하게 만들었다. 나는 오랜 시간 오줌을 쌌다. 세면대에서 손을 씻었다. 마르티네즈는 내가 화장실에서 나오자마자 몸을 틀어 걸었다. 나는 그의 뒤를 따랐다. 어쨌든 우리의 임무는 끝났다. 공장조는 고객을 응접실로 이동시키고 글라스를 공장에 가져갈 것이다. 땀과 사밀라아제가 섞인 액체를 추출하는 건 어디까지나 공장조의 몫이다.

복도에서 만난 이들이 마르티네즈에게 아는 척을 했다. 어쩌다 나를 쳐다보는 사람들도 있었다. 그렇다고 말을 걸지는 않았다. 사람들은 작업장 안으로 부리나케 들어갔다가 나왔다. 막다른 곳에서 코너를 돌자 문이 보였다. 문을 열고 계단으로 내려갔다. 공기가 차가웠다. 흰 벽으로 된 복도가 나왔다. 작업이 끝난 고객의 창백한 몸 같았다. 마르티네즈와 나는 벽을 따라 걷기 시작했다. 천장에 펜던트들이 일정한 거리를 두고 걸려 있었다. 쉬고 싶었다. 구두 소리가 들렸다. 놀라서 앞을 바라봤다. 맞은편에서 유독 키가 작은 사람이 오고 있었다. 마르티네즈는 목 인사를 했다. 그 사람도 인사했다. 나는 하지 않았다. 그 사람이 나를 지나쳤을 때, 독한 향수 냄새가 났다. 나는 뒤돌아보고 싶었지만 보지 않았다. 잠시라도 시선을 옮기면 길을 잃어버릴 것 같았다. 마르티네즈의 등만 보고 걸었다. 또다시 잔뇨감이 찾아오고 있었다. 흡수, 축적, 분비. 뭔가 잘못됐다. 나는 억지로 오줌을 짜내고 있는 걸까. 다른 생각을 하자. 양을 닮은 고객을 떠올렸다. 지금쯤이면 일어났을 것이다. 지저분했던 회색빛 털은 물기를 머금은 흰 털로 변해 있다. 고객은 거울을 통해 자신의 몸을 감상한다. 불순물들이 제거되어 매끄럽고 부드러워진 몸을. 고객은 왠지 모를 허전함을 느낄 수도 있다. 그 사람은 이제 어디로 갈까.

계단이 보였다. 세 계단 올라 문을 열었다. 환히 트인 공간이었다. 정면에는 회전문이 있는 출구가 있고, 맞은편에 안내 데스크가 있다. 데스크 뒤로는 소호동 기숙사로 올라갈 수 있는 계단이 보였다. 아무래도 우리는 작업장에서 숙소로 별 탈 없이 넘어온 것 같다. 카운터에 앉은 문지기가 우리를 바라보고 있었다. 검은 정장을 입은 그는 인중에 큼직한 여드름이 나 있었다. 내가 이곳에 처음 도착해 검문받았을 때도 여드름이 있었다. 면도로 생긴 상처 같았는데, 흰 피부 때문에 더 도드라져 보였다. 마르티네즈는 문지기에게 다가가 담소를 나누면서 일지를 작성했다. 문지기는 옅은 웃음을 띠었다. 귀뚜라미 소리가 들렸다. 창문이 열려 있었다. 숙소로 올라가는 계단 옆에 화장실이 보였다. 문지기는 내게 일이 어땠는지 물었다. 그를 쳐다봤다. 짧은 상고머리 때문인지 그는 빈틈없어 보였다. 나는 괜찮았다고 말했다. 수다스러운 문지기가 몇 마디 더 말을 건넸지만 집중할 수 없었다. 소변이 마려웠다. 마르티네즈는 문으로 걸음을 옮겼다. 나도 따랐다. 뒤를 힐끗 돌아보니 문지기가 턱을 괴고 우리를 바라보고 있었다. 회전문을 밀면서 유리에 비친 내 얼굴을 슬쩍 봤다. 밖으로 나오자 신선한 공기가 밀려왔다. 숨을 들이마셨다.

마르티네즈는 건물 앞에 있는 쉼터에 가서 앉았다. 사람들이 담배를 태우는 곳이었다. 그는 가방에서 물을 꺼내 마셨다. 나도 아침에 챙긴 탄산수를 꺼냈다. 가방은 얼린 얼음이 녹아 축축했다. 눈앞에 양배추밭이 펼쳐졌다. 푸른 양배추들은 수확철이라 꼿꼿이 서 있었다. 그 위로 노을이 졌다. 고객들의 몸에서 짜낸 노란 액체가 번졌다. 기름진 하늘에서 비라도 쏟아진다면. 마르티네즈는 수건으로 머리를 털었다. 땀이 내 팔뚝에 튀었다. 종아리에 벌레가 달라붙었다. 날개를 떨고 있었다. 나는 침을 삼켰다. 마르티네즈가 남은 물을 입에 털어 넣고 일어섰다. 나도 일어나 이동할 채비를 했다. 이번엔 초록색 벌레가 손가락에 붙었다. 벌레에 물린 듯 손가락이 가려웠다. 이제는 정말 쉬고 싶었다.

2

갑자기 샤워기에서 물이 나오지 않았다. 귀밑에 비누 거품이 남아 있었다. 급수 시간대가 끝났다고 했다. 정작 불순물을 짜내야 할 사람은 나였다. 탈의실로 들어갔다. 마르티네즈가 몸을 닦고 있었다. 로커에서 가져온 옷을 꺼내 입었지만, 냄새는 사라지지 않았다. 제대로 마르지 않았는지 옷에서 쿰쿰한 내가 났다. 아랫배가 아려

왔다. 소변을 눴는데도 찝찝했다. 샤워 도구와 옷을 챙겼다. 방으로 올라가는 길에 마르티네즈가 나보고 먼저 가라고 말했다. 나는 알겠다고 했다. 복도에는 사람들이 정신없이 돌아다니고 있었다. 잠들기 싫어 발악하는 아이들같이. 나는 창문 앞에서 걸음을 멈췄다. 밤이 들이닥쳐 있었다. 어둠은 내가 있는 곳까지 밀려 들어올 것처럼 넘실거렸다. 방충망에 벌레가 달라붙더니 곧 촘촘한 틈으로 몸을 비집고 들어오기 시작했다. 나는 유심히 쳐다봤다. 손톱보다 못한 작은 벌레는 끝내 안으로 들어와 정교하게 몸을 빼냈다.

그때 누군가 내 어깨를 쳤다. 뒤돌아보니 루이 장이 있었다. 그는 입에 빨대를 물고 자근자근 씹었다. 루이 장은 한시라도 입이 쉬면 불안하다고 했다. 나는 살갑게 말을 걸었다. 그러자 그는 오늘 자신이 겪은 일에 대해 떠벌렸다. 일이 만만치 않다고 했다. 루이 장은 총무부 인사과에 속해 있었다. 그는 인간을 상대하다 보니 인간에 질려 버렸다고 말했다. 대신 이 회사의 비밀에 대해 알아냈다고 속삭였다. 원한다면 나에게도 들려주겠다고 했다. 아쉽지만 나는 관심이 없었다. 내가 관심 있어 하는 건 몸속에 있는 불순물들을 완벽하게 짜내는 것과 이곳으로부터의 탈출이었다. 심각한 얼굴로 날 쳐다보던 루이 장은 곧 표정을 풀고는 다음에 얘기해 주겠다며 자리를 떴다. 그는 호주머니에 손을 찔러 넣고 느긋하게 걸어갔다. 루이 장은 퍽 잘 적응해 나가고 있는 것 같았다. 그와 나는 같은 날 입사했다. 나는 창문을 닫아 버렸다. 만약 벌레가 무사히 안으로 들어왔다면, 쉽사리 이곳을 벗어날 수 없을 거라는 예감이 들었다.

방으로 가는 복도에서 몇몇이 나를 지나쳤다. 아무도 나에게 말을 걸지 않았다. 고개를 숙이고 걸었다. 호실 앞에서 열쇠를 꽂아 문을 열었다. 방이 모습을 드러냈다. 마르티네즈와 함께 쓰는 작은 방이었다. 방 양 벽면에 각자의 소형 침대가 놓여 있고, 침대를 기준으로 위쪽에는 책상, 아래쪽에는 옷장이 있다. 더불어 마르티네즈의 책상과 내 책상 사이에는 냉장고가 있었다. 냉장고 위로 작은 창문이 있었는데, 너무 작아 늘 환기가 어려웠다. 나는 왼편에 있는 내 공간으로 걸어 들어갔다. 옷장을 열어 옷가지와 샤워 도구를 집어넣었다. 마르티네즈의 침대를 힐끗 쳐다봤다. 그의 옷은 허물처럼 침대 위에 놓여 있었다. 서둘러 소등했다. 어둠 속에서 손으로 매트리스를 더듬으며 올라갔다. 내가 누운 침대는 우리가 작업하는 침대와 같은 제품이다. 발을 뻗자 뭔가 걸렸다. 선 캡이었다. 발바닥으로 밀어 버렸다. 주황빛 가로등이 얼굴을 비췄다. 이불을 머리끝까지 끌어당겼다. 향냄새가 났다. 문 너머로 목소리가 들려왔다. 눈을 감았다. 어떤 사람들이 나긋하게 대화를 나누고 있었다. 내 귀에 대고 속삭이는 것 같았다. 나는 통로를 찾아야만 했다. 시간이 지날수록 잔뇨감이 서서히 모습을 드러내고 말 것이다.

자세를 바꿔 모로 누웠다. 우물이 보였다. 나는 고민하지 않았다. 밧줄을 타고 우물 안으로 내려가기 시작했다. 이미 말라 버린 우물이었다. 누군가 얘기를 나누더니 비명을 질렀다. 나는 영원히 깨지 않는 잠을 자는 양이 되고 싶었다. 바닥에 발이 닿았다. 배를 깔고 엎드렸다. 물이 조금 고여 있었는지 몸이 금세 축축해졌다. 나는 내가 일하러 온 이유부터 찾아야 했다. 하지만 우물 안에서 계속 소리가 맴돌았다. 나와는 전혀 상관없는 이야기들이 나를 침범했다. 방문이 흔들렸다. 결국 물이 떨어졌다. 보슬비처럼. 나는 몸을 짜내야만 했다. 지방과 뼈, 수분 사이에서 도사리고 있었던 불순물들이 나타났다. 떨어지고 있는 비를 방치하면 우물 안에 갇히고 말 것이다. 손을 짚고 일어났다. 이야기가 있는 곳으로 올라가기 위해 밧줄을 붙잡았다.

이불을 걷어찼다. 문을 열었다. 시간이 얼마나 흘렀을까. 복도에 불이 켜져 있었지만 사람들은 보이지 않았다. 전등 근처에 벌레들이 날아다녔다. 나는 화장실로 향했다. 소변은 쉽게 나오지 않았다. 아랫배에 힘을 줬다. 고객의 손목을 잡고 있을 때처럼 가만히 서 있었다. 루이 장이 생각났다. 굳은 표정을 짓고는 비밀을 말하려던 모습은 평소와 달랐다. 루이 장. 나는 한 발자국 뒤로 물러났다. 진땀이 났다. 호흡을 들이마셨다 풀었다. 축적된 누런 액체가 소량 분출됐다. 여기서 만족을 찾아야 한다. 반드시 그래야만 한다. 반드시.

방으로 돌아가다 계단에 한 무리의 사람들이 모여 있는 걸 봤다. 지나치려 했는데, 어떤 사람이 나를 부르는 것 같아 돌아봤다. 마르티네즈가 있었다. 계단에 걸터앉아 있는 그를 두 사람이 부축하고 있었다. 마르티네즈는 장맛비를 맞은 것처럼 뭉개져 있었다. 사람들이 그를 데려가라고 했다. 그들은 나를 쳐다보지도 않은 채 마르티네즈를 두고 가 버렸다. 나는 말이 나오지 않았다. 마르티네즈는 등을 들썩이며 딸꾹질하고 있었다. 그를 일으켜 세웠다. 체중이 내게로 실렸다. 질펀한 마대 같았다. 어깨동무를 한 채 계단을 올랐다. 금세 땀이 배어 나왔다. 문을 열고 침대에 바로 뉘었다. 불을 켤까 하다가 켜지 않았다. 침대 밖으로 튀어나온 두 발을 들어 안으로 넣어 줬다. 그는 딸꾹질을 멈추지 않았다. 나는 내 침대에 올랐다. 이불을 끌어당겼다. 마르티네즈는 기침을 하더니, 무슨 말인가를 지껄였다. 잠꼬대 같았다. 나는 숨죽이며 그의 목소리를 들었다. 그리고 얼마 있지 않아 그는 흐느끼기 시작했다. 난 이불에서 얼굴만 빼꼼 내밀었다. 마르티네즈는 가로등 빛을 받으며 입을 벌린 채 울고 있었다. 정말 이상한 일이지만, 나는 그가 흐느껴 우는 소리를 들으며 마침내 잠의 통로를 찾을 수 있었다.

3

마취된 고객들을 보면 떠오르는 동물이 양 말고도 많다. 이번 고객은 죽은 닭이 떠올랐다. 털이 완벽하게 뽑혀 버린 닭. 마르티네즈가 식용유를 바르듯 고객의 몸에 사밀라아제를 발랐다. 그의 동작은 간결했다. 자주색 피부의 고객을 쳐다보다 그와 눈이 마주쳤다. 마르티네즈의 무심한 눈동자는 탁한 밤 같았다. 어제의 숙취를 그의 얼굴에서 찾아볼 수 없었다. 선 캡 너머로 보이는 그는 불에 탄 듯 그을어 있었다. 마르티네즈가 지시했다. 나는 고객의 손목을 잡고 들어 올렸다. 오른쪽으로 이동해 글라스 위에 고객의 몸이 정중앙에 오도록 맞췄다. 마르티네즈가 시작하자고 말하자마자 고객을 비틀었다. 우두둑. 뼈가 돌아가는 소리가 들렸다. 노리끼리한 국물. 닭의 피부. 부풀어 오르는 땀. 온 힘을 다해 짜냈다. 기름 떨어지는 소리가 들리지 않았다. 뭔가 잘못된 것 같아 힘을 빼면서 고개를 들었다. 마르티네즈가 제발 그만하라고 말했다. 작업에 몰두하느라 그의 외침을 듣지 못했던 것이다. 그는 고객마다 기름의 양이 각각 다르다고 했다. 나는 멋쩍게 웃었다.

뒤처리를 끝낸 뒤, 화장실에 가서 곧장 오줌을 눴다. 그리고 나를 기다려 준 마르티네즈와 함께 긴 복도를 걸었다. 숙소에 도착해 마주한 문지기는 인중에 여드름 패치를 붙이고 있었다. 실실 웃으며 우리를 반겼다. 문지기는 일지를 작성하고 있는 마르티네즈에게 밤에 나올 거냐고 물었다. 마르티네즈는 가겠다고 말했다. 그와 나는 밖으로 나가 나란히 벤치에 앉았다. 정오의 햇볕이 내비쳤다.

사방이 너무 푸르러서 구역질이 나왔다. 오늘로써 네 번째 작업이 끝났다. 얼마나 많은 몸을 짜내야 할까. 줄을 선 고객들의 기나긴 행렬을 상상했다. 탄산수를 마셨다. 헛기침이 나왔다. 마르티네즈는 컥컥거리는 날 물끄러미 쳐다봤다. 그는 내가 진정되자 넌지시 말을 건넸다. 어제 수고롭게 해서 미안했다고 했다. 그러면서 혹시 오늘 밤에 같이 가겠느냐고 물었다. 나는 놀라서 그를 바라봤다.

내가 머무는 곳은 소호동이다. 소호동 1층은 총무부 사무실로 사용되고 있으며, 공장이나 작업장으로 갈 수 있는 지하 계단도 이곳에 있다. 한마디로 출근하기 위해서 사람들은 소호동을 거쳐야 한다. 소호동 옆 건물에는 소오동이 있다. 그곳은 여성 사원들이 거주하는 곳이다. 붉은 벽돌로 시공된 소호동과 소오동 기숙사 맞은편에 가족동이 있다. 넓은 면적을 자랑하는 가족동은 가족 단위의 사람들이 살고 있다고 들었다. 소호동과 소오동이 평행을 이루고 있고 가족동이 그 앞에 있다. 나는 삼각형을 떠올렸다. 거주지역 한가운데에는 편의시설들이 모여 있다. 우리가 사는 곳을 양배추밭이 감싸고 있는 것처럼, 거주용 건물들이 편의시설을 감싼 형태다. 가족동 뒤쪽에는 학교가 있다고 들었지만 보이지 않았다. 작업장과 공장도 가족동에 가려져 볼 수 없었다. 나는 소호동 옥상에 올라 편의시설을 바라보며, 문지기에게 리조트에 온 것 같다고 말했었다. 문지기는 웃을 뿐 답하지 않았다. 편의시설은 작은 상가들로 이뤄져 있었는데 급식소, 슈퍼마켓, 제과점, 철물점, 펍, 병원 등 다양한 시설들이 있다. 나는 여기 오고 나서 생활용품이나 간식 따위를 사러 그곳에 간 적이 있지만, 밤늦게 술을 마시러 가 본 적은 없었다. 마르티네즈는 그곳으로 앞장서 걸어 나갔다.

거리에 늘어서 있는 펍마다 알전구가 걸려 있었다. 작은 행성들이 유영하는 것처럼 밝았다. 거리에서는 숯이 타는 냄새가 나기 시작했고, 말소리와 음악이 섞여 들려왔다. 귀밑이 가려워서 긁었다. 배에 힘을 줘도 소변이 마렵지 않았다. 거리는 흰 복도만큼이나 좁았다. 사람들 틈을 뚫고 마르티네즈는 분홍빛 간판이 걸린 펍으로 들어갔다.

안은 어둑했다. 피아노 연주 소리가 서서히 들려왔다. 붉은 벨벳 장판을 따라 걸으며 습한 냄새를 맡았다. 사람들은 누구 목소리가 더 큰지 내기라도 하듯 왁자지껄 떠들고 있었다. 그와 나는 구석에 있는 테이블에 가서 앉았다. 이미 두 사람이 앉아 있었다. 그중 한 명은 어제 만취한 마르티네즈를 데리고 온 사람인 것 같았다. 나는 마르티네즈 옆에 앉았다. 내 앞으로 병이 놓였다. 자꾸 마르티네즈 쪽으로 고개가 돌아갔다. 마르티네즈는 다른 사람과 이야기를 나눴다. 테이블에는 튀김이 안주로 올라와 있었다. 앞에 앉은 사람이 양배추튀김이라고 알려 줬다. 난 병을 손가락으로 콕

찔러 봤다. 물기가 어려 있었다. 마르티네즈 앞에 앉은 여자가 자리에서 일어나 건배를 제안했다. 우리는 병을 들었다. 미끄러워서 놓칠 뻔했다. 병을 마주치기 위해 엉덩이를 들어야만 했다. 병들이 테이블 가운데에서 부딪혔다. 맥주가 넘쳐흘렀다. 술을 마셨다. 거품들이 몸 안에서 뭉게구름처럼 피어났다. 홀에서 피아노를 연주하고 있는 사람이 보였다. 손가락을 현란하게 움직이고 있었다. 이제 보니 복도에서 만난 키 작은 사람이었다. 이곳에서 모두 모이기로 약속이라도 한 걸까.

　나는 얘기 나누고 있는 사람들을 쳐다보다가 닭을 생각했다. 막 태어난 아기처럼 붉은 피부를 가진 닭. 병을 들어 술을 홀짝였다. 그 고객은 분명 주기적으로 이곳에 방문하는 사람일 것이다. 몸 안에 기름이 조금이라도 축적되는 걸 싫어하는 인간. 내가 오줌이 남아 있는 걸 견디지 못하듯이. 술은 쓰고, 튀김은 눅눅했다. 그사이 날 보고 있는 시선이 느껴져 앞을 봤다. 양배추튀김이라고 말해 줬던 사람이 날 보고 있었다. 그녀는 나와 눈이 마주치자 웃으면서 자신을 제인이라고 소개했다. 나도 나의 이름을 말했다. 그녀는 자신이 양배추 수확조에서 근무하고 있다고 했다. 오늘따라 비번인 사람들이 많은 날인 것 같다는 말도 덧붙였다. 나는 침을 삼켰다. 그녀의 옆에 앉아 있던 마리아라는 여자가 갑자기 끼어들었다. 그녀는 마르티네즈가 파트너로서 어떤지 나에게 물었다. 마르티네즈는 그런 건 왜 묻느냐고 했다. 피아노 연주가 계속됐다. 그때 입구에서 문지기가 들어오는 게 보였다. 그는 홀을 살피다가 우리 테이블 쪽으로 걸어왔다. 나는 문지기를 가리켰다. 사람들은 내가 손가락으로 가리키고 있는 곳으로 시선을 돌렸다. 문지기는 다음 근무자가 늦게 와서 퇴근이 늦어졌다며 입을 비쭉 내밀었다. 마르티네즈가 병 하나를 문지기에게 던졌다. 문지기는 한 손으로 받아 마셨다. 그는 팔로 입을 닦고 내 옆에 앉았다. 그에게서 기분 좋은 냄새가 났다. 블라디미르라고 불리는 문지기가 나에게 무슨 말을 걸었고, 나는 대답했다. 앞쪽에 앉은 제인과 마리아가 내 말에 웃었다. 난 내가 무슨 말을 하는지 제대로 생각하지도 않고 말했다. 주로 묻는 말에 답하는 수준이었지만, 사람들은 내가 말하면 쳐다봐 줬다. 무엇보다 마르티네즈가 웃고 있었다. 그는 팔짱을 끼고 내 쪽으로 고개를 완벽히 돌리고는 경청하고 있었다. 난 양배추튀김을 머스터드소스에 찍어 먹었다. 달짝지근했다. 블라디미르가 술을 주문했다. 피아노 연주와 이야기는 끊이지 않고 이어졌다.

나는 잠시 어지러움을 느껴 고개를 숙였다. 숨을 내뱉었다. 몸 안에 있는 공이 방광을 누르고 있었다. 소변을 배출해야만 했다. 하지만 일어나고 싶지 않았다. 벌겋게 취한 밤과 사람들이 나를 부르고 있었다. 나의 이름을. 그들에게 소개한 나의 이름을, 페이 총.

덕분에

1

내가 아주 어렸을 때부터 아버지는 나보다 놀이를 더 사랑했다.
주말만 되면 어김없이 구주희 놀이를 하러 나갔고, 평일에도 시간
이 나는 대로 틈틈이 했다. 그 공로를 인정해 최근 사측에서 아버지
를 구주희 놀이 위원장으로 임명했다. 임명 행사가 있던 날, 아버지
는 돌아가신 엄마와의 추억이 담긴 낡은 파란색 구주희 핀을 들고
갔다. 나는 아홉 개의 핀 중 다섯 개나 들어야 했다. 두 개밖에 들지
않은 아내는 팔이 부러질 것 같다며 짜증을 냈다. 아버지는 단상에
서서 삶이 계속되는 한 놀이도 계속되어야 한다는 말을 반복해서
말했다. 아내는 벌써 다섯 번째 말하는 거라고 내게 속삭였다. 말은
이렇게 해도 아내는 아버지가 구주희 놀이 위원장이 된 걸 그 누구

보다 축하해 줬다. 위원장이 된 아버지는 더 열정적으로 활동하기 시작했다. 당신의 삶이 영원할 것처럼.

해가 너무 밝아서 눈물이 핑 돌았다. 그 순간 지금 이 시간 누군가는 울고 있을지도 모른다고 생각했다. 따사로웠고, 낮잠 자기 좋은 날이었다. 나는 감자칩을 와작와작 씹으며 경기를 지켜봤다.
아버지는 어제 과음을 해서 그런지 점수를 내지 못했다. 나는 모자를 고쳐 썼다. 팀은 결국 아버지 때문에 패배 위기에 놓여 있었다. 신제품 양파 맛 감자칩은 그런대로 맛있었다. 사이다를 마시고 나서 보니 벌써 상대 팀의 마지막 차례였다. 아버지는 내가 끓인 스튜를 먹고 난 직후처럼 절망적인 표정을 짓고 있었다. 하필 경비조의 정정지 씨 순서였다. 바람이 불자 그의 머리카락이 왼쪽으로 틀어졌다. 그래, 그는 가발을 쓰고 있었던 것이다. 정정지 씨 말고도 가발을 쓴 사람들은 꽤 많았다. 가만히 앉아 있을 때는 찾기 어려웠다. 정정지 씨는 휘파람을 불다가 갑자기 생각났다는 듯 공을 굴렸다. 공은 정확하게 가운데로 굴러가 아홉 개의 핀을 한 번에 무너뜨렸다. 핀들이 깨끗하게 쓰러져 나도 모르게 박수가 나왔다. 구경꾼들도 함성을 질렀다. 경기는 끝났다. 하지만 삶은 끝나지 않았다. 정정지 씨는 세리머니라도 하려 했는지, 아버지가 앉아 있는 벤치를 향해 윙크했다. 아버지는 단숨에 정정지 씨에게 달려갔다. 나는 감자칩을 한 움큼 집어 입에 욱여넣었다. 계속 먹다 보니 느끼했다. 아버지가 정정지 씨의 멱살을 잡았다. 사람들은 두 사람을 말리다가 언쟁을 벌였다. 아버지는 욕지거리를 내뱉었다. 나는 가발 쓴 사람의 수를 셌다. 하나, 둘, 셋, 넷. 정정지 씨는 한 걸음 뒤로 물러났다. 나는 오늘만큼은 아버지가 다치지 않기를 바랐다. 그 생각을 하자마자 아버지가 누군가의 발에 맞아 넘어졌다. 쓰러진 아버지가 나를 찾았다. 나는 사이다를 마시고 트림했다. 자리에서 일어났다. 총 열두 명의 사람이 가발을 쓰고 있었다. 12. 기분 좋은 숫자였다.

아내는 먼저 급식소에 와 있었다. 오늘따라 일하기 싫다고 말했다. 온종일 잠만 자고 싶어. 나는 힘을 내라는 의미에서 아내의 왼손을 잡아 줬다. 아내는 날 쳐다보더니, 밖에서 왜 그러냐고 물었다. 나는 그게 아니라고 말했다. 아내는 양배춧국에 밥을 말아서 먹었다. 나는 양파 맛 감자칩을 먹었더니 배가 불러 먹는 시늉만 했다. 그걸 보고 그녀는 그렇게 깨작깨작 먹으니까 있는 복도 달아나는 거라고 했다. 내가 나에게 어떤 복이 있느냐고 묻자, 아내는 자길 만난 게 당신에게 있어 크나큰 복이라고 했다. 나는 수긍할 수밖에 없었다. 그래서 배가 불렀지만 아내처럼 밥을 말아 먹었다. 복스럽게 먹는 아내를 보고 있자니, 미소가 지어졌다.
"그녀가 오는군."

아내는 배식대를 쳐다보며 말했다. 나도 아내의 시선을 따라 돌아봤다. 배식대에서 배식하던 발레리가 우리가 앉아 있는 테이블로 다가오고 있었다. 총무과장인 그녀는 간혹 급식소에 일손이 부족할 때마다 일을 돕기도 했다. 발레리는 일이 잘 안 풀려도 밥은 굶으면 안 된다며 내 식판에 국을 듬뿍 퍼 주었다. 덕분에 국물이 넘쳐흘렀다. 발레리는 나와 눈이 마주치자 웃어 보였다.

"덕분 씨, 나 여기 앉아도 되지?"

그녀는 아내가 대답하기도 전에 자리에 앉았다. 발레리는 급식소 음식 간이 점점 세진다고 투덜거렸다.

"왜요, 전 맛있기만 한 걸요."

아내는 양배춧국에 만 밥을 수저로 크게 떠서 입에 넣었다.

"잘도 먹네. 덕분 씨는 참 부러워."

"왜요?"

"뭐든 다 순응하면서 잘 살잖아."

"아, 네."

"아버님이랑 같이 사는 건 여전히 괜찮아요?"

그렇게 말하면서 발레리는 내 눈치를 살폈다.

"네."

"불편하지 않아요? 난 못할 것 같아."

"의지도 되고 좋은데요, 뭘."

"아이를 가질 생각은 없나?"

"네?"

덕분이가 놀라 발레리를 쳐다봤다.

"아니에요. 그래, 율리 씨는 퇴사하고 요즘 뭐 해요?"

발레리는 뜬금없이 내게 말을 걸었다. 난 글을 쓰고 있다고 말했다. 가발 쓴 사람을 세고 있다는 말은 하지 않았다.

"저번에도 글 쓰고 있다고 했던 것 같은데."

"그렇죠, 뭐."

"힘들겠다. 혼자 벌어 살기 힘든 세상이니까."

아내는 발레리에게 남의 일에 너무 이래라저래라 관여하는 건 서로의 정신 건강에 좋지 않다고 말했다.

"우리 먼저 일어날게요."

아내가 일어섰다. 내 식판에는 아직 밥 반 공기가 남아 있었다. 음식을 버리는 건 싫지만, 아내가 화나는 건 더 싫었다. 발레리에게 다음에 뵙자고 말하고 나도 따라 일어섰다. 정수기에서 물을 받아 마셨다. 나는 아내에게 차마 하지 못한 말이 있다고 했다. 아내는 일하러 가야 하니 빨리 말하라고 말했다.

"아버지가 허리를 좀 다쳤어."

"뭐? 그걸 왜 지금 말해."

오후에는 양배추밭을 산책했다. 콧물이 찔끔 나왔다. 감기에 걸린 건 아닌지 걱정됐다. 밭은 바다 같았다. 고요하면서도 눈부신 바다. 내 허리까지 자란 줄기에 방울 모양의 탱글탱글한 양배추가 여러 개 자라나 있었다. 한 손으로 움켜쥐어 바로 따서 먹을 수 있는 크기였다. 양배추가 열린 줄기들이 일렬로 심어졌다.

밭 한가운데는 사람들이 모여 있었다. 그들은 노래를 흥얼거리며 점점 내가 있는 쪽으로 왔다. 한 열에 한 사람씩 양배추 줄기를 쳐 내고 있었다. 그들이 지나온 자리에 벌거숭이 땅과 쓰러진 양배추 줄기들이 보였다. 줄의 맨 앞에 선 사람은 대머리였다. 그는 나를 보고 거기서 뭐 하냐고 물었다. 나는 구경 중이라고 답했다. 그는 칼을 들고 있었다. 그 칼이 나를 찌를 용도로 사용되지 않을 걸 알고 있음에도 식은땀이 났다. 부럽네. 그는 다시 일을 시작했다. 줄기 밑동을 칼로 쳐서 무너뜨렸다. 뒤이어 다른 열을 담당하고 있는 사람들도 내 쪽으로 다가왔다. 수확조 중 아는 이들이 몇 있었지만, 오늘 휴무일인지 보이지 않았다. 다른 사람들도 나에게 여기서 뭐 하냐고 물었다.

"구경하고 있습니다."

그들은 웃었다. 늙어 보이는 한 남자가 요즘 수확철이라 인력이 필요한데, 혹시 일해 볼 생각 없냐고 물었다. 나는 괜찮다고 말했다. 앞서 나간 대머리는 내 앞에서 탄산수를 마셨다. 나는 목이 말랐다. 그들은 쓰러진 양배추를 발아래 두고 음료수를 마셨다. 축배를 드는 병사들처럼. 어떤 소년이 나에게 양배추 한 알을 건넸다. 나는 고맙다며 바로 입에 넣고 씹었다. 급식소에서 나오는 양배추와는 다른 맛이었다. 당장 뱉고 싶었지만 삼켰다. 그는 하나를 더 건넸다. 나는 웃어 보였다. 소년은 내가 더 받지 않는 것에 실망했는지 사람들이 모여 있는 곳으로 달려갔다. 쉬는 시간이 끝나자 그들은 다시 양배추를 쓰러트리기 시작했다. 나에게서 점점 멀어져 갔다. 나는 다시 혼자가 됐다. 느슨한 오후의 바람이 지나갔다. 머리카락 한 가닥이 콧등에 내려앉았다. 땀이 났다. 곰곰이 생각해 보니 여기선 가발을 쓴 사람을 찾지 못했다.

탈모가 시작된 건 일을 그만두고 난 뒤부터였다. 아버지와 아내는 내가 일을 그만둔 날 저녁, 축하 파티를 했다. 내가 힘들어하는 모습을 옆에서 지켜보는 게 고역이었다며 자신들을 위해 술을 마셨다. 아내는 그날 인사불성으로 취해 다음 날 월차를 내야만 했다. 아이러니하게도 일을 그만둔 다음 날부터 머리카락이 빠지기 시작했다. 일어나서 베개를 보면 거미 다리 같은 머리카락들이 한 움큼 빠져 있었다. 처음에는 아내의 것이라고 생각했지만, 아내는 자기의 할아버지의 할아버지도 탈모는 아니었다며 부인했다. 아버지는 사실 네 외할아버지가 탈모였다며, 내 등을 두들겨 줬다. 나는 본 적도 없는 외할아버지를 원망할 수 없었다. 한번 빠지기 시작한 머리카락은 물꼬를 텄는지 순식간에 빠졌다. 거울 속에 있는 나는 우스꽝스러웠다. 앞머리만 누가 쥐어뜯은 것 같았다. 아버지는 나에게 모자를 선물해 줬다.

"벌써 가발을 쓸 때는 아니지."

모자는 답답했다. 탈모가 부끄럽지 않았지만, 아버지가 준 선물을 두고 다닐 수는 없었다. 그 이후로 나는 가발을 쓴 사람들을 찾기 시작했다.

집에 돌아와 아버지에게 오늘은 가발 쓴 사람을 스물다섯 명이나 봤다고 말해 줬다. 아버지는 침대에 누워 신문을 보고 있었다.

"허리는 괜찮아요?"

내가 물었다. 아버지는 그놈의 자식을 더 때려 줬어야 했다며 못내 아쉬워했다.

"의사 말 들었죠? 당분간은 보호대를 잘 차고 있어야 해요."

"알고 있어."

"잔소리하고 싶지 않지만 당분간은 경기에도 나가면 안 돼요."

"빌어먹을!"

아버지는 신문을 구겼다.

"어차피 시즌이 끝났잖아요."

아버지는 당연하게도 일을 하지 못하는 것보다 놀이를 하지 못한다는 걸 더 아쉬워하는 것 같았다. 나는 의자를 가져와 침대 옆에 앉았다. 아버지는 신문에서 읽은 기사를 이야기해 줬다. 임금 체불과 관련된 시위 도중 어떤 사람이 몸에 휘발유를 뿌렸다는 이야기였다. 회사 측은 노조 측과의 이해관계를 고려해 합의점을 찾아 가고 있는 단계라고 아버지가 덧붙여서 말했다. 나는 휘발유를 몸에 뿌린 사람은 어떻게 됐냐고 물었다.

"나와 있지 않아. 괜찮겠지. 별 언급 없었으니까."

"휘발유가 차갑지 않았을까요?"

"모르겠는걸."

나는 그 사람이 부디 무사했으면 좋겠다고 생각했다. 아버지는 누워서 신문 보는 게 힘들다고 말했다. 나도 동의했다. 창문이 반쯤 열려 있어 닫았다. 콧물이 또 나왔다. 하늘에는 벌써부터 달이 희미한 빛을 발하고 있었다. 구름이 움직이는 게 보일 정도로 맑았지만, 왠지 비가 내릴 것 같았다.

아내는 밤늦게 들어왔다. 지금까지 잔업을 하다 보니 몸이 녹슬고 있는 것 같다고 말했다. 아내는 공장에서 기름과 사밀라아제를 분해하는 일을 하고 있었다. 나는 침대에 누워서 다리를 폈다.

씻고 나온 아내가 젖은 머리를 수건으로 감쌌다. 화장대에 앉아 로션을 딱딱 소리 내며 발랐다. 나는 오늘은 발령 얘기가 없었는지 물었다. 아내는 고개를 저었다. 아내는 비교적 일이 쉬운 양배추 포장 파트로 가고 싶다고 말해 왔다. 처음 그 말을 들었을 때 어떻게 하면 되냐고 물었다. 자기는 모르겠다고 했다. 아내가 모르니 나도 알 수 없었다. 그래서 아내의 고민을 들어 주는 것만이 내가 할 수 있는 일이라고 생각했다. 아내는 오늘 늦게까지 일해 받게 될 잔업 수당으로 외식하자고 했다. 뭘 먹고 싶으냐고 묻길래, 나는 양배추만 아니면 된다고 했다. 아내는 콩나물 요리를 먹으러 가자고 말했다. 침대에서 일어나 아내에게로 다가갔다. 사밀라아제의 인공적인 냄새가 났다. 아내에게서는 원래 갓 마른 빨래 냄새가 났었다. 나는 아내를 안아 줬다. 콩나물 요리를 사 준다고 해서 안는 건 아니라고 했다. 그러자 아내는 깜짝 놀랐다는 듯이 "맞다!" 하고 소리쳤다. 머리카락이 떨어졌다.

"내 정신 좀 봐. 아버님은 괜찮으셔?"

3

첫 번째로 병문안을 온 사람은 티엔 씨였다. 새벽부터 문을 두드리는 바람에 하는 수 없이 열어 줬다. 아내는 출근했고, 나는 빠진 머리카락을 세고 있었다. 아버지는 자는 것 같았다. 문을 열자 젖은 우산을 든 티엔 씨가 보였다. 나는 밖에 비가 오느냐고 물었다. 모자를 쓰지 않은 나를 본 티엔 씨는 좀 당황스러워하는 눈치였다. 이제 사람들의 시선에 익숙해질 필요가 있다고 생각했다. 티엔 씨는 비가 많이 내린다고 했다. 아버지가 아직 깨지 않으신 것 같다고 말하니, 그녀는 기다리겠다고 했다. 티엔 씨는 가져온 오렌지주스를 건넸다. 나는 감사하다고 말했다. 그녀는 집으로 들어와 거실 소파에 앉았다. 나는 의자를 가져왔다. 그녀와 마주 앉았다. 그녀는 언제부터 시작된 거냐고 물었다. 나는 머리를 만지며, 일을 그만둔 뒤로 시작됐다고 말했다.

"그렇구나."

티엔 씨는 두피에 좋은 음식들을 열거했다. 그중에는 우리 회사에서 재배하는 양배추도 있었다. 나는 주방에서 티엔 씨가 사 온 오렌지주스를 컵에 따라 왔다. 티엔 씨가 한 모금 마셨다. 비가 내려서 그런지 아침인데도 어두웠다. 나는 딱히 할 말이 없어서 요즘 어떠시냐고 물었다. 티엔 씨는 일은 힘든데 월급은 오르지 않아서 걱정이라고 했다.

"작업조에서 일하시죠?"

"맞아. 어젯밤에는 비대한 고객이 와서 곤혹스러웠어. 어찌나 뚱뚱한지 뒤집는 데만 해도 한나절은 걸리겠다 싶더라니까. 들어서 한 번 짰을 뿐인데 글라스에 기름이 가득 채워지더라고. 그래서 좀 오래 걸렸어. 결국 나중에 공장조가 언제 끝나냐고 문을 두드렸지."

"힘드셨겠어요."

"나야, 뭐 그런대로 버틸 만했지만 부사수가 걱정이야. 일 시작한 지 두 달밖에 안 된 신입인데, 어제 유독 힘들어했거든. 더 할 수 있을지 모르겠어. 그만두지 않았으면 좋겠는데."

"그렇군요."

"하베르츠는 원래 이렇게 늦게 일어나니?"

"아니요. 한번 깨워 볼까요?"

"됐어. 약속이 있어서 먼저 가 봐야겠어. 왔다 간다고 전해 줘. 오렌지주스 가져왔다는 것도 잊지 말고 전해 주고."

티엔 씨는 일어나서 남은 주스를 마저 마셨다. 난 티엔 씨를 배웅하고 커튼을 걷었다. 비가 내리고 있었다. 창문을 열자 추적거리는 소리가 들렸다. 왠지 슬펐다.

두 번째 손님이 왔을 때도 아버지는 자고 있었다. 나는 두 번째 손님이 오기 전까지 빵과 우유를 먹고, 청소기를 돌린 뒤, 소파에 누워서 노래를 흥얼거리고 있었다. 벨이 울렸다. 정정지 씨는 문을 열자마자 자기도 억울한 부분이 있다고 말했다.

"난 승리의 기쁨을 표출한 죄밖에 없어."

"제가 보기에도 그래요."

내가 동조하자, 정정지 씨는 우리는 역시 통하는 게 있다며 머리를 가리켰다. 그는 아무것도 들고 오지 않았다.

"아버지는 어떠셔?"

그가 티엔 씨가 앉았던 자리에 앉으며 물었다. 나는 한 달 동안 보호대를 착용하고 있어야 한다고 했다.

"다행히 수술은 피했어요."

"하베르츠 씨는 승부욕이 강해서 그게 때론 독이 되곤 하지. 근데 설마 아직도 주무시는 거야?"

"그런 것 같아요. 깨울까요?"

"됐어. 그나저나 자네, 가발이 필요하겠군."

"네."

"내가 추천해 줄까?"

나는 가발을 쓸 마음은 없었지만 그의 얘기를 들어 보기로 했다.

"내가 여러 브랜드를 써 봤지만 땀이 안 차는 게 제일 좋아. 가발을 고를 때는 통풍이 잘되는 것과 착용했을 때 자연스러워 보이는 것 중 하나를 선택해야 해. 난 그중 두피에도 무리를 주지 않으면서 바람이 잘 통하는 걸 쓰고 있어."

"그래요? 주스 드실래요?"

"좋지."

나는 티엔 씨가 준 주스와 컵을 부엌에서 들고 왔다. 정정지 씨는 그사이 창문 앞에 가 있었다. 컵을 들고 정정지 씨에게 갔다.

"비가 많이 오는군."

빗줄기가 창문을 때리는 소리는 듣기 좋았다. 밖은 가로등에 불이 들어올 정도로 어둑했다.

"저기 보여?"

정정지 씨가 말했다. 그가 가리킨 곳에는 우의를 입은 사람들이 보였다.

"저 사람들, 요즘 내가 새벽 근무할 때마다 드문드문 보여. 뭘 하는지 모르겠지만 지들끼리 떠들면서 웃고 있더라고. 딱히 무슨 짓을 하진 않아서 말은 하지 않았어. 좀 무섭기도 하고. 게다가 저 우의 안에 뭐가 숨겨져 있을지 어떻게 알아."

그들은 우의를 입고 있어서 얼굴이 잘 보이지 않았다. 나는 그들이 우의를 펼치고 총을 꺼내는 상상을 했다. 그리고 우리를 향해 총을 난사한다. 정정지 씨와 나는 창문 밑으로 숨고, 유리창은 와장창 깨진다. 그들의 낄낄거리는 소리가 창문 너머에서 들려온다.

"뭐 해."

정정지 씨가 나를 쳐다보고 있었다. 나는 잠깐 생각을 하고 있었다고 말했다.

"무슨 생각?"

"모르겠어요."

"뭐야."

그는 경비를 서다 보면 기상천외한 일들을 겪을 때가 많다며, 여러 사건에 대해 끊임없이 말하기 시작했다.

마지막으로 온 손님들은 마르티네즈와 그 일당이었다. 마르티네즈는 아버지의 오랜 친구다. 구주희 놀이에서는 비록 부서가 달라 같은 팀이 아니었지만, 서로를 존중하는 사이였다. 경기가 끝난 뒤 술을 마시면서 친해졌다고 했다. 마르티네즈는 엄마가 돌아가신 날에도 가장 먼저 달려온 사람이었다. 그리고 장례식이 끝나는 날까지 묵묵히 자리를 지켰다.

마르티네즈와 그 일당은 각자 선물을 들고 왔다. 집 안은 시끌벅적해졌다. 소파에 앉을 자리가 부족해 몇 사람은 서 있어야만 했다. 마르티네즈는 이렇게 시끄러운데도 아버지는 일어나지 않냐고 물었다. 나는 어깨를 으쓱했다. 마르티네즈의 윤기 있는 곱슬머리가 어깨까지 흘러내려 찰랑거렸다.

"제인, 이리 와서 앉아. 여기 자리가 비었어."

마르티네즈의 말에 제인이 가서 앉았다. 그러자 빼빼 마른 남자가 따라와 제인 뒤에 섰다. 몇 번 보기는 했지만 대화를 나눈 적은 없는 사람이었다. 제인은 안쓰러운 눈빛으로 날 쳐다봤다. 난 괜찮다고, 아무렇지 않다고 그녀를 향해 말했다.

"그럼 다행이죠."

문지기 블라디미르는 이번 사건 같은 일이 다시는 일어나면 안 된다고 말했다.

"너무 폭력적인 건 좋지 않아."

"맞아요."

마리아가 거들었다.

"저도 그렇게 생각해요. 이번 시즌을 망쳤어요. 정정지 씨는 최우수 선수로서 축하받을 자격이 있었다고요. 그래서 하베르츠 씨를 위해 선물을 가져왔어요."

마리아는 그렇게 말하며 들고 온 책을 보여 줬다.

"하베르츠 씨도 이제 마음을 다스릴 필요가 있어요. 연세를 생각하셔야죠. 이 책을 하루에 한 페이지만 읽고 명상해도 마음을 다스릴 수 있을 거예요."

"난 기분을 평화롭게 만들어 주는 향초를 사 왔어."

블라디미르는 향초를 들어 보였다.

"내 근무지에도 놓아뒀는데, 알다시피 문으로는 별 이상한 사람들이 다 들어오잖아. 그때 향에서 나는 냄새를 들이키면 마음을 진정시키는 데 효과가 좋더라고."

나는 모두에게 감사하다고 말했다.

"아버지가 일어나면 꼭 전해 드릴게요."

"공장조 사람들은 아직 안 왔나?"

블라디미르가 물었다.

"네, 다들 바쁜가 봐요."

"우린 안 바쁜가."

그들은 티엔 씨가 사 온 주스를 모두 마시고, 저번 주말에 아내가 산 감자칩까지 먹고 난 뒤에야 일어났다.

"외출할 땐 꼭 우산을 챙겨."

마르티네즈는 그렇게 말하고 윙크했다. 그 모습은 구주희를 쓰러트리고 난 뒤의 정정지 씨 같았다.

아버지는 저녁 시간이 다 되어서 밖으로 나왔다. 나는 누워 있다가 문이 열리는 소리에 눈을 떴다. 아버지가 내 방문을 두드렸다. 문을 열자 초췌해진 아버지의 얼굴이 보였다. 아버지는 아침과 점심은 어제 내가 남겨 놓고 간 빵으로 해결했다고 했다. 그러면서 저녁에는 맛있는 걸 먹고 싶다고 말했다.

"덕분이 퇴근하면 같이 먹어요."

아버지도 그러자고 했다. 그는 허리 보호대를 착용하고 뒷짐을 진 채 뒤뚱뒤뚱 걸어 화장실로 들어갔다. 화장실에서 '아이고' 하는 소리가 들렸다. 아버지와 나는 곧 손님들이 있던 소파에 앉았다. 테이블에는 손님들이 주고 간 선물들이 놓여 있었다. 나는 그들에게 약속한 대로 선물의 출처에 대해 하나씩 소개했다. 아버지는 하나씩 살펴보고, 싫증이 난 아이처럼 내버려 뒀다.

"율리."

"네."

"이런 건 중요하지 않아."

"그럼 뭐가 중요하죠."

"내겐 너만 있으면 돼."

"아버지, 제발."

아버지는 껄껄 웃었다. 비는 세계의 모든 대지를 적실 듯 온종
일 내렸다. 우리는 말없이 아내를 기다렸다.

4

그날도 비가 내렸다. 나는 밀린 업무로 바쁘게 오전 시간을 보
내고, 아내와 밥을 먹기 위해 급식소로 달려갔다. 점심을 먹은 뒤
에는 아버지의 결승전 경기를 보러 갈 참이었다. 급식소에서 아내
를 찾았다. 아내는 이미 내 몫까지 배식을 받아 놓았다. 내가 자리
에 앉자 그녀는 국이 다 식었다고 말했다. 난 그러게 왜 먼저 퍼 놓
은 거냐고 짜증 냈다. 아내는 기껏 시간을 아끼기 위해 퍼 줬더니
왜 화를 내냐고 물었다. 나는 화를 낸 게 아니라며, 다른 사람들도
보는데 좀 조용히 하라고 소리쳤다.

"여기서 가장 소리가 큰 건 당신이야."

아내가 말했다. 우리는 얼굴이 시뻘게져서 밥을 욱여넣었다. 밥을 먹으면서도 나는 일을 제대로 처리하고 나왔는지에 대해 골똘히 생각했다. 아내는 한마디도 하지 않았다. 그게 아니꼬워서 왜 말을 안 하냐고 물었다. 아내는 할 말이 없다고 했다. 누군가 급식소로 뛰어 들어왔다. 제인이었다. 그녀는 사람을 급하게 찾고 있는 듯 두리번거렸다. 나와 눈이 마주치자마자 내게로 뛰어왔다. 나한테 무슨 볼일이 있을까. 순간 좋지 않은 예감이 들었다. 내 앞으로 온 제인은 숨을 헐떡이며, 어머니가 지금 크게 다쳤다고 말했다.

"뭐라고요?"

"작업하다가 다치신 것 같아요."

나는 제인이 말을 끝내기도 전에 일어나 달려 나갔다. 비가 내리고 있었지만 우산을 쓸 여유는 없었다. 밭에 사람들이 모여 있었다. 나는 그들을 비집고 들어갔다. 엄마는 돗자리 위에 누워 있었다. 허리 쪽에 출혈이 있었는데, 지혈을 위해서였는지 옷으로 동여맨 상태였다. 엄마의 눈은 감겨 있었다. 나는 사람들에게 동물원에서 동물 보듯이 모여서 지금 뭐 하는 거냐고 소리쳤다. 그들 중 하나가 이미 구급차를 불렀다고 했다.

"금방 올 거예요."

난 지금 그게 할 소리냐고 윽박질렀다. 이렇게 피가 많이 나고 있는데, 어떻게 가만히 보고만 있냐고. 나는 엄마를 업었다. 몇몇 사람들이 도와줬다. 엄마의 몸은 뜨거웠다. 병원이 있는 쪽으로 뛰었다. 비는 엄마를 차갑게 식혀 주지 않았다. 엄마는 아픈지 신음을 냈다. 나는 괜찮다고, 엄마 진짜 괜찮다고 조금만 기다려 달라고 말했다. 하필 왜 우리 엄마가 이런 사고를 당했을까. 다른 사람도 아닌 우리 엄마가. 엄마는 갈수록 무거워졌다. 나는 다리에 힘이 풀렸다. 빗줄기가 시야를 가렸다. 결국 병원을 찾을 수 없었다. 사람들의 목소리도 들리지 않았다. 주위가 새하얘졌다. 비 내리는 소리만 가득했다. 나는 길을 잃어버렸다.

다들 사고의 정확한 정황을 파악할 수 없었다고 말했다. 엄마가 발을 헛디뎌 양배추 밑동을 자르는 칼에 허리가 베인 것 같다고 예측할 뿐이었다. 한 열에 한 명씩 일하고 있어 아무도 보지 못했다는 것이다. 나는 믿지 않을 힘도 없었다. 장례식이 끝난 뒤, 방 안에 틀어박혀 있었다. 이불을 덮었다. 모두가 나에게 손가락질하고 있는 것 같았다. 아버지는 산 사람은 살아야 하지 않겠냐고 말했다.

"누구보다 슬퍼해야 할 사람은 나야. 그리고 넌 잘못이 없어."

"아니에요. 다 나 때문이에요."

"아니야, 그렇지 않아."

"아버지는 몰라요."

"알아."

"아버지."

나는 더 말하지 않았다. 아버지는 엄마가 죽어 가고 있을 때, 뭘 하고 있었냐고 묻고 싶었다. 쉬는 동안 아내는 내 옆에 있었다. 말을 걸어 주고, 밥을 챙겨 줬다. 나는 아내의 말에도 답하지 않았다. 당연히 오랜 시간 함께할 거라고 확신한 엄마가 갑자기 사라졌다. 예정대로라면 우리는 아버지의 결승전 경기를 보고 함께 환호했어야 했다. 아버지는 구주희 핀을 모두 쓰러트리고 우리를 향해 멋쩍은 미소를 보냈어야 했다. 그럼 엄마는 관중석에 있는 사람들에게 저 남자가 내 남편이라고 말했을 것이다. 왜 나에게 불행이 찾아온 걸까. 왜 나한테만. 알 수 없었다. 나는 그걸 이해하기까지 오랜 시간이 걸렸던 것 같다. 복귀해서 일을 했다. 다시는 예전으로 돌아갈 수 없었다. 덕분이와 아버지는 일을 그만두는 건 어떻겠냐고 물어 왔다. 엄마가 죽은 뒤에도 매주 구주희 놀이를 나가는 아버지를 이해할 수 없었다.

엄마가 죽기 훨씬 오래전부터 가끔씩 왼쪽 가슴이 아팠다. 특별히 무슨 짓을 하지 않았는데도, 당장이라도 터질 듯이 저렸다. 죽음은 어쩌면 퍽 자연스러운 일인지도 모른다. 어쩌면. 현관문이 열리는 소리가 들렸다. 아버지와 나는 자리에서 일어났다. 현관으로 서둘러 걸어갔다. 덕분이는 우리의 갑작스러운 환대에 깜짝 놀란 것 같았다.

"수고했다."

아버지가 말했다.

"그건 뭐지?"

나는 덕분이가 들고 온 봉지를 가리키며 물었다.

"콩나물과 돼지고기야. 요리하려고요. 배고파요?"

아내는 아버지에게 물었다.

"조금만 늦었으면 큰일 났을지도 몰라. 굶어 죽기 직전이었거든."

나는 아버지에게 진정할 필요가 있다고 말했다. 덕분이는 빗물
이 뚝뚝 떨어지는 우산을 우산꽂이에 넣고 집으로 들어왔다. 불을
켜자, 소파 테이블에 놓인 선물들이 모습을 드러냈다. 선물을 받
고 가장 기뻐한 건 역시 덕분이었다.

우리는 빗소리를 들으며, 식탁에 둘러앉아 아내가 만든 콩나물
요리를 먹었다. 아내는 아버지에게 누워서 드셔야 하는 거 아니냐
고 했지만, 아버지는 자고 일어났더니 당장 구주희 놀이에 나가도
될 만큼 호전됐다고 했다. 나는 나이도 있으니 조심하셔야 한다고
말했다.

"그놈의 잔소리, 그만 좀 하거라. 밥 먹을 때만큼은 밥을 먹자고."

"네."

나는 콩나물을 먹었다. 요리는 매콤해서 틈틈이 물을 마셔 줘야
했다. 내가 내일도 이렇게 맛있는 음식을 먹을 수 있으면 좋겠다
고 말하자, 아버지는 실없이 웃었다. 우리의 삶이 영원할 것처럼.

48

유나를 불러 줘

1

　명옥은 그 남자를 잊을 수 없었다. 냉장고 깊숙이 넣어 둔 귤처럼 문득 생각났고, 이후로 끊임없이 머릿속에 맴돌았다. 명옥이 담배를 입에 물었다. 옥상 아래로 사람들이 옹기종기 모여 걸어가고 있었다. 장난감같이 작아서 그녀는 세상이 별것 아닌 것처럼 느껴졌다. 아침때라 급식소 쪽에 유난히 사람들이 많았다. 옥상에 있는 이들은 모두 무심한 표정으로 담배를 태웠다. 갓 태어난 연기가 하늘로 솟아올랐다. 태양은 탐스러웠다. 옆에 있던 유나는 어느새 새 껌을 꺼내 씹고 있었다.

　"그럴 거면 다시 피우지 그래."

　"그래서 그 남자가 누군데요."

"음……."

명옥은 뜸을 들였다. 유나는 껌을 씹으며 그녀가 말할 때까지 충분히 기다려 줬다.

"그 사람은 아주 작았어. 눌려 찌그러진 캔처럼. 있잖아. 난 그에 대해서 제대로 말할 수 없을 것만 같아. 너도 직접 봤으면 좋았을 텐데. 내가 그이를 만난 건 술집에서였어. 난 그때 녹초가 된 상태 였지. 눈을 감으면 그대로 잘 수도 있을 만큼 피곤했어. 게다가 그 날따라 사람이 많아서 펍 안이 유난히 시끄러웠지. 한마디로 난 짜증이 잔뜩 나 있던 거야. 혼자서 술을 들이켜는데 맛도 없더라고. 연주가 너무 따분해 한에게 가서 마음에 들지 않는다고 화를 내기 까지 했어. 한은 미안하다며 다른 곡을 쳐 줬지만, 여전히 아니꼬운 내 상태를 바꾸진 못했어. 이 잔만 마시고 돌아갈까 고민하고 있는 데, 마침 그 사람이 내게로 온 거야. 그 사람에게선 진한 향기가 났 어. 어디선가 맡아 본 적 있는 익숙한 냄새. 내가 그 사람이 오기 전 까지 술을 얼마나 마셨는지 모르겠어. 그 사람은 내 옆에 앉더니 말 했어. 자기는 아주 많은 걸 알고 있대, 나와 이곳에 대해서. 그게 무 슨 말이냐고 물었더니 관심이 있다면 자길 찾아오라고 하더라고. 나를 향해 부드럽게 입꼬리를 올리면서. 그러곤 가 버렸어. 사라졌 다고 하는 게 맞을지도 몰라. 눈을 감았다 떴더니 애초부터 존재하 지 않았던 것처럼 사라진 거지. 그래, 난 아마 과음을 한 것 같아. 그 남자의 얼굴도, 목소리도 기억나지 않아. 하지만 그 향기만큼은 잊지 못해. 그게 글쎄, 얼마 전에 냉장고에서 귤을 꺼내다 떠오르는 거 있지? 왜 하필 귤일까. 그보다 그 남자를 다시 만날 수 있을까."

유나는 은색 껌 봉지를 바라봤다. 명옥은 유나가 그렇게 껌을 씹다가는 머지않아 턱관절이 나갈 거라고 확신했다.

"늦었어요. 가죠."

유나가 뒤돌아 나갔다. 명옥은 괜히 말했다고 생각하며 유나를 따라 돌아섰다. 소호동 남자 기숙사에 있는 옥상이 그녀의 눈에 들어왔다. 그곳에서도 연기를 뿜고 있었다. 혹시나 하는 마음에 명옥은 쳐다봤다. 그 남자 같아 보이는 사람은 없었다. 그녀는 어떤 이와 눈이 마주치자마자 층계로 총총히 뛰어 내려가 버렸다.

명옥은 방 안으로 들어와 작업복으로 갈아입었다. 화장대에 앉아 끈으로 머리를 묶었다. 전등 때문에 이마가 빛났다. 선크림을 바를까 하다가 바르지 않았다. 명옥은 거울을 보며 웃었다. 얼마 전 봤던 잡지에서는 미소만 잘 지어도 인상이 달라진다고 했다. 손가락으로 입꼬리를 올렸다. 거울 뒤로 유나가 침대에 앉아 있는 모습이 보였다. 명옥은 급히 표정을 감췄다. 유나는 침대에 걸터앉아 선 캡과 얼음물을 가방에 넣었다. 긴 머리카락 때문에 유나의 얼굴이 잘 보이지 않았다. 그 순간 명옥은 단발로 자른 걸 후회했다. 청아는 기분 전환을 하는 데 있어 헤어스타일에 변화를 주는 것만큼 좋은 게 없다고 했다. 하지만 이제 보니 얼굴이 커 보이는 것 같았다. 유나는 호주머니에서 새 껌을 꺼내고 있었다. 명옥은 그런 그녀에게 오늘 저녁 발레리와 약속이 있다고 말했다. 혹시 같이 갈 거냐고 물었다. 유나는 "네."라고 답했다. 근래 들어 유나는 늦은 시간에 들어오는 일이 잦았다. 명옥은 물어보고 싶지 않았다. 데이트라도 하는 거겠지. 유나가 다가왔다. 명옥은 그녀를 올려다봤다. 유나에게서는 비누 냄새가 났다. 그녀의 긴 머리카락이 밖에서 불어오는 바람에 휘날렸다. 유나가 늦었다고 말했다. 아. 명옥은 벌떡 일어나 챙겨 둔 가방을 멨다.

명옥은 작업장으로 들어가기 전, 해당 호수를 한 번 더 확인했다. 문을 열자 꿉꿉한 공기가 밀려왔다. 어제 공장조가 환기를 시켜 놓지 않고 퇴근한 탓이었다. 명옥과 유나는 작업장 구석 테이블 위에 가방을 내려놓았다. 유나가 태양을 켰다. 천장에 달린 구가 반짝이며 열기를 뿜어내기 시작했다. 고객이 들어올 것이다. 그녀들은 힘을 합쳐 고객의 액체가 담길 사각 글라스를 태양 밑으로 밀었다. 이미 온몸에 땀이 났다. 작업복이 통풍이 잘된다고는 하지만, 명옥은 분출된 노폐물을 그대로 방치하기 때문에 피부가 좋아지지 않는 거라고 생각했다. 그녀들은 늘 해 오던 대로 스트레칭을 시작했다. 목을 돌리고, 허리를 펴고, 몸을 숙여 바닥에 손을 댔다. 유나는 가방에서 얼음물을 꺼내 마시며 숨을 돌렸다. 명옥은 선 캡을 쓰고 고무장갑을 꼈다.

벨 소리가 울렸다. 유나가 가서 문을 열었다. 공장조 사람들이 고객을 침대에 싣고 왔다. 그들 중 리더인 하베르츠는 수고하라는 말을 남기고 작업장 밖으로 나갔다. 이제 그들의 시간이었다. 고객은 컸다. 손, 다리, 배, 귀, 감긴 눈마저 큼직했다. 특히 입술이 얼굴의 반을 차지할 만큼 컸고 툭 튀어나와 있었다. 퉁퉁 부은 오리같이. 기분 나쁜 상태로 마취되었을지도 모른다. 명옥과 유나는 각자 사밀라아제 뚜껑을 열고 고객의 몸에 발랐다. 등까지 뒤집어 문질렀다. 공기는 뜨거웠고, 작업은 어김없이 쉽지 않았다. 명옥은 찹, 찹, 껌 씹는 소리를 어렴풋이 들었다. 신경 쓰고 싶지 않았다. 잘못 들었다고 믿었다. 어느새 사밀라아제에서 나는 특유의 냄새가 작업장 안을 가득 채웠다.

"들자."

명옥이 말했다. 유나는 고객의 손목을 잡았다. 글라스 위에 고객의 몸을 맞추고 짰다. 물에 흠뻑 적신 수건을 짤 때처럼 몸에서 다량의 액체가 떨어졌다. 불순물이 금세 글라스의 반 이상 차 버렸다. 그들은 말없이 작업했다. 아무리 짜내도 더는 나오지 않자 침대로 고객을 옮겼다. 고객은 글라스 안에 둬도 둥둥 떠다닐 것만 같았다. 명옥은 물을 마시며 차오르는 숨을 가다듬었다. 고객은 아직도 입술이 튀어나와 있었다. 명옥이 서둘러 고무장갑을 벗고 뒤처리를 시작했다. 명옥과 유나에게는 아직 한 타임의 작업이 더 남아 있었다.

2

발레리는 약속대로 자리에 있었다. 사람들은 그녀 앞을 지나칠 때마다 총무과장인 발레리를 향해 인사했다. 발레리는 간단하게 손을 휘젓는 것으로 인사를 대신했다. 남들보다 큰 몸을 가진 그녀는 검은 원피스에 선글라스를 쓰고 있었다. 명옥은 식판을 들고 발레리의 테이블에 가서 앉았다. 뒤따라온 유나가 옆에 앉았다. 명옥은 유나를 의식하지 않고, 거울 앞에서 연습했던 것처럼 발레리를 쳐다봤다. 발레리는 화답하듯 밝게 웃었다. 그녀들은 식사를 시작했다. 치킨너깃과 토마토샐러드, 양배추와 햄이 버무려진 밥. 바싹 튀겨진 너깃은 기름이 적절하게 배어 있었다. 명옥이 한 입 베어 무니, 흰 살이 보였다. 밥에 버무려진 소스는 밍밍했다. 유나는 머리를 박고 게걸스럽게 먹었다. 발레리는 명옥에게 아버지는 잘 계시냐고 말을 걸었다.

"네, 잘 있어요."

유나는 쩝쩝거리는 소리를 내며 샐러드를 씹었다. 명옥은 발레리가 아버지에 대해 더 말하길 바라는 것 같아, 아버지는 여전히 일은 하지 않고 있으며 대신 며칠 전부터 봉숭아를 키우고 있다고 말했다.

"봉숭아를요?"

"네. 화분에 심기 시작했는데, 엄마 말로는 너무 물을 많이 줘서 곧 죽을 것 같다고 해요."

발레리는 자기 생각에 아버지는 여전히 휴식이 필요한 거라면서 더 이해하고 기다려야 한다고 말했다. 또 명옥이 혼자 일을 해서 가족을 책임지고 있는 건 자기가 잘 알고 있다며, 힘들면 언제든지 말하라고 옆에서 힘써 주겠다고 했다. 명옥은 유나의 식판에 너깃이 하나밖에 남지 않은 걸 봤다. 그녀는 발레리에게 사실 그 문제 때문에 상담하러 온 게 아니라, 어떤 남자 때문에 찾아왔다고 말했다. 발레리는 선글라스를 내려 명옥을 바라보며, 그게 무슨 말이냐고 물었다. 명옥은 펍에서 우연히 만난 남자에 대한 이야기를 했다. 그동안 유나는 깨끗하게 비워진 식판을 보다가 주머니에서 껌을 꺼내 씹었다. 발레리는 말을 마친 명옥을 보고 자기는 운명을 믿는다고 말했다.

"난 평생 단 한 번 운명의 상대를 만났었죠. 그 사람은 다시는 만날 수 없는 곳으로 먼 길을 떠났지만요. 우리는 처음 만난 순간부터 운명이란 걸 알고 있었고, 언젠가 반드시 헤어질 거란 것도 알고 있었죠. 휴양지에서 그렇게 아름다운 한 달을 보낸 뒤, 우리는 서로를 축복하며 이별했어요. 난 그의 품에 안겼을 때 느껴졌던 촉촉한 감촉과 안도감을 아직도 잊지 못해요. 그가 무척 보고 싶으면서도, 두 번 다시 만나고 싶지 않아요. 환상은 때론 우리의 삶을 분명하게 만들어 주니까요."

명옥은 운명을 믿지 않았다. 그리고 발레리가 지금 무슨 이야기를 하는 건지 알 수 없었다. 발레리는 얼굴이 발그레해져서 더위 속 눈부신 날들에 대해 끊임없이 말했다. 유나는 발레리를 쳐다보며 껌을 씹었다. 명옥은 밥을 마저 떠서 먹었다. 발레리는 사람들이 사랑을 꼭 해 봐야 한다고 주장했다. 환경이 따라 주지 않더라도 사랑은 언제나 발생할 수 있는 거라고도 말했다. 발레리가 명옥이 월급의 절반 이상을 가족에게 보내고 있는 안타까운 사정에 대해 얘기할 땐, 목소리가 갑자기 커져서 급식소에 있는 모든 이가 그녀의 말에 주목하고 있는 것처럼 보였다. 실제로 그 말을 한 뒤로 사람들이 발레리의 테이블에 다가와 앉았다. 명옥은 발레리의 파마한 곱슬머리와 선글라스 사이로 보이는 푸석한 피부를 바라봤다. 그녀가 거짓말을 하고 있는 게 아닐까. 테이블에 사람들이 가득 찼다. 발레리는 어느새 말하고 있던 대상을 잊어버리고 모든 사람을 향해 말하고 있었다. 진리를 설파하듯 목청 높이는 그녀와 경청하는 사람들. 명옥은 무엇보다 사방에서 섞여 피어오르는 체취를 참을 수 없었다. 슬그머니 자리에서 일어나 급식소를 빠져나왔다. 식판을 치우지 않았지만, 그 일은 테이블에 앉은 사람 중 다른 이가 대신해 줄 수 있을 거라 믿었다.

명옥은 거리를 걸었다. 서늘한 바람이 얼굴에 들이닥쳤다. 땅거미는 이미 져 있었다. 그녀는 슈퍼마켓에 들러 캔 맥주를 하나 산 뒤, 중앙 벤치에 앉았다. 벤치는 차가웠고 결코 그녀의 안식처가 되지 못했다. 그녀는 다리를 꼬았다. 그녀 앞으로 어깨동무를 한 연인이 지나갔다. 뒤이어 가족으로 보이는 네 남녀가 떠들며 걸어갔다. 명옥은 점퍼 윗주머니에서 담배를 꺼냈다. 한 대를 입에 물고 피울까 하다 다시 넣었다. 제인이 오고 있었다. 제인은 어떤 남자와 조금 떨어져서 걷고 있었다. 명옥은 그들을 바라봤다. 때마침 명옥과 눈이 마주친 제인은 반가워하면서도 당혹스러운 표정을 지었다.
"안녕."
명옥이 말했다. 제인은 여기서 무얼 하고 있냐고 물었다. 명옥은 담배를 들어 보였다. 그러고는 옆에 서 있는 남자 쪽으로 턱을 들어올렸다. 그때 펍이 있는 거리 쪽에서 나는 음악 소리가 희미하게 들렸다. 제인은 그 남자를 얼마 전에 알게 된 친구라고 소개했다.
"페이 총, 어서 와서 인사해요. 내 친구 명옥이에요."
어수룩하게 생긴 마른 남자가 걸어왔다. 걸음걸이가 힘이 없어 밀면 그대로 무너질 것 같았다.

"안녕하세요."

"네."

명옥은 일어나 페이 총을 향해 고개를 숙였다. 제인은 맥주를 마신 뒤 산책 중이라며, 명옥도 원한다면 같이 갈 것을 제안했다. 명옥은 피식 웃었다.

"좋아, 하지만 난 할 일이 있어. 담배를 태워야 하거든. 그러니 다음에, 다음에 기회가 되면 산책이든, 달리기든 하자고."

제인은 아쉽다고 말했다. 페이 총이라는 남자는 난처한 기색을 보였다. 자를 대고 깎은 듯한 바가지 머리와 배 위까지 바지를 끌어 올려 입은 모습을 보며 명옥은 그가 어떤 사람인지 짐작할 수 있었다. 그녀는 제인과 페이 총이 망부석처럼 자리에 가만히 서 있자, 다음에 보자며 벤치에서 일어났다. 명옥은 그들을 지나쳐 걸어갔다. 제인은 정말 아쉽다고 명옥의 등에 대고 말했다. 명옥은 걸었다. 그리고 자신을 보고 있을 그들을 향해 손을 들어 흔들어 보였다. 명옥은 걷다가 멈춰 서서 뒤돌아봤다. 제인과 페이 총은 여전히 거리를 두고 떨어져 걷고 있었다. 키가 크고 수확조 일로 탄탄한 몸을 가지고 있는 제인과 말쑥하고 흐물흐물한 페이 총은 어울리지 않았다. 그녀는 페이 총이 어느 부서에서 일하고 있는지 궁금해졌다. 그를 받아 줄 부서가 있는지조차 의문이었다.

그들과 반대쪽으로 걷다 보니 명옥은 어느새 펍이 있는 거리에 들어서 있었다. 초저녁부터 고주망태가 된 사람들이 술집 입구에 걸터앉아 소리를 질러 댔다. 몇몇이 명옥을 부르는 것 같았지만 무시하고 걸었다. 호주머니에 들어 있는 담배를 만졌다. 그녀는 아는 사람들을 만나고 싶었다. 마땅히 할 얘기는 없었지만, 누구라도 만난다면 지금 느끼고 있는 기분들을 허심탄회하게 말할 수 있을 것만 같았다. 하지만 그녀의 바람과 다르게 담에 도착할 때까지 아무도 만나지 못했다. 담배꽁초가 쌓인 깡통이 보였다. 그녀는 괜히 흙을 한 번 차고 담배를 꺼내 피웠다. 명옥은 연기가 퍼지는 오른쪽으로 고개를 돌렸다. 좁은 골목이 보였다. 건물과 담 사이에 있는 골목이었다. 그녀는 숨을 들이마셨다. 그 남자에게서 났던 향기가 났다. 믿을 수 없었다. 홀린 듯 골목을 걸었다. 명옥이 움직일 때마다 바스락거리는 소리가 났다. 남자의 체취는 갈수록 진해졌다. 골목 끝에는 녹슨 철문이 있었다. 문이 반쯤 열려 있다. 속삭이는 소리가 들렸다. 그녀는 얼굴에 흘러내린 땀을 닦았다. 힐끔 들여다보니 안에서는 모닥불이 타고 있었다. 주위로 그림자들이 넘실거렸다. 모닥불에 비친 그림자들은 괴상한 짐승 같았다. 그녀는 문턱만 넘으면 남자를 만날 수 있을 거라고 생각했다. 그때 비명이 들렸다. 명옥은 지나쳐 온 골목을 쳐다봤다. 어둠 속에서 누군가 소리를 지르며 뛰어오고 있었다.

3

명옥의 정신이 돌아왔을 때, 발레리는 냉장고 앞에 엉덩이를 대고 앉아 있었다. 명옥은 순간 그녀가 음식을 훔쳐 먹고 있을지도 모른다고 생각했다. 그녀는 천장에 떠 있는 별 모양 스티커를 보고 이곳이 숙소라는 걸 알 수 있었다. 주먹을 쥐었다가 폈다. 고개를 좌우로 돌려 봤다. 오랜 시간 잠수를 하고 육지로 올라온 기분이었다. 명옥의 기척에 발레리가 휙 돌아봤다. 발레리의 입 주변에는 식사한 흔적이 보이지 않았다. 발레리는 다가와서 괜찮냐고 물으며, 냉장고 정리를 해 주고 있었다고 했다. 사 온 귤을 넣으려고 냉장고 문을 열었는데, 열자마자 악취가 났다고 했다. 그녀는 음식이 상했다며, 이렇게 될 때까지 어떻게 살았냐고 다그치듯 말했다. 명옥은 어떻게 자기가 여기 있는 거냐고 물었다. 발레리는 침대에 걸터앉았다.

"난 어제 명옥에게 미안해서 오늘 일어나자마자 마트에서 가서 귤을 샀어요."

"어제요?"

"네, 식당에서 명옥의 이야기를 더 들어 줬어야 하는데, 내 말만 하다 보니 사람들이 몰려들었잖아요. 명옥은 이미 가 버렸고요. 미안해요."

"괜찮아요."

명옥은 담담히 말했다.

"근데 있잖아요. 귤을 사서 문을 두드리니 명옥은 자고 있고, 유나만 나오더라고요. 유나가 말하길 명옥은 어제 정신을 잃은 채 길바닥에 쓰러져 있었다고. 만취한 사람처럼요. 유나는 친구를 통해 그 소식을 듣고 가서 명옥을 부축해 집까지 데려왔대요. 대단하지 않아요? 혼자 힘으로 숙소까지 올라오다니. 난 유나에게 괜찮냐고 물었어요. 유나는 대수롭지 않게 멀쩡하다고 했어요. 명옥, 어제 술을 마셨나요?"

"아니요. 마시지 않았어요."

"그렇군요. 유나는 내가 귤을 건네주니, 부탁이 있다면서 혹시 시간이 된다면 명옥이 일어날 때까지만 봐줄 수 있겠냐고 하더라고요. 자기는 갑자기 일이 생겨서 나가 봐야 한대요. 난 마침 오늘이 휴일이기도 하고, 어제 명옥에게도 미안한 감정이 남아 있어서 좋다고 했어요. 몸은 어때요? 괜찮아요?"

"아마도요."

발레리는 둥글고 샛노란 귤을 주면서, 아침에 사서 싱싱하다며 먹어 보라고 했다. 명옥이 귤을 받아 껍질을 까자, 발레리는 술을 마시지 않았는데도 갑자기 정신이 어지러운 건 분명 문제가 있는 거라며 이러한 증상이 빈번하게 일어난다면 반드시 병원에 찾아가 볼 것을 종용했다.

"무엇보다도 명옥은 홀몸이 아니잖아요. 명옥이 무너지면 가족들은 어떡해요. 어머니에게 연락드릴까 고민했답니다. 물론 드리지 않았죠. 행여나 별문제 없는데, 괜히 걱정하실까 봐요. 잘했죠?"

귤은 차가웠고 시큼한 냄새 때문에 토가 나올 뻔했다. 명옥이 고개를 끄덕이는 걸 보자마자, 발레리는 냉장고로 갔다. 그녀는 비닐장갑을 꼈다. 상한 음식들을 봉지에 모았다. 새지 않게 여러 번 묶었다.

"난 정오에 열리는 구주희 놀이를 보러 가야 해요. 그전까지 명옥이 깨지 않으면 어쩌나 걱정했다고요. 괜찮은 거 같으니 난 가도 되겠죠?"

"네, 그럼요."

"문제가 있으면 바로 연락해요. 또 어제 못 했던 이야기도 하고 싶으면 내 사무실이든 어디든 꼭 찾아와요. 알겠죠?"

"알겠어요."

"괜찮아지면 어머니께 전화도 한 통 드리고요."

"네."

"힘내요."

발레리는 검은 원피스를 펄럭이면서 칭칭 감은 음식물 쓰레기 봉지를 들고 나갔다. 명옥은 입 안에 있는 귤을 우물거렸다. 껍질은 의자에 던져졌다. 방이 먼지가 내려앉은 듯 고요해졌다. 그녀는 어떻게 된 일인지 복기해야 했다. 커튼으로 인해 은은한 빛을 발하는 별 모양 스티커. 발레리의 손자국이 남아 있는 냉장고. 발밑에 떨어진 짝 없는 흰 양말. 옷장에 걸린 하늘하늘한 작업복들. 테이블 위 물 자국. 뚜껑이 열린 화장품. 구멍이 난 방충망. 테이블 위 쓰다 만 일기. 한쪽이 눌려 있는 유나의 베개. 곱게 개어져 있는 유나의 이불. 유나의 책상 위 가족사진. 유나의 책. 유나의 가죽 가방. 유나의 티셔츠. 유나의 궁전. 명옥은 문득 정신을 잃기 전, 유나의 목소리를 들은 것 같기도 했다. 전화벨이 울렸다. 거짓말처럼. 괜찮니. 쓰러졌다면서. 얘기 들었어. 걱정돼서. 무슨 일 없는 거지. 아빠가 전화해 보라고 하셔서 모른 척할 수가 없잖니. 너에게 부담을 주고 싶지 않아. 알고 있지? 우린 잘 있으니 몸 건강해라. 건강이 최고다. 늘 미안하다. 가끔 전화도 좀 하고. 괜찮은 거 맞지?

4

명옥은 청아를 만났다. 청아는 분홍색 원피스를 입고 왔는데 어울리지 않았다. 그녀는 남자 친구가 원피스를 선물해 줬다고 자랑했다. 명옥은 축하한다고 말했다. 그들은 발 맞춰 거리를 걸었다. 다들 구주희 놀이를 보러 갔는지 거리는 한산했다. 청아는 배가 고프다고 했고, 명옥은 그럼 뭘 먹으러 가자고 했다. 청아는 쉬는 날까지 급식소에 가서 눅눅하고 딱딱한 음식을 먹고 싶지 않다고 말했다.

"그럼 어딜 가지?"

"얼마 전에 봐 둔 곳이 있어. 너랑 함께 가고 싶었거든."

"좋아."

청아가 앞장서서 걸었다. 펍이 있는 거리는 햇살을 받은 채 조용히 잠들어 있었다. 명옥은 어제 갔던 골목에 또다시 가고 싶지 않았다. 분수대 광장을 지나 상가를 걸었다. 청아는 옷가게 쇼윈도 앞에 멈춰 섰다. 그녀는 블라우스를 가리키며 자기랑 어울릴 것 같지 않냐고 물었다. 명옥은 청아에게서 나는 상큼한 향수 향을 맡았다.

"어떨 것 같아?"

"괜찮은데."

청아는 걸으면서 오늘따라 네가 이상하다고 말했다.

"우울증 환자처럼, 왜 그래?"

"몰라."

음식점이 늘어서 있는 거리는 제법 붐볐다. 구주희 놀이가 끝난 사람들을 맞이할 준비를 하고 있는 듯했다. 그들은 거리를 더 걷다 2층에 있는 햄버거 가게 앞에 섰다. 어디선가 고양이 한 마리가 튀어나왔다. 고양이는 그녀 앞을 지나갔다. 명옥의 마음은 안개가 껴 있는 것처럼 불분명했다.

주문한 지 얼마 지나지 않아 두툼한 패티가 들어간 햄버거와 기포가 올라오는 콜라, 소금이 듬뿍 뿌려진 통통한 감자튀김 두 세트가 나왔다.

"새로 생긴 곳이야. 패티가 부드러워. 아주 맛있지."

"너무 짠걸."

명옥이 한 입 먹어 보고 말했다.

"그건 네 입맛이 보수적이라서 그래."

"보편적인 거겠지."

"쳇."

청아는 입가를 휴지로 닦았다.

"솔직히 말할게. 어제 일 들었어. 무슨 스트레스를 받은 거야?"

청아가 말을 꺼냈다.

"뭐가."

명옥의 표정이 굳어졌다.

"다 알아. 길거리에서 쓰러졌다면서."

"누구한테 들었는데."

"그건 몰라도 돼. 어쨌든 네 기분 전환시켜 주려고 내가 이렇게 나왔잖아. 무슨 일 있어?"

명옥은 이제 모든 사람이 어제 자신에게 일어난 일을 알고 있는 것처럼 느껴졌다.

"아니."

"무슨 일 있으면 얘기 좀 해. 삭이면 나중에 큰일 나."

"알았어. 근데 그것 때문에 만나자고 한 건 아니잖아."

"맞아."

명옥은 햄버거를 먹으며 청아를 바라봤다. 청아는 고개를 살짝 숙이고 테이블 끝을 바라보며 말했다.

"나 곧 결혼해."

"역시."

"이미 소문났어?"

"그럼, 당연하지."

"룸메이트랑 친구 두 명한테밖에 말 안 했는데."

"그게 다 말한 거지, 뭐. 남자 친구가 누구랬지?"

"후안 씨. 공장에서 근무해."

청아의 톤이 높아져 있었다.

"그 사람, 사밀라아제를 만드는 사람이지?"

"응. 알아?"

"잘은 몰라. 나이가 많아서 결혼한 줄 알았는데."

"정말 모르는구나."

"만난 지는 얼마나 됐는데."

"이번 주가 지나면 두 달째야."

"너무 이르지 않아?"

청아는 명옥의 말에 키득 웃었다.

"왜 그래?"

"아니야."

"임신이라도 했어?"

"뭐?"

"아냐. 부모님들도 아셔?"

명옥은 감자튀김을 입에 넣었다. 다시 먹어 봐도 짰다.

"당연하지. 곧 만나서 식사하기로 했어."

"신혼집은 가족동에 마련하는 거겠지?"

"맞아, 요즘 집 보러 다니느라 정신없어."

"축하해."

"고마워. 그나저나 넌 역시 단발이 잘 어울린다."

"그래? 얼굴이 커 보이지 않아?"

"아니, 그렇지 않아. 진짜 예뻐. 진즉에 단발로 잘랐어야 했어. 정말이야."

명옥은 콜라를 마신 뒤 트림을 하는 청아를 보며, 그녀의 말이 진심이길 바랐다.

5

붉은 햇살이 창가에 범람하고 있었다. 명옥은 침대에 누웠다. 상체보다 하체를 위에 두면 혈액 순환이 잘된다는 말을 믿고 베개 위에 발을 올려놓았다. 껌을 씹었다. 방에서는 작업실에서 나던 것과 같은 습한 냄새가 났다. 하루가 지나가 버렸다. 내일부터는 또다시 고객들의 몸을 짜내야만 한다. 딱딱하고 짜지 않은 음식들을 먹으며, 몸이 땀으로 얼룩지는 걸 감내하면서. 이대로 자고 싶었지만, 너무 이른 저녁이었다. 배가 고팠다. 일어나서 냉장고 쪽으로 가다가 유나의 침대를 봤다. 아침에 봤던 그대로였다. 이불은 안에 사람이 있는 것처럼 봉긋하게 부풀어 있었다. 이불을 누르자 베개가 만져졌다. 냉장고에 귤이 들어 있었다. 명옥은 귤을 까면서 다른 생각은 하지 않으려고 노력했다. 그러자 슬퍼졌다. 까 놓은 귤을 먹기 싫어서 냉장고 위에 올려 뒀다. 한숨을 쉬었다. 다시 침대에 누웠다. 실처럼 생긴 먼지들이 공중을 떠다녔다. 개 짖는 소리가 들렸다. 태양은 여전히 붉고, 유나는 오지 않았다. 야속하게도.

유나가 방문을 연 건 한밤중이었다. 문이 열리자 찬 바람과 함께 유나가 들어왔다. 명옥은 눈을 뜨고 있었지만, 유나는 보지 못했다. 유나는 손전등에 의존해 침대로 걸어갔다. 유나에게서 술

냄새가 났다.

"뭐 하다 이제 와?"

명옥이 말했다. 유나는 놀랐는지 휙 돌아봤다.

"약속이 있어서요."

"무슨 약속?"

명옥은 유나의 말이 끝나기도 전에 물었다.

"모임이요. 있어요."

"왜, 내가 알면 안 돼?"

"네?"

"누굴 만나고 다니는지 모르겠지만, 그 사람들한테 가서도 내 얘기 했어?"

"무슨 얘기요?"

"다 알아. 숨길 필요 없어."

명옥의 목소리에는 힘이 들어가 있었다. 어둠에 익숙해진 눈으로 그녀는 유나를 쳐다봤다. 허리춤까지 내려온 머리카락과 서늘한 몸 그리고 아직 남아 있는 바깥의 열기까지 모두 볼 수 있었다.

"알아듣게 얘기해 줘요."

"내가 여기 사람이 아니라고 날 무시하지 마."

유나는 명옥에게로 다가왔다.

"명옥."

"왜? 내가 어떻게 알아챘는지 궁금해? 어제는 대체 왜 도와준 거지? 이렇게 떠벌리고 다닐 거였으면 차라리 내버려 두지 그랬어. 너 말고도 날 도와줄 친구들은 많은데 말이야. 날 그런 식으로 쳐다보지 마. 기분 나빠. 멸시하지 말라고. 아랫사람인 양 쳐다보는 그 눈빛. 난 그게 너무 마음에 안 들어."

유나는 침대에 기대앉아 있는 명옥을 위해 무릎을 굽혀 시선을 맞췄다.

"무슨 말이라도 해 봐. 할 말이 있으면 해 보라고. 내가 싫다고 말하라고."

명옥은 입술을 깨물고 눈을 부릅떴다. 유나는 그런 그녀에게 자기가 미안하다고 말했다.

"명옥이 그렇게 생각하고 있는지 난 몰랐어요. 미안해요."

그녀는 몸을 부르르 떨었다. 유나는 명옥을 향해 말했다.

"내 말이 지금 들리지 않을 수도 있겠지만, 명옥은 지금 오해하고 있어요. 오히려 난 명옥을 내 자랑이라고 생각하고 있거든요. 업무의 모든 걸 명옥을 통해 배웠고, 어떻게 보면 지금의 밥벌이도 당신 때문에 하고 있는 셈이에요. 만일 다른 사람한테 일을 배웠다면 내가 계속할 수 있었을지 모르겠어요."

명옥은 미간을 찌푸리며 고개를 저었다.

"난 명옥이 다른 지역에서 온 사람이라고 해서 절대 무시하지

70

않아요. 알아요, 나도. 우리 회사 사람들이 알게 모르게 차별하고 있다는 거요. 하지만 그게 왜 생겨난 건지도 도무지 모르겠고, 난 그냥 친구로서 명옥을 좋아하고 있어요. 그러니 명옥, 날 봐요."

명옥의 눈물이 볼을 타고 흘러내리고 있었다. 유나는 손으로 눈물을 닦아 줬다. 명옥은 미안하다고 말했다. 그녀의 눈물은 참으려 할수록 계속 나왔다.

"괜찮아요. 하고 싶은 말이 있으면 다 해요."

그녀는 유나의 어깨에 기대 들썩였다. 유나는 머리맡에 놓인 휴지를 뽑아 명옥에게 줬다.

"나도 모르겠어. 심보가 참 못됐지. 요즘 들어 내가 뭐 하고 있나 생각이 들 때가 많아. 이런 얘기해도 될지 모르겠지만, 난 떠밀리듯 살고 있어. 돈을 벌어야 하고, 번 돈은 고스란히 집에 보내지. 왜 사는 걸까. 근데 넌 달라. 너는 가족들이 모두 여기 살고 화목해. 넌 젊어. 또 곧 사랑하는 사람을 만날 거야. 그에 비해 난 형체도 없는 남자에게 끌려 정신을 못 차리고 있어. 참 바보 같지 않아? 괜한 질투심이었던 것 같아. 난 왜 그럴까. 왜 만날 이럴까. 제대로 하는 것 없이 왜 만날……."

유나는 명옥을 안아 줬다. 그녀는 누가 뭐라고 하든 자기에게만큼은 명옥이 소중한 사람이라고 말했다. 그러면서 말을 이었다.

"우리 집은 겉으로는 괜찮아 보일지 모르지만, 생각만큼 꼭 그렇지도 않아요. 아빠는 몰래 만나는 내연녀가 있어 집안일에 무신경하고, 엄마는 늘 화가 나 있어요. 동생은 자꾸 사고를 치고 돌아다녀서 말썽이죠. 누구나 살아가면서 나름의 고통을 겪고 있다고 생각해요. 다들 내색을 안 해서 그렇죠. 그래서 우리는 서로를 위로해 줘야 해요."

"그래."

"아마 명옥의 상황은 쉽게 풀리지 않을 거예요. 쉽게 풀렸다면 힘들어하지도 않았겠죠. 그래도 우리 노력해 봐요. 우린 지금껏 잘해 왔잖아요."

"맞아."

명옥은 눈을 크게 뜨고 숨을 가다듬었다.

"내가 경솔했어, 유나."

"난 진짜 괜찮아요."

유나는 명옥의 얼굴을 한 번 쓰다듬어 준 뒤 자리에서 일어났다.

"피곤해."

명옥이 말했다.

"어서 자죠."

"그래."

명옥은 자기 머리카락을 헝클어트렸다.

"생각해 보니까 쪽팔린다."

유나는 웃으며 옷장 앞으로 가 옷을 갈아입기 시작했다.

"내일 일을 나가야 하는군. 이렇게 울었어도 아침이면 일을 해야 하다니."

"그럼 내일 나가지 말까요?"

"뭐?"

"농담이에요."

"뭐야."

명옥은 코를 풀고, 껌을 씹었다. 유나는 클렌징 티슈로 화장을 지웠다. 그리고 스탠드를 켠 뒤 뭔가를 적어 내려갔다.

"설마, 내 욕 쓰는 건 아니지?"

"보여 드릴까요?"

유나는 명옥을 바라보며 배시시 웃었다. 명옥은 어둠 속에서 환한 빛을 내는 별 모양 스티커를 바라봤다.

"근데 말이야. 내가 쓰러진 거, 다른 사람들한테 네가 얘기한 거 아니야?"

"네. 전 안 했어요."

"그럼 누가 했지."

"모르겠네요. 몸은 괜찮아요?"

"응."

"어제 무슨 일이 있었는지 알려 줄 수 있어요?"

명옥은 골목에서 일어났던 일들에 대해 얘기해 줬다. 유나는 그 말을 듣고, 자기가 생각하기에 명옥이 심적으로 안정되지 못해 그런 일이 발생한 것 같다고 말했다. 명옥은 고개를 끄덕이며, 무덤덤하게 껌을 씹었다. 단맛이 금방 빠져 뱉어야 했지만 귀찮았다. 냉장고 위에는 아까 올려 둔 귤이 버젓이 놓여 있었다. 유나는 계속해서 뭔가를 적었다. 명옥은 훔쳐보고 싶었지만, 몸을 돌렸다. 풀 내음이 났다. 문득 집에 돌아가고 싶어졌다. 유나의 기침 소리가 들렸다. 곧 스탠드의 불이 꺼졌고 방 안은 어둑해졌다.

"명옥."

"응."

"예전부터 하고 싶었던 말이 있었는데요."

"응."

"언니라고 불러도 돼요?"

명옥은 유나가 눈치채지 않게 웃었다. 이제 조금만 지나면 날은 매섭게 추워질 것이다. 수확조는 양배추 수확으로 더더욱 바빠질 것이고, 동시에 양배추를 포장해야 하는 공장조도 바빠질 것이다. 베개에 스며들어 축축해진 눈물 자국이 달빛에 비쳐 보였다. 얼룩이 졌다. 그녀는 얼룩을 한 번 쓰다듬고 모로 누웠다. 그리고 기도했다. 조금만 더 행복해졌으면 좋겠다고.

조니에게

1

푸른 새벽, 누나가 노래를 시작하면 우리 가족은 천재지변이 일어난 것 같은 표정으로 방에서 나온다. 아빠는 말씀하셨다. 제인, 네가 노래를 잘하는 건 알고 있지만 굳이 아침부터 부를 필요는 없잖니. 엄마는 누나 때문에 알람을 맞출 필요가 없다고 했다. 나는 누나가 가수의 꿈을 가지고 있다면 진심으로 응원할 거라고 말했다. 누나는 미안하다면서 출근 준비를 했다. 그럼에도 누나는 다음 날 새벽이면 어김없이 노래를 부른다. 나중에 알게 됐지만, 엄마가 말하길 누나는 사랑에 빠졌다고 했다. 오늘 일어났을 때는 누나의 목소리가 들려오지 않았다. 늦잠을 자 버렸다. 머리맡에 올려 둔 안경을 더듬거리며 찾았다. 안경은 닦은 지 오래돼서 써도 잘 보이지 않았다. 창문을 열었다. 찬 공기가 피부에 닿았다. 칼에 베인 듯 따가웠다. 왠지 오늘 하루 정도는 지각해도 될 것 같은 기분이 들었다. 벽돌로 지어진 학교가 보였다. 등교하는 아이들은 없었다. 멸망한 도시처럼 고요했다. 급식소 쪽에서 희멀건 연기가 하늘로 피어오르고 있었다. 창문 밖으로 몸을 내밀었다. 건물 아래 풀밭에 익숙한 그림자가 떠 있었다. 그림자는 검고 투명했다. 그림자 옆으로 은색 안경이 반짝였다. 눈물이 났다. 기지개를 켰다. 창밖에서 수업 시작을 알리는 종소리가 들렸고, 나는 그 소리에 맞춰 흥얼거리면서 옷을 주섬주섬 갈아입기 시작했다.

가족들은 모두 어디로 갔는지 보이지 않았다. 식탁에는 한 입베어 문 사과만 덩그러니 놓여 있었다. 방마다 불이 모두 켜져 있었는데, 근검절약을 입에 달고 사는 아빠로서는 상상할 수 없는 일이었다. 침실을 보니 옷장 문이 열려 있었다. 침대 위에는 옷걸이 두 개가 놓여 있었고, 이불도 개어져 있지 않았다. 나만 빼고 어디론가 급히 떠나 버린 것 같았다. 영영 돌아올 수 없는 곳으로. 출근했겠지. 그렇게 생각한 나는 주방으로 가서 빵을 꺼내 구워 먹었다. 냉장고에 우유가 없어 물을 마셨다. 빵은 고기처럼 질겨서 턱이 아팠다. 이상한 하루가 시작되고 있었다.

2교시 쉬는 시간에 맞춰 교실에 들어갔다. 아이들의 홀대에는 익숙해진 몸이라 나는 당당히 내 자리에 가방을 내려놓았다. 유비는 엎드려 자고 있었다. 말을 걸어오는 아이들은 없었다. 다행히 견학을 떠나기 전에 도착했다. 몇 주 전부터 고대해 오던 견학이었다. 졸업하면 앞으로 우리는 회사의 부서에 각각 취직해 일하게 되는데, 그중 내가 선택한 부서는 작업조였다. 특별한 이유는 없었다. 아버지와 같은 일을 한다는 것만으로도 재밌을 것 같았다. 누나는 네 몸이 버티지 못할 거라고 충고했지만, 누나가 일하고 있는 수확조도 힘들기는 마찬가지였다. 아버지는 다른 무엇보다도 구주희 놀이를 할 때, 자기와 같은 팀이 될 거라는 점 때문에 신이 나 있었다. 이래 봬도 난 어릴 때부터, 아버지의 말에 따르면 막 걷기 시작할 무렵부터, 아버지에게 구주희 놀이 개인 레슨을 받아 왔다. 종이 울리자 아이들이 자리에 앉았다. 담임 선생님이 들어왔다.

"다들 조용히."

속닥거리던 아이들이 선생님의 한마디에 조용해졌다.

"얘기했다시피, 오늘은 부서별로 견학을 나갈 거란다."

한 아이가 참지 못하고 소리 질렀다.

"조용히. 조별로 나갈 거야. 다들 가서 허튼짓할 생각 하지 마라. 실전이야, 그동안 영상으로 봐 왔던 것과는 달라. 꼭 명심해야 해."

우리는 우렁차게 "네." 하고 답했다. 우리 조는 공장조 아이들이 호명되어 나간 뒤 불려 나갔다. 교실에서 나와 줄을 서서 대기

했다. 창문으로 따사로운 햇살이 비쳐 들어왔다. 나뭇잎이 바람에 실려 느리게 떨어지고 있었다. 안경을 고쳐 썼다. 작업조를 담당한 선생님의 인솔에 따라 일렬로 이동했다. 아버지를 통해 작업조에 대해 많은 얘기를 듣기도 했고, 학교에서 영상과 책으로 공부하기도 했지만, 실제 작업하는 걸 보는 건 이번이 처음이었다.

거리에 널브러진 다홍빛 낙엽을 밟을 때마다 바삭거리는 소리가 났다. 나는 일부러 낙엽이 떨어져 있는 곳만 밟으며 걸었다. 소호동 건물로 들어가서 문지기의 검문을 받았다. 문지기는 한 명씩 신원을 확인한 뒤, 들어가도 좋다고 말했다. 이번에 견학하는 아이들은 총 일곱 명이었다. 유비도 포함되어 있었다. 선생님을 따라 왼쪽 문으로 갔다. 문을 열자 작은 공간에 계단이 보였다. 계단 아래로 내려갔다. 흰 복도가 있었다. 벽과 천장, 바닥 모두 흰색이었다. 걸으면서 천국을 걷고 있다는 생각이 들었는데, 왜 하필 흰색 하면 천국이 떠오르는지는 알 수 없었다. 천국이 하얗지 않을 수도 있는 건데. 맞은편에서 긴 가운을 입은 두 사람이 걸어왔다. 그들은 선생님에게 간단히 묵례한 뒤 지나쳤다. 취업하면 이제 이 길을 매일같이 들락날락해야겠지. 익숙해질 거야. 아마 100년쯤 지나면. 나는 혼자 웃었다.

5분쯤 걷자 앞서 내려왔던 계단과 똑같은 계단이 나왔다. 계단을 올라 선생님이 문을 열었다. 우리는 시끌벅적한 작업장에 도착했다. 사람들이 돌아다니고 있었고, 작업장은 상상했던 것보다 많았다. 선생님은 바로 앞에 있는 방으로 우리를 안내했다. 의자와 책상이 놓인 교실과 같은 공간이었지만, 이곳도 흰색으로 되어 있어 낯설었다. 어디선가 바람이 불어오는지 추웠다. 선생님은 우리에게 잠깐 대기하라고 말하고는 밖으로 나갔다. 유비는 선생님이 나가는 걸 보자마자 말을 꺼냈다.

"그래서 갈 거야, 안 갈 거야?"

"뭐가?"

나한테 말하는 줄 알았지만 아니었다. 유비는 내 옆에 앉은 주근깨 룬을 쳐다보고 있었다.

"괴물 말이야."

"진짜 있어?"

"아, 그거 몇 번을 말해. 맞다니까. 우리 아빠가 공장에서 일하잖아. 두 눈으로 똑똑히 봤대."

"기름을 먹는다고? 자세히 좀 얘기해 줘."

"처음에는 작은 슬라임 같은 거였어. 아빠는 기름이 흘렀다고 생각해서 걸레를 가지고 닦았는데 닦이지 않는 거야. 결국 청소하시는 분들한테 문의했는데, 어떤 용품을 써도 닦이지 않는다는 거 있지. 그래서 그대로 뒀거든? 근데 글쎄 그게 날이 갈수록 커지고 있다는 거야."

"그래서 지금의 괴물에 형상을 갖췄다?"

"그렇지. 기름 괴물."

"사진 있어?"

"아니."

"거짓말 아니야?"

"내가 왜 거짓말을 해. 아빠는 그걸로 오죽 스트레스를 받으셨으면 머리까지 빠졌다니까."

"그 기름이 고객들에게서 채취한 기름 맞지?"

"맞아. 썩은 내가 나서 가까이 갈 수도 없대. 그래서 지금 괴물이 있는 공간은 폐쇄되어 있어. 공장 사람들도 어떻게 해야 할지 모르겠나 봐. 생각해 봐. 네가 사는 곳 옆에 괴물이 있다고. 이따금 소리도 지르는."

"그게 진짜라면 큰일 아니야?"

"그래서 지금 어떻게 해야 할지 회사에서 고민 중이라는데, 이건 일단 우리만 알고 있어야 해. 비밀이야. 어디 말하고 다니면, 알지?"

유비는 주먹을 쥐어 들어 보였다.

"야, 난 안 믿어."

뒤쪽에 앉아 있던 뚱뚱보 만보가 끼어들었다.

"넌 뭘 계속 안 믿는데."

"생각해 봐. 그런 일이 있었으면 회사에서 진작에 조치를 취했겠지. 사람들이 바보도 아니고 그냥 됐겠어."

"지금 우리 아빠가 바보라는 거냐?"

유비가 물었다.

"아니, 그게 아니고. 어쨌든 내 눈으로 보기 전까진 못 믿겠다 이거지."

"그래서 오늘 가 보라고 했어."

유비는 목소리를 낮추며 말했다.

"어딜?"

"괴물이 있는 곳에."

"누구한테?"

우리들은 놀라서 유비를 쳐다봤다.

"알렉스한테 가 보라고 시켰어."

"뭐라고?"

선생님이 문을 열고 들어왔다. 우리는 재빠르게 몸을 앞으로 돌렸다. 선생님은 이제 작업장으로 들어갈 테니, 안에서는 무조건 정숙해야 하고, 물어볼 게 있으면 작업이 끝난 뒤 여기서 질의응답을 가질 때 물어보라고 당부했다.

"오늘 우리가 볼 건 실제 작업하고 있는 모습이야. 경험하기 힘든 값진 시간이니 잘 보고 배웠으면 좋겠어. 시간은 작업자에 따라서 달라질 수도 있단다. 다시 한번 말하지만 단독 행동을 해서는 안 돼."

우리는 교실에서 외칠 때와는 다르게 조용히 "네."라고 했다. 창문은 블라인드가 내려와 있어 밖이 보이지 않았다. 바람이 어디선가 새고 있다는 것만은 확실했다. 여긴 어딜까. 밖으로 나와 다시 일렬로 줄을 맞췄다. 그리고 선생님을 따라 걸었다. 룬은 자꾸 뒤돌아봤다. 내 뒤에 있는 유비에게 물어보고 싶은 게 더 있는 것 같았다. 자리를 바꿔 줄 마음은 없었다. 사람들이 뛰듯 걸어 다녔다. 몸을 붙여 비켜 줘야만 했다. 혹시나 아빠와 마주치지 않을까 싶어 둘러봤다. 스피커에서 방송이 흘러나왔고, 누군가 작업장 안으로 들어갔다. 정신을 잃지 않기 위해 노력했다. 작업장 앞에 도착하자 선생님은 잠깐 대기하라고 말했다.

"알렉스가 거길 어떻게 가는데."

룬은 그새를 못 참고 유비에게 말을 걸었다.

"걔가 오늘 공장조 견학 나가잖아. 직접 가서 눈으로 보고 오라고 했어."

"어디 있는 줄 알고."

"아빠가 말씀하신 걸 유추해 봤지. 그 정도야 뭐, 별거 아니잖아."

"알렉스가 봤다면, 나도 믿을게."

만보가 말했다. 나는 아이들을 이해할 수 없었다. 앞으로 평생할 수도 있는 일을 난생처음 견학하는 건데, 왜 있지도 않은 괴물이야기 따위를 하고 있는 거지. 정신 차리라고 한마디 해 주고 싶었다. 고개를 저었다. 선생님이 나왔다. 작업장 안으로 들어가기 전에 마스크와 장갑을 꼈다. 문턱을 넘을 때 발이 떨렸다.

작업장 중앙에는 이미 침대에 고객이 누워 있었고, 작업자 둘이 서 있었다. 작업자들이 우리 쪽으로 시선을 던졌다. 선 캡을 쓴 탓에 그들의 눈이 보이지 않았다. 우리는 마련되어 있는 여섯 개의 고동색 의자에 순서대로 앉았다. 유비가 괜히 어깨를 치고 지나갔다. 몸이 오돌오돌 떨렸다. 안경에 습기가 찼다. 눈을 끔뻑거렸다. 천장에 장착된 태양이 켜졌다. 나는 속으로 테라피 상태라고 발음했다. 고객의 몸에서 기름을 급속도로 분출시키기 위한 작업이다. 이로써 작업을 위한 환경이 갖춰져 간다는 걸 알 수 있었다. 고무 장갑을 낀 작업자들은 서로를 쳐다보더니 고개를 주억거렸다. 고객의 몸에 사밀라아제를 바르기 시작했다. 나는 이 고무 냄새를 좋아했다. 저렇게 구석구석 발라야 하는구나. 전문가들은 빈틈없었다. 땀이 나는데도 이상하게 추웠다. 그들이 고객을 들었다. 내 쪽에서는 고객의 두 다리밖에 보이지 않았다. 고객의 몸은 말처럼 단단했다. 하지만 작업자들이 짜내자 곧 흐물흐물해졌다. 기름이 진물 터지듯 글라스에 떨어졌다. 심장이 벌떡 뛰었다. 영상으로 수백 번 봤지만, 실제로 보는 건 달랐다. 거대한 몸의 고객을 짜내는 작업자들을 보자 새삼 아빠가 존경스러워졌다. 나도 할 수 있을까.

고객은 이미 죽은 것처럼 미동조차 없었다. 안경을 닦고 싶었다. 그때 옆에 앉은 유비가 실실 웃기 시작했다. 나는 놀라서 유비를 쳐다봤다. 저게 모여서 괴물이 된다 이거지. 뭐라고? 내가 물었다. 유비의 표정이 사라졌다. 불필요한 기름이 모여 생긴 괴물. 불필요한 사념 덩어리. 그는 홀린 듯 기름이 떨어지는 걸 쳐다보며 중얼거렸다. 괴물에게 먹히면 어떻게 될까. 궁금하지 않아? 유비는 날 보고 말했다. 그 순간 나에게 알 수 없는 공포가 들이닥쳤다.

"확인했어?"

만보가 알렉스에게 물었다. 알렉스는 고개를 끄덕였다. 따뜻한 바람에 커튼이 펄럭였다. 하지만 나는 아까보다 더 추위를 느꼈고, 배도 고프지 않았다. 그래서 점심시간에 밥을 먹으러 가지 않았다. 그들과 함께 있었던 건 우연이었다.

"괴물이 있었어?"

"응."

알렉스는 만보의 말에 답하면서 자꾸 유비 쪽을 쳐다봤다. 유비는 내가 왜 있지도 않은 거짓말을 하겠냐고 물었다. 그는 책상에 걸터앉아 발을 의자에 올려놓았다.

"어떻게 생겼는데."

"냄새도 나?"

만보와 룬이 거의 동시에 물었다.

"나도 제대로 못 봤어. 유비가 알려 준 곳으로 가서 문에 달린 유리창으로 잠깐 보고 온 게 다야. 선생님 눈을 피해 가야 해서 얼마나 힘들었는데. 한 가지 말할 수 있는 건, 기름으로 된 어마어마하게 큰 괴물이란 거야. 방 안을 가득 차지하고 있었어. 방에 갇혀 있는데도 냄새가 나서 구역질이 올라오더라."

"이럴 수가. 진짜 괴물이 살고 있다니."

만보는 입이 벌어져 다물릴 줄 몰랐다.

"자, 그럼 이제 우리가 직접 보러 가야겠지."

유비는 창밖을 바라보며 말했다. 그의 시선은 공장이 있는 쪽을 향해 있는 것 같았다.

"그게 무슨 소리야?"

"오늘 밤, 어때?"

"뭐가?"

룬은 얼굴이 빨개져서 물었다.

"내가 아는 루트가 있어. 가서 놈을 처치하자."

"뭐라고?"

"아빠가 말했어. 그 기름 덩어리에 불을 지르면 깨끗이 사라질 거라고. 하지만 지금은 회사에서 명령이 떨어지지 않아 선뜻 하지 못하고 있대. 이대로 뒀다간 더 거대해져서 공장을 집어삼킬 거야. 어쩌면 우리 마을 전체를 무너뜨릴 수도 있지."

"그런 위험한 일을 왜 우리가 해야 하는데?"

만보는 도무지 이해가 안 된다는 표정으로 물었다.

"우리밖에 할 수 없기 때문이야."

"뭐라고?"

"다들 어떻게 할지 몰라 겁내고 있는 거잖아. 아빠는 확신에 차서 말했어. 난 아빠의 말을 전부 믿고. 애초에 괴물이 갇혀 있는 공간은 불을 질러도 번지지 않게 특수 소재로 지어진 곳이야. 날 믿어. 우리는 영웅이 될 수 있어."

"영웅이라니, 참나."

"오늘 밤에 하자는 거야?"

알렉스가 물었다.

"그래."

"난 갈게. 유비와 함께라면 할 수 있어."

알렉스는 그렇게 말했지만, 목소리에 힘이 없었다. 룬은 고민하더니 공장 안에 있는 그곳까지 경비를 피해 갈 수 있는 길을 확실히 아냐고 물었다.

"난 지금까지 거짓말한 적이 없어."

"그, 그래. 그럼 나도 갈게."

"너무 무모하잖아."

만보는 반대했다.

"영웅이 되면 뭐 해. 불을 질렀다고 혼만 날걸. 혼만 나면 다행이지. 경찰에 잡혀갈 수도 있어."

"우리는 지금 위대한 일을 하는 거야. 누구도 두려워서 하지 못하고 있는 일을. 아무나 될 수 있다면 그건 영웅이 아니지."

"납득이 안 되는데. 어쨌든 난 안 가."

"야."

"응."

"야."

"왜?"

"같이 가."

유비는 만보 앞에 섰다. 만보는 바닥을 내려다봤다.

"알겠어. 갈게."

"그래, 우리 다 같이 가는 거야."

"나도?"

난 자리를 박차고 일어나서 물었다.

"그럼, 죽기밖에 더 하겠어? 나만 믿어."

"난 가고 싶지 않은데."

내가 속삭이듯 말했다. 그들은 몇 시에 만나서 어떻게 갈 건지 얘기를 나눴다. 난처해졌다. 그들에게 다가갔다. 가고 싶지 않다고 말하려고 했는데, 말을 꺼낼 수 없었다.

"이번 일은 모두 비밀이야. 엄마 아빠에게도. 새기만 해 봐. 그땐 알아서 해."

"응."

"그럼 다들 8시까지 중앙 광장으로 와. 독서실 간다고 둘러대는 게 좋을걸."

"그래."

몇 분 지나지 않아 점심을 다 먹은 아이들이 들어왔다. 교실은 작업장처럼 북적거리기 시작했다. 나는 죄를 짓지도 않았는데, 죄를 지은 기분이 들었다. 피부가 새파래졌다. 이대로는 얼어 죽을 것 같아 창문을 닫았다. 창문 앞에는 화분들이 놓여 있었다. 잿빛의 시든 꽃들이었다. 아이들은 꽃에 관심이 없었다. 손가락으로 툭 건들자 잎이 부스스 떨어졌다. 정신 차리자. 나는 속으로 외쳤다. 수업에 열중했다. 내가 유능한 학생이란 건 선생님들도, 친구들도, 부모님도 심지어 사랑에 빠진 제인 누나도 알고 있었다. 작업자가 되기 위해 목표를 달성하는 것. 새로운 학문을 배워 나간다는 것은 무척 흥미로운 일이었다. 그런 것과 달리 괴물을 처치하는 황당무계한 짓은 하고 싶지 않았다. 하교할 때 유비와 눈이 마주쳤지만 지나갔다. 유비는 내 등 뒤에 대고 이따 늦지 말라고 엄포를 놓았다. 뒤를 돌아봤다. 유비는 소리 없이 말했다. 조니, 알겠냐고.

2

집 안은 아침 그대로였다. 식탁에 놓여 있던 한 입 베어 문 사과가 변색되어 있다는 것만 빼고. 사과를 음식물 쓰레기통에 넣었다. 청소기를 돌리다 너무 추워서 청소기에서 나오는 바람 앞에 쭈그려 앉았다. 윙 하고 빨아들이는 소리를 들었다. 옷장에서 점퍼를 꺼내 입고, 이불 안으로 기어들어 갔다.

머릿속엔 생각이 가득했다. 아빠와 거실에 앉아 얘기 나누고 싶었다. 오늘 예정대로 견학을 나갔어요. 고객이 무거워 보이던데요. 원래 그런가요? 아빠는 웃으며 "이제 내가 얼마나 고생하고 있는지 알겠지?"라고 말할 것이다. 아빠는 늘 그렇게 자기 일을 자랑스러워했다. 평생의 업이야. 아무나 할 수 있는 게 아니라고. 내 나이까지 버틴 사람은 손에 꼽을 정도야. 그래요. 대단해요, 아빠. 진심이지? 그럼요. 아빠가 일은 잘했는지 모르지만, 구주희 놀이 실력은 그와 비례하지 않았다. 공에서 시선을 놓치면 안 된다고 엄마가 그렇게 조언을 해 줘도 고집을 꺾지 않았다. 그래서 아빠는 만년 후보 선수였다. 반면 운동 신경이 뛰어난 엄마는 작년 시즌 경비조가 우승하는 데 한몫했다. 나는 엄마를 닮았다. 아직 학교에서 내 실력을 보여 줄 기회는 없었지만, 취업하고 나서부터는 본격적으로 뽐낼 예정이다. 작업조의 대표 선수인 조니. 경비조의 대표 선수인 안젤라. 엄마와 나는 경기장에서 악수하고, 이전까지 본 적 없던 명경기를 펼치겠지. 그런 생각을 하자 웃음이 나왔다.

뻐꾸기시계가 여섯 번 울었다. 나는 일어나서 창문을 열었다. 해가 지평선 너머로 지고 있었다. 눈부셨다. 태양이 밭 주위에 번져 주위를 주홍빛으로 물들였다. 나는 따뜻해지고 싶었다. 밑을 슬쩍 쳐다보니 아침에 봤던 검고 투명한 그림자가 있었다. 두둥실 떠다녔다. 마음이 아팠다. 시간을 멈추고 싶었다.

광장 분수대에서는 물이 분사될 때마다 센서 등이 반짝였다. 아이들은 이미 분수대 주위에 모여 있었다. 분수대 앞에는 벤치가 있었는데, 사람들은 거기 앉아 저녁을 즐기고 있었다. 만일 내가 나타나지 않았다면 아이들은 날 두고 그냥 갔을까. 아마 그럴 것이다. 대신 내일 유비에게 불려 가야겠지. 발을 떼고 분수대로 천천히 걸어갔다.

"이봐."

"네?"

입에서 입김이 나왔다. 내 목소리인데도 어색했다. 생각해 보니 오랜만에 말을 한 것 같았다. 날 부른 쪽으로 고개를 돌렸다. 긴 곱슬머리에 코트를 입은 남자가 보였다. 마르티네즈였다.

"밤늦게 어딜 가는 거지."

마르티네즈가 나에게 걸어왔다.

"친구들이랑 놀러 가요."

"이 시간에?"

"네."

"추워 보이는군. 들어가자."

"갈 수 없어요."

"왜?"

"모르겠어요."

그는 두르고 있던 체크무늬 목도리를 내 목에 감아 줬다. 술 냄새가 났다. 경기가 끝나고 매번 과음하는 아빠가 떠오르는 냄새였다. 마르티네즈는 주머니에서 담배를 꺼내 불을 붙였다.

"너무 멀리는 가지 마."

그가 다시 벤치 쪽으로 걸어갔다. 뭐 하고 온 거야. 벌써 취했어? 정신 차려. 마르티네즈의 일행으로 보이는 사람들이 물었다. 그는 말없이 입에서 연기만 내뿜었다. 작업조의 우수 사원이자, 구주희 놀이 스타인 마르티네즈. 나는 그에게 하고 싶은 말이 있었다. 당신은 내 미래라고. 나는 아이들이 있는 곳으로 갔다. 아이들은 내가 왔는데도 반기지 않았다. 알렉스는 유비에게 만보가 아직 안 왔다고 말했다.

"개자식."

"어쩌지?"

"더 늦어지면 안 돼. 경비조가 돌아다닐 거야."

"그럼 빼고 가?"

"그래. 라이터는 챙겼지?"

"응."

다들 주머니에 있는 라이터를 자랑스럽게 꺼냈다. 난 가지고 오지 않았다. 아빠와 엄마는 담배를 태우지 않는다. 사실 제인 누나가 담배를 몰래 태우는 걸 몇 번 보긴 했다. 누나 방에 들어가 라이터를 가져올 수도 있었지만 그러고 싶지 않았다. 유비는 내가 라이터를 챙겨 오지 않는 것에 대해 화내지 않았다. 고맙게도. 그들과 나는 유비 뒤를 따라 움직였다.

소오동과 가족동 건물 사이에 있는 놀이터 쪽으로 걸음을 옮겼다. 인적이 드물었다. 그네가 바람에 삐거덕거렸다. 놀이터 뒤쪽에는 담이 있었고 담을 넘으면 둘레길이었다. 유비는 풀숲에 숨겨둔 의자를 가져왔다. 담 앞에 의자를 놓고 한 명씩 뛰어넘었다. 벽돌은 얼음처럼 차갑고 미끄러웠다. 사이에 낀 이끼가 몸을 간지럽히는 것 같았다. 담에서 내려와 헉헉거리며 숨을 몰아쉬었다. 아이들은 날 기다려 주지 않았다.

둘레길에는 저녁 운동을 하는 아주머니들이 보였다. 엄마와 돌던 길이었다. 엄마는 살을 빼기 위해 한 시간 반 코스인 이 길을 저녁마다 돌았는데, 혼자 가기 심심할 땐 날 데려갔다. 엄마는 나와 발맞춰 걸으며 화려했던 젊은 시절에 대해 얘기해 주곤 했다. 한 끼를 먹어도 아무거나 입에 집어넣지 않았어. 칼로리 계산은 필수였거든. 다들 내 몸을 부러워했다니까. 내가 옷을 입으면 똑같은 옷이라도 달라 보인대. 집에 가면 옛날 사진을 보여 줄게. 깜짝 놀랄걸? 그래요? 하지만 문제는 네 아빠였단다. 내가 왜냐고 묻자, 아빠를 만나고 나서부터 뭐가 그리도 안심이 됐는지 더는 관리하지 않게 됐다고 했다. 결혼 후에는 너희들을 낳고 기르느라 운동할 시간이 없었지. 요즘엔 살이 쪄서 시합에서도 예전만큼 실력이 안 나와. 경기하고 난 뒤에는 허리가 아프고. 다음 시즌부터는 쉬엄쉬엄할 생각이야. 미안해요, 엄마. 미안하면 앞으로 나한테 잘해. 당연하죠. 엄마는 지금 어디 있을까. 집에 왔겠지. 만일 여기서 엄마를 만났다면 난 이 터무니없는 여정에서 빠졌을지도 모른다.

"유비 아니야?"

그 말에 앞서가던 유비가 고개를 들었다. 가로등 밑에서 두 사람이 걸어오고 있었다.

"누나."

"너 여기서 뭐 해?"

"운동."

"친구들이야?"

엄마와 비슷한 체형을 가진 여자들이 우리를 쳐다봤다.

"명옥, 얘가 내 동생이에요. 매번 사고만 치고 다니는."

"네가 유나 동생이구나. 안녕?"

"인사해. 누나랑 같이 일하는 분이야."

"네."

유비는 고개만 까닥했다.

"제대로 해. 미안해요. 얘가 사춘기라 그래요."

"괜찮아."

"너희들은 유비 친구니?"

"네."

알렉스가 말했다.

"얼른 들어가. 벌써 밤이잖아. 부모님이 걱정하시겠다. 유비도."

"네."

"가자."

유비는 그렇게 말하고 먼저 가 버렸다. 나는 가로등 조명에 비친 유비의 누나라고 하는 사람을 쳐다봤다. 나를 향해 웃고 있는 것 같았다. 그들은 우리를 지나쳐 갔다. 아쉬웠다. 흙길을 계속해서 걸었다. 선선한 밤공기가 몸 안으로 들어왔다. 기분이 나쁘지 않았다. 풀벌레 우는 소리가 들렸다. 10분쯤 더 걷다 유비가 멈췄다. 그리고 사람들이 모두 지나가기를 기다렸다.

"이 밑으로 내려갈 거야."

"그래."

"유비야."

룬이 말했다.

"뭐."

"난 못 가겠어."

"뭐라고?"

유비는 룬 앞으로 다가갔다. 유비가 남들보다 체격이 컸기 때문에, 룬은 그를 올려다봐야만 했다.

"생각해 봤는데 난 도저히 안 되겠어. 미안해. 무서워."

유비는 룬의 멱살을 잡았다. 알렉스와 나는 말리려고 유비를 붙잡았지만 아랑곳하지 않았다.

"죽고 싶어?"

"가면 진짜 죽을 것 같아."

룬은 유비를 외면했다. 오른편에서 사람이 오고 있었다. 유비가 힘을 풀었다. 그러고는 룬의 귀에 대고 얘기했다.

"꺼져."

룬은 우리가 걸어온 방향으로 뛰어가 버렸다.

"병신 같은 자식."

유비는 씩씩거렸다. 걸어오던 남자가 유비를 쳐다봤다. 남자가 지나쳐가자 유비는 둘레길에 설치된 난간 밑으로 몸을 숙여 넘었다. 알렉스와 나도 따라 넘었다. 난 춥지 않았다. 오히려 몸에 생기가 돌았다. 가로등에 비친 피부가 푸르렀다. 목덜미에 땀이 흘렀다. 그렇다고 마르티네즈가 준 목도리를 벗을 수 없었다. 유비와 나 그리고 알렉스는 몸을 숙이며 천천히 내려갔다. 알렉스는 유비의 지시에 따라 나뭇가지를 부러뜨리며 길을 만들었다. 미끄러지지 않게 중심을 잘 잡아야 했다. 내려가다 보니 평지가 나왔다. 옷에는 흙이 묻어 있었고, 신발 안으로 모래가 들어와 발바닥이 따가웠다.

눈앞에 황량한 벌판이 펼쳐졌다. 세찬 바람이 기다렸다는 듯이 들이닥쳤다. 세계는 한없이 평평해 보였다. 평원 너머로 두 건물이 보였다. 작업장과 공장. 유비는 곧 경비조원 교체 시간이라 지금밖에 기회가 없다고 말했다. 알렉스와 나는 고개를 끄덕였다. 어둠이 내려앉은 벌판을 가로질렀다. 풀이 발목에 스쳤다. 따가웠지만 참을 수 있었다. 유비는 공장 쪽으로 거침없이 달렸다. 반 정도 왔을 때, 알렉스가 뒤처지기 시작했다. 유비가 획 돌아봤다. 알렉스와 눈이 마주쳤다. 유비는 뭐 하고 있냐고 속삭였다. 알렉스는 조금씩 뒷걸음질 치더니 달려왔던 벌판으로 뛰어가 버렸다. 유비의 눈에 핏빛이 서렸다. 하지만 소리 지를 수는 없었다. 지금 알렉스를 쫓아간다고 무슨 의미가 있을까. 유비도 그렇게 생각했는지 몸을 돌려 다시 걸었다. 이제 나와 유비만이 남았다. 유비는 쉬지 않고 움직였다. 나도 지치지 않았다. 이대로라면 세계 끝까지 걸어갈 수 있을 것 같았다.

공장 건물에 다다르자, 유비는 앞에 심어진 은행나무 뒤로 몸을 숨겼다. 여러 번 계획하고 시도해 왔던 것처럼 익숙한 몸놀림이었다. 이토록 열렬히 유비가 괴물에게 가려는 이유가 뭘까. 정말 괴물을 처치하기 위해서일까. 유비는 입구를 살폈다. 잘 보이지 않았지만, 경비실에 사람이 없었다. 유비는 공장 바로 옆에 있는 화장실로 뛰었다. 나에게는 신호도 주지 않고 가는 바람에 헐레벌떡 따라가야 했다. 유비는 화장실에 들어가 세면대를 지나쳐 벽으로 갔다. 고개를 들어 창문을 힐끔 쳐다봤다. 그러더니 곧 소변기 위로 올라갔다. 소변기 위에 위태롭게 서 있던 유비는 오른 다리를 들어 창문에 걸쳤다. 잠시 후 그는 왼발도 창문 앞으로 옮겨 왔다. 문을 열었다. 나도 유비가 했던 대로 소변기 위에 올라섰다. 화장실에서 공장 창문이 보였다. 안은 캄캄했다. 희멀건 달빛만 반사돼 빛날 뿐이었다. 공장 창문은 화장실 창문보다 위쪽에 있어서 열리더라도 들어가기 쉽지 않아 보였다. 유비는 청소용 마대로 맞은편에 있는 창문을 열었다. 드르륵거리며 문이 열렸다. 유비는 마대를 던져 버리고, 서

둘러 창문에서 몸을 빼 공장 쪽으로 뛰었다. 나는 눈을 감았다. 다시 눈을 떴을 때, 다행히 유비가 떨어지지 않고 양손으로 창틀을 잡고 있는 게 보였다. 유비는 몸을 몇 번 흔들어 반동을 줘서 한 발을 창문에 올렸다. 끙끙거리는 소리를 내며 공장 안으로 몸을 집어넣었다. 공장으로 유비가 빨려 들어가고 있는 것처럼 느껴졌다. 내 차례였다. 난 화장실 창문에서 한달음에 공장 창문 안으로 뛰어들었다. 어렵지 않았다. 유비 덕분이라 생각했다. 그때까지만 해도.

우리가 들어온 곳은 어느 연구실이었다. 사밀라아제로 추정되는 액체들이 글라스에 담겨 있었다. 불이 은은하게 들어와 있는 걸로 봐서 적정 온도를 유지하고 있는 듯 보였다. 다른 기계들은 전원이 꺼져 있었다. 나는 아무것도 건드리지 않기 위해 조심하며 유비를 따라갔다. 유비는 잠겨 있던 문을 열어 복도로 나갔다. 복도는 어둡고, 바람이 부는 벌판보다 서늘했다. 유비가 뛰기 시작했다. 나라고 해서 뛰지 않을 수 없었다. 이러다가 사람이라도 마주친다면 우리는 어떻게 되는 걸까. 나는 유비 뒤에 있었지만, 어떨 때는 나도 모르는 사이 유비를 앞지르기도 했다. 길을 알고 있는 이처럼 유비가 갈림길에서 고민하고 있을 때마다 내가 옷깃을 잡아당겨 알려 줬다. 흙이 묻어서 발자국이 고스란히 남았다. 유비는 꽤 지친 것 같았다. 나는 그에게 조금만 더 힘을 내라고 말해 주고 싶었다. 유비의 얼굴은 비를 맞은 듯 땀이 흘러내렸다. 그의 손을 끌고 10여 분을 더 걸었다. 그러고 나서야 우리는 괴물이 있는 곳에 도착할 수 있었다.

3

괴물은 공장 한구석에 있었다. 견학 시 몰래 빠져나와 길을 잘 알고 있다고 하더라도 찾아갈 수 없는 거리였다. 아마 알렉스는 거짓말을 했을지도 모른다. 그보다 놀라운 것은 괴물이 하나가 아니라는 사실이었다. 그것들은 나열된 방마다 감금되어 있었다. 넘실거리는 기름 괴물이 방마다 달린 창 너머로 보였다. 감옥에 갇힌 죄수들처럼. 악취는 나지 않았다. 유비는 걷다 못해 휘청거렸다.

우리는 네 번째 방 앞에 섰다. 방을 가득 채우고 있는 괴물과 마주했다. 이글이글 타오르는 불 같았다. 노랗고 질긴 형체는 당장이라도 집어삼킬 듯 창가에 들러붙었다. 만약 벽이 없었다면 괴물은 이미 우리를 삼켜 버렸을 것이다. 유비는 물러서지 않았다. 침이 말랐다. 유비의 살이 떨리는 게 보였다. 그는 주머니에서 뭔가를 꺼냈다. 라이터인 줄 알았지만 아니었다. 열쇠였다. 열쇠를 가지고 뭘 하려는 거지. 유비는 망설임 없이 열쇠를 문고리에 집어넣었다. 열쇠가 돌아가자 찰칵거리는 소리가 났다. 설마 문을 열려고 하는 걸까. 유비가 손잡이를 붙잡았다.

"뭐 해?"

내 말에 유비가 멈췄다. 그는 내가 있는 쪽을 바라봤지만 눈은 쳐다보지 못했다. 내가 어디에 있는지 모르는 것 같았다.

"뭐야……."

유비는 놀랐는지 털썩 주저앉았다. 문이 흔들렸다. 방 안의 기름이 요동치고 있었다. 수만 가지의 사념이 섞인 불순물이 문을 박차고 나오려고 했다. 그 순간, 우리를 향해 빛이 비췄다. 얼굴을 찌푸렸다. 따가울 정도로 뜨거웠다. 손전등의 불빛이었다.

"거기서 뭐 하고 있지요?"

"네?"

흰 가운을 입은 세 사람이 걸어왔다. 나는 주저앉아 있는 유비 옆으로 갔다. 그때 이미 우리의 모험이 실패로 돌아갔다는 걸 직감할 수 있었다.

"문이 열려 있군요."

한 사람이 열려 있는 문을 열쇠로 다시 채웠다.

"이 문은 닫혀 있어야 해요. 먹이 줄 때만 빼고요."

키가 작은 사람이었다. 안경에 습기가 차서 잘 보이지 않았다. 유비는 미동도 없이 가만히 앉아 있었다. 남자가 걸어왔다. 또각거리는 소리가 공장 복도에 울려 퍼졌다. 그 사이 뒤에 서 있던 우락부락한 남자는 문 쪽으로 걸어갔다. 그는 고무장갑을 낀 손으로 들고 있던 봉지에서 기름을 꺼냈다. 유리창을 열어 창 너머로 망설임 없이 던졌다. 키 작은 남자는 그걸 지켜보고 있던 우리를 향해 기름을 키우고 있다고 친절하게 설명해 줬다.

"실험의 일부라고 해 둘까요."

우리는 숨죽였다.

"이것도 인연인데, 인사나 하죠. 일어나세요."

그가 손을 내밀었다. 나는 유비를 부축해 일어섰다.

"난 싱이라고 합니다. 이쪽은 루이 장."

싱이 그의 뒤에 있던 남자를 가리켰다.

"저쪽은 후안."

기름을 던진 사람이 인사했다.

"그쪽도 인사를 해야겠죠?"

"살려 주세요. 아무것도 안 했어요."

유비가 말했다.

"알아요. 난 이름을 물어봤을 뿐입니다."

기름 괴물이 벽에 부딪히고 있는 건지, 파도가 치고 있는 건지 찰싹거리는 소리가 들렸다.

"보아하니 학생 같군요."

"다시는 안 올게요."

유비는 울먹이며 말했다.

"이름이 뭐죠?"

유비가 아무 말도 하지 않자, 싱은 답답한 듯 팔짱을 꼈다.

"이 소년을 어떻게 해야 할까요."

유비는 일어나 반대쪽으로 도망쳤다. 날 버려두고. 그를 외면했던 만보와 룬 그리고 알렉스처럼. 나는 유비를 뒤쫓았다. 혼자 남아 할 수 있는 게 없었다. 등 뒤에서 싱이 어디 가는 거냐고 외치는 목소리가 들렸다. 공장 밖으로 나가기 위해서는 계단 쪽으로 내려가야 했지만, 계단으로 가는 통로는 이미 셔터가 내려가 있었다. 유비는 길이 있다면 어디든 뛸 수 있다는 듯 목적 없이 달렸다. 그가 뒤처질 때마다 나는 뒤에서 유비의 등을 밀어 줘야 했다. 희한하게도 우리가 뛰면 뛸수록 어디로 가냐고 외치는 싱의 얇고 정확한 목소리가 가까이에서 들렸다. 유비도 그걸 느꼈는지 멈춰 섰다. 주위를 한 번 살피고 다짜고짜 눈앞에 있는 문을 열었다. 잠겨 있었다. 다른 방의 문들도 열어 봤다. 수십 개의 문을 열다가, 끝내 열려 있는 문을 발견했다. 유비는 잽싸게 안으로 들어갔다. 나도 따라갔다. 한 평도 안 되는 작은 공간이었다. 용도를 짐작할 수 없었다. 여전히 싱의 목소리가 들리는 것 같았다. 어디 가는 거지요?

유비가 벽에 기대앉았다. 무릎을 모으고, 이를 덜덜 떨었다. 시선은 문을 향해 있었다. 나는 유비에게 말했다.

"유비야."

내 말에 유비의 눈이 휘둥그레졌다. 그러고는 갑자기 괴성을 지르면서 귀를 막았다.

"소리 지르면 들켜. 제발."

"꺼지라고. 꺼져!"

"왜 그러는 거야."

"살려 줘. 부탁이야. 잘못했어."

"유비야. 나야, 조니."

유비는 내가 말만 하면 소리를 질렀다. 나는 유비가 잠잠해질 때까지 기다렸다. 유비는 한참을 소리 지르다, 진정됐는지 손을 내려놓고 주위를 살폈다.

"너 여기 있지?"

그가 쉰 목소리로 말했다. 난 답했다.

"응."

유비는 또다시 소리를 질렀다. 난 더는 말하지 않기로 했다. 이 친구가 안정을 찾기 전까지는 침묵하는 거다. 유비의 귀에 내 목소리는 제인 누나의 노랫소리처럼 들리는 것이 틀림없다. 유비는 몇 번 더 여기 있냐고 물었다. 나는 답하지 않았다. 하지만 내 이름을 불렀을 때는 왠지 대답하지 않을 수 없었다.

"조니."

"응."

"정말 조니 맞아?"

"맞아. 나 조니야."

"어떻게 된 건지 얘기해 줘. 내가 지금 죽은 거야?"

"아니. 죽지 않았어."

"그럼 뭐야?"

"뭐가?"

"넌 죽었잖아."

"내가 죽었다고?"

유비의 그 한마디에 나는 숨이 멎었다. 그리고 곧 깨달을 수 있었다. 그래, 난 죽었다. 그동안 망각하고 있었던 모든 것들이 떠올랐다. 죽기 전, 내 방 창문 위에 엉거주춤 서서 학교를 바라보던 순간까지. 창틀에 발바닥이 눌려서 아팠었다. 그러고 나니 지금 내가 왜 유비 옆에 있는지도 이해할 수 있었다.

"야, 조니."

"응."

"내가 지금 미친 건가. 빌어먹을."

"아니, 넌 미치지 않았어."

유비가 눈을 크게 떴다.

"그럼 뭐야."

"난 네 말대로 죽었어. 죽고 나서 아마 이 상태로 부유하고 있는 것 같아. 내가 왜 이렇게 됐는지는 나도 잘 모르겠어. 하지만 네가 살아 있는 것만은 확실해."

"날 괴롭히려고 온 거 아니야?"

"모르겠어. 하지만 지금은 돕고 싶어."

"그럼 내 앞에서 사라져 주면 안 돼?"

"널 도울 거야. 그러니까 제발 진정해."

"왜?"

"일단 묻고 싶은 게 있어. 왜 기름 괴물을 보러 온 거야?"

난 유비와 마주 앉았다. 유비처럼 양 무릎을 모았다. 유비는 내 눈언저리를 쳐다보고 있었다.

"죽으려고."

"뭐?"

"더 살고 싶지 않아."

"왜."

"너 때문에."

"응?"

"나도 알아, 네가 죽은 건 나 때문인 걸. 반 애들도 다 알고 있지. 알게 모르게 널 괴롭혔잖아. 결정적으로 그 사건이 있고 나서 며칠 뒤, 넌 일을 저질러 버렸고. 네가 떠나고 난 뒤로 아이들은 날 서서히 피하기 시작했어. 죽고 싶지 않았나 보지. 너무 부끄럽더라. 야, 네가 힘들다고 귀띔이라도 해 줬으면 이런 일이 일어나지 않았을 텐데. 그럼 괜찮았을 텐데."

나는 녀석을 한 대 때려 주려다가 말았다.

"내 인생은 학교가 전부야. 예전처럼 애들이랑 놀고 싶어. 근데 다시 돌아갈 수 없다는 것도 내가 제일 잘 알아. 그래서 외로워. 더는 살 의미가 없어. 그러다가 아빠를 통해 기름 괴물에 대해 알게 됐어. 제기랄."

유비는 고개를 푹 숙이고 머리카락을 쥐어뜯었다.

"아이들은 왜 데려간 거야?"

"걔들이 끝까지 날 믿고 따라왔다면 죽지 않을 작정이었어."

"아이들을 밀칠 생각은 아니었고?"

유비가 일어나 그건 진짜 아니라고 내가 있는 방향을 보며 외쳤다.

"유비야."

"왜."

"왜 그랬어?"

"야, 괴롭히지 않는다며."

"그게 다야?"

"미안해."

"진심이야?"

"내 속을 꺼내 다 보여 주고 싶어. 넌 그 상태니까 볼 수 있지 않을까. 그니까 날 내버려 둬. 죽게 내버려 두라고."

"근데 넌 죽지 않고 도망쳤잖아."

"그건 그 사람들 때문이야. 너무 무서웠어."

"나도 네가 무서웠어."

유비는 한숨을 쉬었다.

"장난이야."

"장난 아닌 거 알아."

다시 유비의 눈과 내 눈의 초점이 맞춰졌다. 나는 이 아이를 어떻게 하면 좋을까. 이 불쌍한 아이와 무엇을 해야 하나.

"괴물은 왜 만들고 있는 거야? 알아?"

"몰라. 나도. 여기 와서 처음 봤어. 미친 사람들 같아."

"공장조 직원일 거 아니야."

"그러겠지."

나는 안경을 벗었다. 온몸이 땀과 흙으로 뒤범벅이 된 유비가 보였다. 죽으면서 시력마저 좋아진 듯했다. 유비는 물에 흠뻑 젖은 양 같았다. 그는 이제 어떻게 할 거냐고 물었다.

"어떡하긴 공장을 나가야지."

"어떻게?"

"이 방은 괴물을 감금하는 곳 같아. 바닥이랑 벽을 만져 봐. 다른 방이랑 다르잖아. 아까 봤던 감옥 안이랑 비슷해. 구조도 그렇고. 한마디로 여기 가만히 있으면, 넌 기름 괴물한테 먹힐 수 있어. 네가 원하는 죽음으로 갈 수 있다는 얘기지. 그렇게 할래?"

"싫어. 살려 줘."

나는 부아가 치밀었다. 참을 만큼 참았다고 생각해 유비의 이마를 한 대 때렸다.

"아, 아파. 왜 때리는 거야?"

"네가 한 짓들에 비하면 새 발의 피야. 나가자."

"어떻게 나가는데? 문이 다 닫혀 있잖아."

"창문으로 뛰어내리자. 아까 봐 둔 곳이 있어."

"미쳤어?"

"왜, 아까 보니까 잘 올라가던데."

"언제부터 내 옆에 붙어 있었던 거야."

"네가 상상하는 것보다 더 오래전부터."

"뭐?"

"그건 중요한 게 아니고, 빨리 가야 해. 내가 창문에서 먼저 뛰어내릴게."

"무슨 소리를 하는 거야."

"내 목소리가 들리는 쪽으로 뛰어내려. 그럼 내가 널 받을 거야."

유비는 고개를 저었다.

"날 죽일 셈이야? 죽은 네가 어떻게 날 받아. 설사 받을 수 있다고 해도 너한테 그런 힘이 있어?"

"시끄러워. 어서 가자. 일어나."

유비는 순순히 일어났다. 어디서 긁혔는지 볼에 상처가 나 있었다. 흙과 땀이 섞여 몰골이 말이 아니었다.

"저, 조니."

"응."

"나 후회하고 있어."

"됐어. 정신이나 똑바로 차려."

우리는 문을 열고 복도로 나왔다. 녹음된 목소리가 방송되고 있는 것처럼 "어디로 가지요?" 하는 싱의 목소리가 일정 간격으로 울렸다. 나는 유비에게 따라오라고 했다.

"네가 어디 있는지 어떻게 알아."

"후."

나는 유비를 잡아끌고 복도를 뛰었다. 방들을 빠르게 지나쳤다. 유비는 나에게 몸을 맡겼다. 더 뛸 힘도 없어 보였다. 그 사람들이 어디서 튀어나올지 모르기 때문에 집중해야만 했다. 봐 뒀던 창문 앞에 도착했다. 문 너머로 반쪽이 뜯긴 것 같은 하현달이 떠 있었다. 2층이라 그렇게 높지는 않았다. 미닫이문을 밀었다. 문이 열리지 않았다. 잠금장치는 풀려 있었다.

"난 죽어서 열 수 없나 봐. 네가 해 봐."

나는 유비가 열 수 있게 비켜섰다. 유비가 밀어도 문은 쉽사리 열리지 않았다.

"어쩌지."

"어쩔 수 없지."

나는 온 힘을 다해 주먹으로 문에 난 창문을 쳤다. 쨍그랑 소리가 났다. 유리창이 부서지면서 밑으로 떨어졌다.

"너 힘이 세구나."

"그럼, 구주희 놀이도 잘해. 누구 때문에 그걸 제대로 보여 줄 기회가 없었지만."

"미안해."

"알면 됐어."

"손은 괜찮아?"

난 유비의 말에 손을 봤다. 쥐었다가 펼 때 약간 따끔거릴 뿐 아프지 않았다.

"응."

문을 열자 어슴푸레한 새벽과 마주할 수 있었다. 공장에 들어오고 나서 시간이 많이 지난 것 같았다. 밖에서 풀과 낙엽이 바람에 살랑거리는 소리가 들려왔다.

"내가 먼저 뛸게. 너도 신호 보내면 뛰어내려."

내가 말했다.

"정말 날 받아 줄 수 있어?"

"날 믿어."

난 창문 위로 올라갔다. 발바닥이 아프지 않았다. 그때는 맨발이었지만, 지금은 신발을 신고 있었다. 심호흡을 크게 한 번 했다. 유비의 숨소리가 들렸다. 살아 있다는 건 그런 거다. 난 다르다. 유리창을 깨도 손에 피 한 방울 나지 않는다. 나 자신을 믿기로 했다. 나는 두 발을 창문에서 뗐다.

떨어지는 속도는 죽을 때와 엇비슷했다. 시간이 느리게 흘러서 흐르고 있지 않은 것처럼 느껴졌다. 나는 곧 멈춰 있던 것들을 떠올렸다. 내가 죽은 이유 같은 것들 말이다. 유비는 자기 때문에 내가 죽었다고는 하지만 그게 전부는 아니었다. 심지어 유비가 직접적으로 날 괴롭힌 건 단 한 번밖에 없었다. 날 정말 아프게 만들었던 건 외면들이었다. 학교에 입학하고 나서부터 좀처럼 아이들에게 다가갈 수 없었다. 말을 거는 것부터 고역이었다. 집에서는 할 수 있었던 말을 아이들만 만나면 잃어버렸다. 친구들은 나를 가리켜 실어증이라고 놀려 댔다. 그리고 얼마 지나지 않아 난 철저히 소외됐다. 혼자 밥을 먹고 수업을 들었다. 학교가 끝나면 도망치

듯 집에 왔다. 아빠도, 엄마도, 누나도 나의 학교생활에 대해 궁금해하지 않았다. 가족들을 탓하고 싶지 않다. 각자의 인생이 있는 거니까. 난 그냥 내가 너무 미웠다. 이렇게 태어나서 이런 성격을 가진 내가 끔찍이 싫었다. 낙엽은 계속 쌓이고 있었고, 덩어리가 되어 악취를 풍겼다.

체육 시간 구주희 놀이를 하다 안경이 떨어진 적이 있다. 난 땅을 더듬거리면서 안경을 찾았고, 그걸 본 유비가 낄낄거리며 웃어 댔다. 다른 친구들도 같이 웃었다. 나는 웃음거리였다. 사람들은 그 일이 있고 나서 얼마 지나지 않아 내가 죽어, 그 일 때문에 내가 죽은 줄로 안다. 하지만 그것만이 전부는 아니었다고 꼭 말하고 싶다. 난 굳이 그 일이 아니었더라도 죽었을 것이다. 반드시.

발이 땅에 닿았다. 안전하게 착지했다. 두 다리가 시큰거렸다. 나는 유비를 향해 여기로 내려오라고 소리쳤다. 유비가 떨고 있는 모습이 아래에서도 보였다. 금방이라도 무슨 일이 벌어질 것처럼 고요한 정적이 흘렀다. 경비가 올 것 같았다.

"빨리."

"너 거기 있는 거 맞지?"

"어. 빨리."

"진짜야?"

"날 믿어."

유비가 흐느껴 울었다. 도대체 왜 그러는 건지 알 수 없었다. 유비는 마침내 발을 떼고 허공에 몸을 실었다. 나는 유비가 떨어지는 곳으로 쏜살같이 달려갔다. 유비를 받았다. 아이처럼 가벼웠다. 유비는 무사했지만 여전히 공포에 질린 표정을 하고 있었다.

"너 살았어."

"정말이야?"

"근데 이러고 있을 시간이 없어."

나는 유비를 땅에 내려 줬다. 유비는 흐느끼며 울었다. 죽지도 못할 자식. 유리창이 깨진 걸 알아챘는지 공장 경보음이 울려 댔다. 유비의 손을 붙잡고 다시 뛰었다. 유비의 삶에 있어서 오늘 하루는 평생 잊지 못할 고단한 날이 될 거라는 생각이 들었다. 우리는 화장실과 은행나무를 지나쳤다. 허허벌판으로 뛰었다. 어느덧 나는 유비를 업은 채 달리고 있었다. 둘레길에 도착해 유비를 내려 줬다. 우리는 결국 돌아왔다. 광장으로, 학교로, 집으로, 우리가 뛰놀던 안식처로. 가로등이 저 멀리 빛나고 있었다. 숨이 차오르지 않았다. 새벽 운동을 하는 사람은 없었다. 유비는 추운지 부들부들 떨고 있었다. 목도리를 벗었다. 유비의 목에 감아 주며, 너는 꼭 살라고 말해 줬다.

"어서 들어가. 그리고 보란 듯이 잘 살아."

"넌 어디 가는데."

"몰라."

"조니."

나는 답하지 않았다.

"조니야."

유비는 계속해서 내 이름을 불렀다. 그렇게 애타게 부르면 내가 살아 돌아오기라도 할 것처럼. 몇 분 뒤, 유비는 부르다 지쳤는지 길을 따라 걸어가 버렸다. 드디어 혼자 남았다. 나무들이 붉게 물들어 있었다. 가로등 사이로 나방이 날아다녔다. 나는 이제 어디로 가야 할까. 내 방 창문 밑에 머물러 있는 검은 형체와 마주할 때가 다가왔다. 주머니에 손을 넣었다. 제인 누나의 노랫소리가 들려왔다. 누나가 보고 싶었다.

죽음은 결코 모든 것을 해결해 주지 않는다. 그게 죽음을 경험하고 느낀 점이다. 구주희 경기에 나가고, 작업조원이 되어 고객을 맞이해야 하는데. 하고 싶은 일들이 많은데. 이제 영영 할 수 없는 것들에 대해 생각했다. 조금 슬펐다. 내 죽음으로 인해 이제는 가족들이 슬퍼하지 않았으면 좋겠다. 난 보란 듯이 잘 있으니까. 앞으로의 일들에 대해서만 생각하기로 마음먹었다. 새벽 공기를 들이마셨다. 나에겐 온기가 필요했다. 안개가 걷히고 아스라한 달빛이 평평한 세계를 비췄다. 나는 걸었다. 검은 그림자와 은색 안경이 떨어져 있는 쪽으로.

울찌 전성시대

1

그해 가을에는 비가 쉬지 않고 내렸다. 양배추밭 사이사이로 스며든 빗물은 웅덩이가 되더니 일궈 놓은 밭을 무너뜨렸고 기어코 범람하기 시작했다. 한 달째 대지를 적시던 비에 결국 사람들의 낯빛은 변해 갔다. 마을은 빗줄기의 지배 아래 있었다. 카페에 모여 앉은 사람들은 회사 창립기념일 전에는 비가 제발 그쳐 주길 바랐다. 아이들은 창을 무참히 두드리는 빗소리를 들으며 슬픈 표정을 지었다. 얼마 뒤, 하늘에 구멍이 뚫린 게 분명하다며 구멍을 찾으러 다니는 이들이 나타났다. 그들은 우의에 물안경을 쓰고 밤낮으로 구멍을 찾으러 다녔다. 그런가 하면 어떤 사람들은 옥상에 올라 기청제를 지내기도 했다. 비를 맞은 채로 제사를 지내다

심한 감기에 걸린 이도 있었다. 구주희 놀이 위원회에서는 경기를 실내에서 진행하는 방안에 대해 논의했다. 비는 어제도, 오늘도, 내일도 어김없이 내렸다. 그렇게 사람들은 각자 나름의 방식대로 질긴 비를 견뎌 내고 있었다.

그중 비가 와서 유독 난처해하던 사람이 있었으니 바로 바간다스였다. 그는 지난 몇 달간 창립기념일 축제를 기획해 온 총무부 사원이었는데, 폭우로 계획의 변경이 불가피해졌다. 그해 처음으로 축제 전임자가 된 바간다스는 막중한 책임감에 원형 탈모가 생기기도 했었다. 정수리 한가운데 뚫린 구멍을 보고, 그의 첫째 딸인 홀랑은 구멍이 여기 있어서 비가 샌다고 말했다. 하지만 바간다스는 딸의 장난을 받아 줄 만큼 여유 있지 않았다. 계획대로라면 분수대 광장에 예년처럼 단상을 설치하고, 축제 날 신제품인 기억 풍선을 공개할 예정이었다. 공장조와 협업하여 개발해 낸 기억 풍선은 축제의 대미를 장식할 비장의 카드였다. 고객의 추출물이 고무 안에 들어 있어 입으로 불면 다채로운 빛깔을 내는 풍선. 맑은 밤, 하늘 아래 풍선들이 둥실둥실 떠다니고, 단상에서 브람스가 흐르며, 연못을 둘러싼 천막 안에서는 음식을 요리해 광장 어디에서든지 고소한 냄새가 나 침이 고이는 축제. 아이들은 떠다니는 풍선을 향해 손을 뻗는다. 어른들은 그런 아이들을 보며 활짝 웃음을 짓는다. 축제가 성황리에 끝난 뒤, 바간다스는 승진에 관련된 이야기를 나눌 수도 있었다. 하지만 망할 비가 내렸다.

총무부에서는 축제를 학교 강당에서 개최하기로 결정했다. 천막을 설치하기에 강당은 비좁았다. 사원들과 그 가족들을 수용하기에도 한정적이었다. 강당에 선 바간다스는 풍선 하나를 불어 띄워 봤다. 붉은빛을 내는 풍선이 허공에 떴다. 불이 타오르듯 색이 선명해서 넋을 잃고 바라보게 만들었다. 그러나 습기로 가득 찬 실내라 그런지 풍선은 금방 내려앉았다. 그는 이럴 바에 차라리 올해는 축제를 열지 않는 편이 나을지도 모르겠다고 생각했다. 그럼에도 축제 전날까지 준비에 열을 올렸다. 단상이 올바르게 설치되어있는지 다섯 번이나 확인했고, 천막에 입점할 음식점들을 확인하는 일도 여섯 번이나 했다. 바간다스는 반복만이 실수하지 않는 길이라 믿었다. 축제 전날, 현장에 있던 그의 동료들은 준비가 다 됐으니 집에 가서 쉬라고 말했다. 무리하다가는 내일 일을 그르칠 수도 있다면서. 바간다스는 알겠다고 말했으나, 두 시간이나 강당에 더 머물다 떠났다. 비는 얄밉게도 여전히 세차게 내리고 있었다.

집에 도착해 문을 열자 그의 딸들인 홀랑과 빌궁이 뛰어왔다. 그는 손 인사를 하고는 서재로 들어갔다. 책상에 앉아 내일 진행될 행사를 다시 한번 확인했다. 실수는 그의 삶에 허용되지 않았다. 밖에서 노크하는 소리가 들렸다. 홀랑과 빌궁이 손을 잡고 들어왔다.

"아빠, 내일 비 그치는 거 맞죠?"

홀랑이 다가와 물었다. 바간다스는 모르겠다고 말했다.

"그친다고 했잖아요. 이제껏 축제 날 비가 내린 적은 없다면서요."

"모르겠다. 엄마한테 물어봐라."

"엄마는 아프대요."

"그래, 알았으니까 좀 나가 줄래? 아빠가 바쁘거든."

빌궁은 고개를 숙이고 눈물을 떨궜다. 홀랑은 언니답게 그녀를 위로했다.

"애들아, 부탁이다. 오늘 하루만큼만은 날 내버려 둬."

"네."

홀랑이 의연하게 빌궁을 데리고 나갔다. 방 안은 빗소리밖에 들리지 않았다. 바간다스는 집중할 수 없었다. 서류에 인쇄된 글자들이 흐릿하게 보였다. 초점이 빗나간 카메라처럼. 그는 무리한 탓이라 생각하고 바람이나 쐴 겸 창문 앞으로 가서 문을 살짝 열었다. 금세 창틀에 빗물이 고였다. 유리창에 그의 모습이 비쳤다. 불행한 사람 같았다. 곧이어 아내의 목소리가 들려왔다. 처음에는 옆집에서 들려오는 소리인 줄로만 알았지만, 그러기에는 너무 가까이에서 들렸다. 밖으로 나가자 문 앞에 홀랑과 빌궁이 어쩔 줄 모르는 표정으로 서 있었다.

"무슨 일이야?"

"엄마가 아파요."

"뭐라고?"

"아프다고요."

"근데 왜 이러고 있어?"

"아빠가 나가 있으라고 했잖아요."

바간다스는 이마를 탁 쳤다. 아내가 있는 방으로 뛰어 들어갔다. 침대에 누워 있는 미란다는 땀을 흘리며 끙끙거리고 있었다.

"왜 그래?"

바간다스가 놀란 눈으로 아내 앞에 섰다.

"아."

미란다는 간신히 말했다.

"빨리, 빨리."

그녀는 자신의 배를 가리켰다. 바간다스는 거실로 달려 나와 즉시 의사에게 전화를 걸었다. 통화 연결음은 한없이 느리고 단정했다. 일곱 번의 신호가 간 뒤에야 연결됐다. 의사는 앞뒤 잴 것 없이 바로 오겠다고 했다. 방으로 다시 들어가자, 홀랑과 빌궁이 미란다 앞에 있었다. 빌궁은 눈물을 보였다. 바간다스는 아내의 손을 덥석 잡았다.

"괜찮아?"

미란다는 지금 내가 괜찮은 것 같냐는 표정으로 그를 쏘아봤다. 홀랑은 미란다의 이마와 얼굴에 난 땀을 손수건으로 닦아 줬다.

"어쩌지. 어쩌지."

바간다스는 같은 말만 반복하면서 서성였다. 벨이 울렸다. 뛰어가서 문을 열었다. 의사의 옷이 비에 젖어 있었다. 의사는 간호사와 같이 왔다고 했다.

"고마워요."

그들은 바간다스를 지나쳐 미란다가 있는 방으로 들어갔다. 미란다의 상태를 보더니 바로 준비해야겠다고 말했다. 나가 있어 달라는 의사의 말에 바간다스는 홀랑과 빌궁을 데리고 거실로 나왔다.

"엄마는 괜찮겠죠?"

홀랑이 물었다.

"그래, 괜찮을 거야."

"동생은요?"

"동생도 안전할 거야."

"진짜죠?"

"그래, 걱정 마라."

아내의 신음이 들려왔다.

"정말 괜찮은 거 맞아요?"

"응."

두 시간이 지나도 여전히 앓는 소리와 의사의 목소리만 들리자, 바간다스는 참지 못하고 슬그머니 방문을 열었다.

"아직 아니에요."

의사가 말했다.

"아, 네."

그는 거실로 돌아왔다. 동생이 나올 때까지 잠을 자지 않겠다던 홀랑과 빌궁은 서로 머리를 맞댄 상태로 졸고 있었다. 그는 아이들을 깨워 방으로 데려갔다. 이불을 덮어 줬다. 바간다스는 눈을 비비고 있는 홀랑에게 내일 아침 일어났을 땐 동생이 반드시 태어나 있을 거라고 말해 줬다. 홀랑이 씨익 웃었다. 밖으로 나온 바간다스는 부엌에서 커피를 내려 찻잔에 따라 소파에 앉았다. 통화 연결음처럼 아내의 신음이 시간을 두고 들려왔다. 축제를 생각해야 했다. 아내도 생각해야 했다. 초조해졌다. 딸꾹질이 나왔다. 긴장할 때마다 나오는 버릇이었다. 숨을 참았지만 불쑥 튀어나왔다. 냉장고에서 물을 꺼내 병째로 마셨다. 진정되지 않았다. 소파에 눕듯 기대앉았다. 시간은 망설임 없이 떨어지는 빗물같이 곧게 흘렀다. 이른 새벽이 됐지만, 비가 내려서 여전히 어두웠다. 창립기념일 아침이 밝았다. 기적은 일어나지 않았다. 그는 담배를 태운 지 오랜 시간이 지났다고 생각했다. 서재에서 담배를 챙겼다. 슬리퍼를 신고 현관문을 열었다.

　가족동 옥상으로 올라갔다. 안개가 껴서 앞이 잘 보이지 않았다. 새벽부터 담배를 태우러 온 사람은 없었다. 손차양을 만들어 파라솔까지 뛰어갔다. 주머니에서 담배를 꺼냈다. 철제 테이블과 의자는 이미 빗물에 젖어 있었다. 바간다스는 오늘 일정에 대해 생각하려 했지만, 그럴 때마다 딸꾹질이 생각을 가로막으려는 듯 튀어나왔다. 아무것도 할 수 없었다. 무엇이 현재 그에게 중요한지 알지 못했다. 여러 번의 시도 끝에 불이 붙었다. 숨을 내뱉자 허공에 연기가 부유했다. 토닥토닥 내리던 비가 갑자기 그친 것 같은 기분이 든 건 착각이었을까. 정적이 흘렀다. 영원한 고요. 풍요로운 안식처. 하얀 공포의 시간. 그것도 잠시 적막을 깨트리는 아기 울음소리가 들렸다. 귀가 찢어질 정도로 우렁찼다. 기다리던 소리였다. 바간다스는 담배를 버리고 달렸다. 하지만 달리던 중 웅덩이에 발을 헛디뎌 미끄러지고 말았다. 미끄러질 때 하필이면 뒤쪽으로 넘어져 차가운 옥상 아스팔트 바닥에 뒤통수가 정통으로 부딪혔다. 닿는 순간 즉사했다. 평생 실수하지 않으려고 노력했던 그는 삶의 마지막 순간에 실수를 저지르고 만 셈이다. 딸꾹질하는 것처럼 몸이 한 번 들썩였다. 바간다스의 시계가 멈췄다. 따가운 햇빛이 그를 향해 내비쳤다. 바간다스의 주머니 안에는 아내와 두 딸에게 줄 기억 풍선이 들어 있었다. 숨을 불어 넣으면 초록색 빛을 띨, 흐물흐물한 풍선들이.

아기의 울음소리는 온 세상을 집어삼킬 것처럼 드높았다. 비의 구멍을 찾던 사람들도 새 생명의 탄생을 알리는 소리에 고개를 돌렸다. 그러고는 드디어 구멍을 찾았다고 외쳤다. 제사를 지내던 이들은 자던 도중 속옷 바람으로 뛰쳐나와 비가 그친 하늘 아래에서 환호했다. 밤샘 근무를 서고 있던 경비조들도 아기의 울음소리에 눈을 번쩍 뜨고는, 촉촉이 젖어 있는 꿈같은 땅을 쳐다봤다. 지진이 났다고 생각하는 사람들도 있었다. 매섭게 떠오른 햇살은 비의 흔적들을 순식간에 지워 나갔다. 그렇게 울찌는 태어났고, 새 시대가 도래했다.

2

울찌를 받은 의사의 증언에 따르면, 막상 그녀가 세상에 나왔을 때는 울지 않았다고 한다. 핏덩이인 아기는 눈을 감고 있었다. 의사는 죽은 줄로만 알았다고 회고했다. 하지만 탯줄을 자르자 왜 자르냐고 화를 내듯 소리를 질러 댔다. 목청이 너무 커서 의사는 하마터면 울찌를 놓칠 뻔했다. 그녀의 탄생을 알리는 울음소리와 함께 놀랍게도 비가 그쳤다. 사람들은 울찌를 마을의 보배라고 여

겼다. 다음 날, 피치 못할 사고로 생을 마감한 바간다스의 장례식
이 진행됐다. 식장에는 사람들로 인산인해를 이뤘다. 그의 아내인
미란다도 머지않아 출산 후 회복하지 못한 채 남편 뒤를 따랐다.
이 슬픈 가족사에 대해 안타까워하는 사람들이 많았다. 곧 사람들
은 그들의 세 딸을 어떻게 해야 할지에 대한 회의를 나눴다. 마땅
한 친척들조차 없었던 아이들이었다. 입양을 보내자는 말도 있었
고, 다른 지역에 있는 보호소로 보내자는 등 의견이 분분했다. 그
때 앙드레가 선뜻 나섰다. 내가 기르면 안 되겠냐고. 그는 공장 고
위직에 있다가 몇 년 전 퇴사를 한 뒤, 펍을 차려 부자가 된 중년 남
자였다. 미란다와는 먼 친척 관계에 있다고 자신을 소개했다. 올
백 머리에 자애로운 미소를 띤 앙드레는 덕망 높은 사람이었다.
평소 바간다스 가족과 잦은 교류로 홀랑과 빌궁 또한 앙드레를 잘
따랐기 때문에 사람들은 그에게 아이들을 맡기기로 했다. 앙드레
라면 이 불쌍한 아이들을 잘 키워 줄 수 있겠지. 모두가 고개를 끄
덕였다.

　절차는 단순했다. 앙드레는 세 자매가 살던 집을 그대로 두고
자신의 집으로 이사시켰는데, 이 결정은 나중에 홀랑과 빌궁이 다
투는 빌미를 제공한다. 그녀들은 그 집을 두고 갈등해 한 달여간
연을 끊고 살게 된다. 하지만 미래를 알지 못한 사람들은 앙드레
가 옳은 결정을 했다고 말했다. 떠들기 좋아하는 이들은 앙드레가

미란다의 오랜 연인이었을 수도 있다고 추측했다. 그렇지 않으면 이렇게까지 할 수가 없지. 그 나이를 먹고도 독신인 것이 수상하다고 했다. 이번에 태어난 울찌는 앙드레의 피가 섞여 있다는 소문도 돌았다. 소문과는 상관없이 앙드레와 아이들은 바뀐 환경에 잘 적응해 나갔다. 더불어 시간이 지나자 사람들의 관심은 자연스레 사그라들었다. 한 달째 내리던 폭우가 그치고 찾아온 풍요로운 날에 당연하다는 듯 적응했던 사람들처럼.

앙드레가 아이들과 같이 살게 되면서 가장 먼저 한 일은 입주 가사 도우미를 고용한 것이었다. 가사 도우미 미숙은 수년의 경력을 가진 유능한 인재였다. 그녀는 앙드레의 집에 함께 살면서 아이들을 돌봤다. 그래서인지 둘째 빌궁은 그녀를 가끔 엄마라고 부르기도 했다. 그럴 때마다 미숙은 어디까지나 난 아줌마일 뿐이라고 선을 그었다.

"우리 딸 이름은 송화야. 알겠지?"

"응, 엄마."

당시 앙드레는 사업 확장으로 집에 있는 시간이 드물었다. 미숙의 딸 송화는 이런 이유로 하여금 엄마에게 일을 그만두라고 말하기도 했다.

"쉴 시간이 없잖아. 그게 어디 사람 사는 거야? 엄마도 엄마만의 시간을 가져야 해."

미숙은 그 말에 아이들이 커 가는 걸 지켜보는 게 내 삶의 기쁨
이라고 말했다.

"그럼 힘들다고 좀 그만해. 신경 쓰여서 공부에 집중 못 하겠어."

"그건 그거고 이건 이거란다. 그리고 넌 원래 공부를 못했잖니."

앙드레는 미숙을 믿었고, 미숙은 아이들을 믿었다. 단, 울찌가
말썽을 부리기 전까지.

울찌는 한번 울면 두 시간이 넘도록 그치지 않았다. 두세 살까
지만 해도 아직 어리니까 그러려니 했다. 하지만 네 살이 되어도
말을 하기는커녕 알아듣지도 못하고 울자, 미숙은 이런 아이는 처
음 봤다고 말했다.

"말을 못 하니 답답해서 저러는 거지."

미숙이 자다 깨서 울고 있는 울찌에게 왜 그러냐고 물으면 냅다
악을 써 댔다.

"때리지는 않아 다행이에요."

그녀는 퇴근해 들어와 울찌는 오늘도 여전하냐고 묻는 앙드레
에게 말했다.

"병원에 가 봐야 하지 않을까요? 원래 돌이 지나면 다들 말을 한
다던데."

앙드레가 물었다. 미숙은 기다려 보자고 했다.

"몇 개월만 더 지나면 말을 할 것 같거든요."

"내가 보기엔 그럴 기미가 안 보이는걸요. 문제가 있어 보여요."

"아니에요, 우리 울찌는 괜찮아요. 하고 싶은 말이 너무 많은데 참고 있다고요."

미숙은 어느 순간부터 아이들에 대해 말할 때 우리를 붙이고 있었다. 그녀는 믿음에 힘이 있다고 믿는 사람이었다. 사람들은 울찌가 역시 특별한 아이이기 때문에 남들과는 다르게 말을 하지 않는 거라고 입을 모아 말했다. 어쨌든 네 살의 울찌는 여전히 울고, 성질을 내며 말을 알아듣지 못했다.

미숙은 여느 때와 다름없이 울찌의 떼쓰는 소리에 눈을 떴다. 커튼 사이로 말랑거리는 햇살이 그녀의 얼굴에 내비쳤다. 코가 시렸다. 문틈으로 초겨울의 바람도 들어오고 있었다. 울찌도 마음껏 울었는데도 울음을 그치지 못하고 있는 것처럼 코를 킁킁거렸다.

"감기 걸린 거야?"

미숙이 울찌를 안아 주자, 울찌는 미숙을 꼭 껴안았다.

"잘 잤어?"

미숙은 휴지를 뽑아 울찌의 콧물을 훔쳤다. 울찌가 얼굴을 찡그렸다.

"울면 또 나와. 아이고."

그녀는 울찌를 안고 거실로 나왔다. 식탁에는 아침 일찍 출근한 앙드레가 어질러 놓고 간 음식과 신문들이 있었다. 안겨서 발버둥 치는 울찌를 내려놓았다. 미숙은 베란다 문을 열었다. 그녀는 아침이면 아무리 추운 날에도 잊지 않고 환기를 시켰다. 문을 열자 울찌가 매미처럼 방충망에 달라붙었다.

"추워, 들어가."

울찌는 아랑곳하지 않고 바깥을 쳐다봤다.

"아이고."

미숙은 방에 들어가 홀랑과 빌궁을 깨웠다. 홀랑이 먼저 일어났다.

"안녕히 주무셨어요?"

"잘 잤니? 춥진 않았어?"

"괜찮았어요."

"빌궁, 일어나야지."

미숙의 말에 빌궁은 미간을 찌푸렸다.

"어서, 학교 가야지."

미숙은 주방으로 갔다. 냉장고에서 양송이죽을 꺼내 가스레인지에 올려놓았다. 그녀가 죽을 소분하고 있을 때, 울찌가 다다닥 달려와 그녀의 바짓가랑이를 붙잡았다.

"알았어, 밥 줄게. 기다려."

울찌는 또다시 울어 댔다.

"준다니까. 홀랑, 애 좀 어떻게 해 봐."

세수하고 나온 홀랑이 울찌를 안았다. 울찌는 발버둥 치며 고개를 젖혔다.

"아이고, 널 어쩜 좋니."

미숙은 한숨을 쉬었다.

그들은 테이블에 마주 앉아 양송이죽을 먹었다. 울찌는 미숙의 어깨를 붙잡고 떠 주는 죽을 먹었다.

"혼자 먹지도 못해."

빌궁이 말했다.

"난 괜찮아."

"내가 안 괜찮아요."

빌궁이 입을 내밀었다.

"바보 같아."

"동생한테 그러는 거 아니야."

"걔는 내 동생 아니에요."

"그게 무슨 소리야?"

"몰라요."

빌궁은 갑자기 일어나 방으로 들어가 버렸다.

"왜 저러니?"

"제가 잘 타이를게요. 걱정 마세요."

홀랑이 그렇게 말하는 동안에도 미숙은 울찌의 콧물을 닦고 있었다.

홀랑과 빌궁을 학교에 보낸 미숙은 본격적으로 청소를 시작했다. 청소기를 돌리자 울찌가 그새를 놓치지 않고 쫓아왔다. 청소기에서 나는 '붕' 소리를 옆에서 듣고 있었다. 그 모습은 유심히 고뇌하고 있는 사람 같았다. 미숙은 밀대로 바닥을 닦은 뒤에야 베란다 문을 닫았다. 아직도 청소기 옆에 앉아 있는 울찌에게 갔다.

"뭐 하고 있어? 소리도 안 나는데."

미숙이 울찌를 자기 앞으로 끌어오자 울찌는 소리를 질렀다.

"아이고, 귀 떨어지겠다. 알았어, 가지고 놀아."

미숙은 가만히 앉아 울찌가 청소기를 바라보고, 밀고, 노는 걸 지켜봤다. 투명한 햇볕이 베란다로 쏟아지는 한가로운 오전이었다.

점심을 먹은 울찌는 쉽게 잠들지 않았다. 한 시간쯤 침대 위에서 미숙과 사투를 벌인 끝에 겨우 잠들었다. 미숙의 옷은 땀에 젖어 있었다. 감기 걸린 울찌를 위해 전기장판을 틀어 놓은 탓이었다. 그녀는 울찌가 깨지 않도록 조심스럽게 몸을 뺐다. 슬그머니 일어나 울찌를 바라봤다. 새근새근 숨을 내쉬며 자는 모습이 귀여웠다. 미숙의 얼굴에 미소가 흐린 구름처럼 번졌다. 그녀는 방문을 최대한 소리 나지 않게 닫고 나왔다. 까치발을 하고 욕실에 들어갔다. 문을 닫았다. 옷을 벗은 뒤, 욕조 안으로 들어가 샤워기를 틀었다. 몹시 더웠지만 그렇다고 찬물을 틀기에는 추웠다. 뜨거운 수증기가 욕실을 감쌌다. 미숙은 졸렸다. 몸이 흐물흐물해지는 기분이었다. 욕조에 물을 채워 반신욕이라도 하고 싶었다. 하지만 그녀에게는 해야 할 일들이 아직 많이 남아 있었다.

빌궁은 집에 들어오자마자 울찌의 울음소리를 들었다. 현관문 여는 소리에 잠에서 깬 것 같았다.

"쟤는 왜 만날 우는 거야. 짜증 나."

빌궁은 쿵쾅거리며 안방 침실로 들어갔다. 침대 위에서 발을 차며 울고 있는 울찌를 쳐다봤다. 울찌는 빌궁을 보지도 않고 울어 댔다.

"시끄러워."

빌궁이 말했다. 울찌의 울음소리가 한층 더 커졌다.

"시끄럽다고!"

빌궁은 귀를 막고 소리 질렀다. 그녀는 목이 나갈 정도로 악 지르고는 앞을 바라봤다. 울찌가 보이지 않았다.

침실에서 뛰쳐나온 울찌는 두리번거리다가 물소리가 나는 쪽으로 뛰어갔다. 손을 뻗어 욕실 문을 열었다. 콧물을 들이마셨다.

욕조 안에 물이 미숙의 코 밑까지 차올라 있었다. 울찌는 수증기 속을 뚫고 걸었다. 욕조에서 물이 흘러나와 바닥이 미끄러웠지만, 넘어지지 않았다. 허리를 펴고 걸어갔다. 욕조에 죽은 듯이 누워 있는 미숙의 팔을 붙잡았다. 미숙은 울찌가 탁탁 치는 소리에 눈을 번쩍 떴다.

"아이고, 이게 뭐야."

미숙은 욕실 안 자욱한 수증기 때문에 흐릿해진 울찌를 바라봤다.

"이게 무슨 일이야, 응?"

그녀는 곧 울찌의 눈을 볼 수 있었다. 눈동자에 눈물이 맺혀 있었다. 미숙은 욕조에서 몸을 일으켰다.

"왜 울었어? 왜 그래?"

미숙은 욕조에서 나와 울찌를 안아 줬다. 울찌도 두 팔을 들어 미숙을 안았다. 따뜻한 온기로 가득 찬 욕실 안에서.

그 일이 있고 나서 일주일 뒤에 그 아이는 말을 시작했어. 미숙은 오랜 시간이 흘러 손녀인 덕분이에게 그 얘기를 해 줬다. 밥을 떠먹여 주고 있는데 갑자기 날 보고 엄마라고 하더라고. 지금 뭐라고 했냐고 물으니까 엄마라고만 자꾸 말해. 내가 아줌마라고 했는데도 엄마라고 하는 거 아니겠어? 그래서 내버려 뒀지. 다시 말하지 않을까 봐. 다행히 울찌는 하루가 다르게 말이 트이기 시작했어. 그리고 우리는 영원한 친구가 됐지.

3

  토요일 아침부터 울찌네 집은 소란스러웠다. 한 달에 한 번씩 의무적으로 하는 가족 식사가 있는 날이었다. 빌궁은 전날 고른 흰 원피스를 거울 앞에 서서 몸에 대봤다.

"어때?"

그녀는 침대에 걸터앉아 있는 울찌에게 물었다.

"예뻐."

"아니야. 너무 살쪄 보여."

빌궁은 옷걸이에 걸린 물방울무늬 원피스를 몸에 맞춰 봤다.

"이건 어때?"

"그것도 예뻐."

"물방울이 너무 튀지 않아?"

울찌는 하품을 참았다. 목을 긁었다.

"언니, 우리 먼저 가면 안 돼?"

"안 돼."

"왜?"

"나 혼자 어떻게 가라고."

"언니는 혼자서 찾아올 수 있잖아."

"안 된다면 안 되는 거야. 이건 어때?"

빌궁은 분홍색 블라우스를 들고 울찌를 쳐다봤다. 허리까지 내려온 긴 머리카락이 얼굴을 가린 빌궁은 창백한 피부의 유령처럼 보였다. 그때 미숙이 아직도 준비가 안 됐냐고 목청을 드높이며 방에 들어왔다.

"언니가 아직 옷을 못 골랐대요."

"아무거나 입어. 늦겠다."

빌궁은 화장대에서 크림과 블러셔를 가져왔다. 그녀는 그것을 말없이 미숙에게 내밀었다.

"왜?"

"화장해 줘."

"응?"

"내가 하면 이상하단 말이야."

울찌는 빌궁이 오늘따라 유난히 하얀 이유를 알 수 있었다.

그들은 가족동 입구를 나와 분수대 광장 쪽으로 걸었다. 미숙과 빌궁은 팔짱을 꼈고, 울찌는 빠른 걸음으로 앞서갔다. 걷다가 휙 돌아보고는 이쪽으로 가는 게 맞냐는 듯 쳐다보기도 했다. 거리는 금요일의 피로가 아직 가시지 않았는지 나른해 보였다. 날이 맑았다. 흰 뭉게구름들은 손을 뻗으면 닿을 것처럼 가까워 보였다. 울찌는 어디선가 나는 꽃 냄새를 맡았다. 한 번도 맡아 본 적 없는 향긋한 향이었다. 분수대 근처에 아이들이 삼삼오오 모여 시끄럽게 떠들고 있었다. 아이들 중에는 울찌의 친구들도 있었다.

"여어, 울찌."

푸른 눈의 남자아이가 그녀를 향해 손짓했다.

"응."

"뭐 해? 같이 놀자."

"밥 먹으러 가."

"놀면 안 돼?"

다른 아이들도 같이 놀자고 이구동성으로 외쳤다.

"미안, 배고파!"

그렇게 말한 울찌는 가던 길을 갔다. 아이들은 울찌가 가 버리자 하던 놀이를 다시 시작했지만, 말을 걸었던 남자아이는 그녀의 뒷모습을 계속해서 바라봤다. 분수대 광장을 지나 시장터를 지나칠 때, 미숙은 그 아이가 남자 친구냐고 울찌에게 물었다.

"네."

울찌는 당당하게 답했다.

"쬐그만 게 벌써부터 남자 친구를 사귀니?"

빌궁이 핀잔을 쳤다. 울찌는 아무래도 상관없다는 듯 앞서 당차게 걸었다. 울찌의 단발머리가 찰랑거렸다.

"빌궁은 남자 친구가 있니?"

미숙이 물었다.

"그런 건 공부하는 데 아무런 도움도 되지 않아."

빌궁의 볼 한가운데에는 여드름이 봉긋 솟아 있었다. 시장터는 사람들로 분주했다. 멀리서 갓 딴 양배추를 오늘만 할인한다고 외치는 소리가 들렸다. 미숙은 잠깐 멈칫했지만 손목시계를 보고는 다시 걸었다.

펍이 있는 거리에 들어섰다. 펍들은 대부분 점심에는 음식점으로 운영되거나 문을 닫았다. 앙드레의 펍은 일반 음식점과 다를 바 없었지만, 그가 공장조에서 일한 덕택에 단골이 많아 장사가 잘되는 편이었다. 펍 안으로 들어가자 직원인 한이 인사했다. 앙드레가 개업한 날부터 함께한, 수염을 기른 젊은 남자였다.

"사장님은 아직 안 오셨어요. 회의가 길어지네요. 홀랑은 안에 와 있습니다."

미숙은 고개를 끄덕였다. 홀랑은 울찌를 보자마자 테이블에서 달려와 껴안았다.

"울찌 왔어? 아줌마, 오셨어요? 빌궁, 오늘 예쁘게 입었네."

홀랑은 짧은 시간에 많은 말을 쏟아 냈다.

"학교는 잘 다녀왔니?"

"네, 아줌마."

"언니, 이 옷 괜찮아?"

"그럼, 그럼. 잘 어울려. 정말 예쁜데? 화장도 한 거야?"

"응."

"네가 했어?"

빌궁이 뜸을 들이자, 홀랑은 이제 숙녀가 다 됐다면서 혹시 내 화장품을 사용한 건 아니냐며 농담했다. 빌궁은 "하하." 하고 웃었다. 홀랑의 입가에 미소가 떠나질 않았다.

"아가씨들, 입구에서 이러지 말고 들어가자."

뒤에 기다리고 있는 사람들을 의식한 미숙이 말했다. 그들은 홀 안으로 들어가 6인용 테이블에 앉았다. 한은 펍 한쪽에 놓인 피아노에 앉아 연주를 시작했다. 점심에 어울리는 활기찬 음악이 펍에 맴돌았다. 울찌는 박자에 맞춰 발을 까딱였다.

"정신 사납게 그러지 마."

빌궁이 주의를 줬다.

"응."

울찌는 빌궁의 눈치를 보며 고개를 끄덕거렸다. 곧 종업원이 음식을 가지고 왔다.

"사장님께서 회의가 늦어질 것 같다고 하시네요. 먼저 드시라고 하셨어요."

"얼마나 늦는데요?"

빌궁이 물었다.

"글쎄요, 잘 모르겠습니다."

종업원은 그릇에 담긴 스테이크와 샐러드, 면 요리를 테이블에 내려놓았다. 미숙은 울찌의 목에 턱받이를 해 줬다. 홀랑은 붉은 스테이크를 먹기 좋게 썰었다. 빌궁은 고기를 포크로 꼭 찍어 입에 넣었다. 그러고는 휴지를 뽑아 입가를 닦았다. 울찌는 스테이크를 두 점씩이나 찍어서 우물우물 씹었다. 턱에 묻은 양념 소스는 미숙이 닦아 줬다.

"아주머니도 드세요."

홀랑이 말했다.

"그래, 샐러드나 좀 먹을게."

홀랑은 포크로 바질 소스로 만든 면 요리를 먹으며 오늘 특별활동 시간에 있었던 얘기를 꺼냈다.

"부서에 대해 자세히 알게 됐어요. 전요, 나중에 작업조로 갈 거예요. 저랑 딱 맞는 것 같아요."

"우리 사위도 작업조에서 근무하고 있지."

"어떻게 보면 가장 중요한 일이라고 생각해요. 고객의 기름을 짜내는 일. 아무나 할 수 있는 게 아니잖아요."

"그럼, 기술이 필요하지. 체력도 받쳐 줘야 해. 그래서 오래 일하는 사람이 드물단다."

"아저씨는 대체 언제 와?"

빌궁은 이야기가 재미없었는지 말을 꺼냈다.

"오시겠지."

울찌가 갑자기 손을 들었다.

"왜 그래?"

"저 배 아파요."

"뭐?"

"똥 마려워요."

"벌써 소화가 된 거야?"

"네."

"넌 음식을 앞에 두고 그런 얘길 하고 싶니?"

빌궁이 쯧쯧거렸다.

"배 아픈 걸 어떡해. 얼른 다녀와라. 혼자 갈 수 있지?"

미숙이 물었다.

"네."

울찌는 의자에서 내려와 화장실로 달려갔다.

"하여간, 문제라니까."

빌궁은 스테이크를 먹었고, 다시 휴지를 뽑아 입가를 닦았다.

울찌는 볼일을 마치고 펍으로 돌아가려다 걸음을 멈춰 섰다. 향기가 났다. 광장에서 맡았던 냄새였다. 꽃이나 향초에서 나는 냄새 같았다. 숨을 들이켰다. 어디서 나는 거지. 울찌는 화장실 뒤쪽에 있는 난간을 폴짝 뛰어넘었다. 뒷골목 길을 걸었다. 조금만 더 가면 나올 것 같은데. 울찌는 이 근처에 정원이 있는 게 틀림없다고 생각했다. 만발한 꽃들과 그 사이사이로 울긋불긋한 나비들이 날아다니는 곳을 상상했다. 골목을 걸을수록 점점 냄새가 짙어졌다. 골목 끝에 녹색 철문이 보였다. 안은 가정집 같았다. 쿵쿵거리면서 다시 냄새를 맡았다. 이 안에서 나는 게 확실했다. 문을 밀었다. 녹슬어서인지 끼익 소리가 났다. 마당에는 알록달록한 빛의 풍선들이 떠 있었다. 주먹만 한 풍선들은 옅은 바람에 흔들거렸다. 향기는 풍선에서 나고 있었다. 울찌는 아버지 바간다스가 비 오는 날 강당에서 그랬던 것처럼 한동안 서서 그것을 바라봤다. 그러다 마루에 앉아 있는 앙드레도 볼 수 있었다.

"아저씨."

울찌는 서류를 들여다보고 있던 앙드레에게 말을 걸었다. 앙드레는 울찌를 보더니 흠칫 놀라 넘어졌다.

앙드레와 울찌는 마루에 나란히 앉았다. 그들 앞에는 여전히 풍선들이 떠 있었다. 바람에 풍선끼리 부딪치기도 했지만, 날아가지 않고 같은 자리를 맴돌고 있었다.

"어떻게 찾아왔지?"

"냄새가 났어요."

"그렇구나."

앙드레가 웃었다.

"여기서 왜 향기가 나는지 궁금하지 않아?"

그는 담배를 꺼내며 물었다.

"몰라요. 꽃이 들어 있어요?"

"아니. 저기 안에는 말이지……."

앙드레는 울찌가 자신을 바라볼 수 있도록 일부러 뜸을 들였다. 눈가의 자글자글한 주름과 붉은 면도 자국은 앙드레가 지나온 세월을 짐작하게 했다.

"기억이 들어 있어."

"기억이요?"

"지금부터 내가 하는 말은 비밀이야. 너와 나만 알고 있어야 해."

"비, 밀."

울찌가 끊어서 말했다.

"그래, 비밀."

"하지만 난 거짓말 잘 못해요."

앙드레는 걱정스러운 눈으로 쳐다보는 울찌의 머리를 한 번 쓰다듬어 줬다.

"누구에게도 말하지만 않으면 돼. 알겠지?"

"네."

앙드레와 울찌는 새끼손가락을 걸고 약속했다.

"아저씨는 기억을 보관하고 있어."

앙드레가 말했다.

"풍선들을 자세히 봐 봐."

울찌는 앙드레가 가리킨 풍선을 바라봤다. 동그랗게 뜬 그녀의 눈에 사람들의 모습들이 스쳐 지나갔다. 순식간에.

"풍선 안에 이야기가 들어 있어."

"이야기요?"

"응. 나와 내 친구들은 인간들의 사소하지만 소중한 추억들을 채집하고 있지. 이해가 되니?"

울찌는 고개를 저었다.

"그래, 아직 이해할 수 없겠지. 괜찮아. 하지만 언젠간 이해할 수 있을 거야."

울찌는 빛나는 풍선 속 깊숙이 새겨진 이야기를 시간 가는 줄 모르고 지켜봤다. 얼마 뒤, 투명한 눈물이 스르르 흘러내렸다. 풍선들이 뿜어내는 향기는 소스가 묻은 턱받이와 울찌의 눈과 코, 귀, 입에 배기 시작했다. 그때까지만 해도 울찌는 그것이 자신이 평생

짊어져야 할 숙원을 처음 마주했던 순간이라는 걸 알지 못했다.

4

  울찌가 공장조로 진로를 정한 건 언니들의 영향이 컸다. 빌궁은
네 성적으로는 회사에 들어가지 못할 뿐만 아니라, 들어가더라도
얼마 버티지 못할 거라고 충고했다. 울찌는 그 얘기를 듣기 전부
터, 총무부에 다니는 빌궁이 야근을 밥 먹듯이 하는 모습을 보고
절대로 총무부만은 가지 않겠다고 마음먹은 상태였다. 작업조에
서 어엿하게 적응해 결혼을 앞둔 홀랑은 진심 어린 조언을 해 줬
다. 네가 운동 신경이 좋고 뛰어다니는 걸 좋아하지만, 우리 부서
는 너무 힘들어. 힘들지 않은 일이 어디 있겠느냐마는 나도 이 일
을 결혼하고 나서는 그만둘 생각이야. 고객들이 얼마나 까탈스러
운지 아니? 무겁기는 또 얼마나 무겁고. 사밀라아제를 바르고 작
업한다고 해도 특유의 생선 비린내가 계속 나. 아무리 문지르고
씻어 내도 지워지지 않아. 힘들다 보니 성질도 더러워지고 말았단
다. 울찌, 다시 한번 말하지만 장기적으로 일하고 싶다면 작업조
는 피하는 게 좋을 거야. 울찌는 홀랑의 말에 따랐다. 남은 부서는
공장조와 수확조 그리고 경비조였는데, 마침 그녀의 친구인 엘레
나가 공장조 취업을 준비하고 있었기에 그쪽으로 시선을 돌리게

됐다.

엘레나와 울찌는 영혼의 단짝이라고 부를 만큼 가까운 사이였고, 학교에서는 그녀들을 가리켜 '원투 펀치'라고 불렀다. 구주희 놀이에서 두 사람이 같은 팀이 되어 연달아 나오면 상대 팀은 사족을 못 쓰고 무너졌다. 놀이를 시작하기 전에 미리 수건을 던지자는 아이들도 있었다. 하지만 학교 성적은 구주희 놀이 실력과는 달라 미래에 대한 걱정이 많았다. 물론 그녀들뿐만 아니라 그 나이 때 아이들이라면 모두 초조해하던 시기였다. 졸업을 앞둔 아이들은 대부분 회사에 면접을 보러 다녔다. 자신이 원하는 부서로 가는 경우도 있었지만, 인력 보충이 필요한 부서에 어쩔 수 없이 가는 아이들도 많았다. 또한 다른 지역에 있는 대학에 진학하거나, 이주하는 아이들도 여럿 있었다. 울찌는 공장조에 대해 잘 알지는 못했지만, 웬만하면 엘레나와 함께 일하고 싶었다. 그녀는 단순했다.

면접을 앞둔 한여름에도 운동장에서는 어김없이 구주희 놀이가 계속됐다. 햇빛 속에서 울찌의 짧은 머리가 빛났다. 그녀는 힘차게 달려가 볼을 던졌고, 핀들이 쓰러졌다. 어느새 등에 동그란 땀자국이 그려졌다. 울찌는 팔로 땀을 훔치며 노란 곱슬머리를 가진 엘레나와 터치했다. 엘레나도 이에 질세라 핀들을 한 번에 모두 넘겼다. 결국 승패는 그녀들이 아닌 다른 아이들에 의해 갈리게 됐다. 울찌는 물통을 통째로 들고 벌컥벌컥 마셨다. 그때 란이 벤치로 찾아왔다. 푸른 눈의 그는 의기소침해 보였다. 아이들이 속닥거리는 소리가 들렸다.

"여기까지 왜 왔어?"

울찌가 물었다.

"잠깐 할 말이 있어서."

"뭔데?"

"저, 나와서 얘기하면 안 될까?"

"여기서 해."

"중요한 얘기라서."

란이 머리를 긁적였다.

"알았어."

울찌가 란을 따라 걸을 때마다 모래에 땀이 뚝뚝 떨어졌다. 햇볕은 운동장의 아이들을 향해 내리쬐고 있었다. 학교 건물 사이로 들어가서야 란은 걸음을 멈췄다.

"뭔데, 나 더워."

"울찌."

"응."

"있잖아. 어, 그러니까."

"응."

"음……."

"아휴, 답답해. 빨리 말해."

"우리, 이제 그만 만나면 안 될까?"

란이 멋쩍게 웃으면서 말했다.

"울찌, 미안. 어차피 우리는 헤어질 수밖에 없어. 난 대학에 입학할 예정이고, 그럼 이곳을 떠나야 해. 널 아직도 좋아하지만 이건 어쩔 수 없는 것 같아."

란이 살짝 고개 들어 보니 울찌가 그를 쳐다보고 있었다.

"좋아. 난 괜찮아."

울찌가 말했다.

"뭐?"

"할 말 끝났으면 이제 가도 되지?"

"그, 그래."

울찌는 뒤돌아 운동장 쪽으로 걸어갔다. 란도 정문으로 걷다가 갑자기 할 말이 떠올랐는지 휙 돌았다. 란은 울찌를 향해 외쳤다.

"넌 정말 감정이 메마른 아이야. 그래서 널 사랑하지 않았어! 단한 순간도."

그녀가 걸음을 멈추자마자 란은 뛰어가 버렸다.

울찌가 운동장에 도착했을 때, 경기는 이미 끝나 있었다.

"너희 팀이 이겼어. 윤희가 마지막에 실수했지 뭐야."

엘레나가 다가와서 울찌의 어깨를 잡았다. 엘레나의 손은 뜨거웠다.

"그렇구나."

"란 녀석은 왜 찾아왔대?"

"헤어지재."

"뭐? 진짜? 그래서?"

"그러자고 했어."

"정말이야?"

"응."

"너흰 오래 만났잖아."

"그게 헤어지는 데 문제가 될까."

울찌를 향해 엘레나는 무슨 말인가를 하려고 했지만, 하지 않았다. 핀과 볼을 든 아이들이 벤치로 걸어왔다. 태양 아래 선 아이들은 지쳐 보였다. 수많은 전쟁을 치른 피난민들처럼.

집에 돌아온 울찌는 방문을 걸어 잠그고 기억 풍선을 불었다. 풍선은 부풀어 오를수록 선명한 빛깔을 띠었다. 통통해진 풍선을 묶고 띄웠다. 풍선이 천장을 향해 둥실 떠올랐다. 울찌는 불을 껐다. 향긋한 냄새를 풍기는 보랏빛 풍선을 바라봤다. 울찌는 그것을 보며 하염없이 눈물을 흘렸다. 누구보다 울찌를 잘 아는 미숙은 방 앞을 지나가다 서글피 우는 소리를 듣고는 가족들에게 오늘 만큼은 울찌를 찾지 말아 달라고 당부했다. 훗날 울찌는 첫 이별에 대해 말하길 주사를 맞은 것처럼 따끔했다고 회상했다.

그날로부터 얼마 되지 않아 엘레나는 공장조 취업 소식을 전해 왔다. 앙드레의 펍에서 엘레나와 점심을 먹고 있을 때였다. 엘레나는 뜬금없이 사실 자기가 면접을 봤고 얼마 전 합격 통보를 받았다며, 미안하다는 말을 덧붙였다.

"응? 뭐가 미안해?"

울찌가 물었다.

"내가 먼저 합격했잖아."

"그게 뭐가 미안해? 축하할 일이지. 축하해, 엘레나. 진심이야."

"정말이야? 그럼 나 마음껏 좋아해도 돼?"

"당연하지."

그제야 엘레나는 웃었다. 너무 밝게 웃어서 눈부실 정도였다. 울찌는 엘레나에게 공장조의 어떤 파트에 들어가게 됐냐고 묻자, 아직 정해지지는 않았지만 개인적으로 힘이 덜 드는 양배추 포장 파트에 들어가고 싶다고 말했다.

"어차피 진급하지 않는 이상 월급도 똑같이 받는데, 덜 고생하는 게 최고지!"

엘레나는 노란 머리를 끈으로 묶으며 말했다.

"여긴 내가 낼게, 울찌. 합격 턱이야."

"진짜? 고마워."

"사회인이 된 기분이야. 첫 월급을 받으면 뭘 할지 메모해 뒀어."

"그래? 뭘 하고 싶은데?"

울찌가 묻자 엘레나는 손가락을 펴서 사고 싶은 것과 하고 싶은 일을 나열했다. 울찌는 엘레나의 손가락을 쳐다봤다. 이상하게 그녀의 목소리가 잘 들리지 않았다.

"울찌?"

"응?"

"너도 곧 합격하게 될 거야."

"그럼, 그래야지."

식사가 끝나고 엘레나는 약속이 있다며 자리에서 일어났다. 울찌는 다시 한번 축하한다고 말했다. 다홍빛 원피스를 입고 유유히 사라지는 엘레나는 그대로 날아갈 것만 같았다.

울찌는 자리에 가만히 앉아 있었다. 딸꾹질이 나왔다. 물을 마셨다. 긴장하거나 좋지 않은 기분일 때마다 찾아오는 신호였다. 왜 엘레나를 진심으로 축하해 주지 못하는 걸까. 울찌는 컵에 있는 물을 목구멍에 들이부었다. 거짓말쟁이. 한숨을 쉬었다. 딸꾹질이 멈추지 않았다. 메마른 아이. 가슴 안에서 해처럼 뜨거운 게

뭉쳐 위쪽으로 떠오르려고 했다. 쓸모없어. 샹들리에가 갸우뚱거
렸다. 눈을 감았다. 이대로 다 끝났으면 좋겠다고 생각했다. 지변
이 일어나서 와르르 무너졌으면. 눈을 뜨자, 테이블 맞은편에 한
이 앉아 있었다. 그의 검은 수염이 어두운 조명 아래에서도 선명
히 보였다.

"아저씨."

한은 턱을 괴고 올찌를 쳐다보다가 호주머니에서 뭔가를 꺼냈
다. 그가 턱 하고 테이블 위에 올려놓은 것은 유리병 안에 든 기름
이었다. 안이 훤히 들여다보이는 고객의 기름.

"기름과 섞여 있던 사밀라아제를 완벽히 분리한 거지."

한이 말했다.

"기름의 순수한 상태야."

한은 돋보기를 꺼냈다. 기름이 물방울처럼 꿈틀거렸다.

"이 기름에는 어떤 남자의 단편적인 기억이 들어 있어. 남자가
한 여자를 처음 만난 순간이지. 남자는 그날따라 배가 아파서 화
장실을 들락날락했어. 어제 과식을 한 것도 아닌데, 설사가 찾아
온 거야. 이런 날에는 두 다리를 쭉 펴고 따뜻한 안방에 누워 낮잠
이라도 자야 했지만 사정이 그렇지 못했지. 식사 후 찾아온 복통을
해결하러 화장실 앞까지 갔는데, 마침 맞은편에서 자신과 비슷한
처지의 여자가 비슷한 자세로 걸어오고 있었어. 화장실은 공용 화

장실이었지. 그들은 첫눈에 반한 듯 얼굴이 발그레해져서 서로 다른 곳을 쳐다봤어. 결국 남자가 말했지. 먼저 쓰시라고. 여자는 그래도 될까요, 라고 하면서 들어갔어. 남자는 벽에 몸을 기댔어. 괄약근에 힘을 줬어. 정신은 혼미해졌고, 곧 그에게 탁한 세계가 들이닥쳤어. 진흙으로 가득 찬 암담한 세계였지. 그는 단단해지기로 했어. 기다리면 돼. 근데 문득 이런 생각이 드는 거야. 여자가 일을 해결하고 나왔을 때, 내가 들어간다면 여자의 기분은 어떨까. 이건 좀 아니다 싶어 남자는 몸을 일으켜 밖으로 나왔어. 하지만 움직임이 격해지다 보니, 남자는 똥의 구렁텅이에 빠지고야 말았지."

"그게 무슨 말이에요?"

울찌는 마치 자기가 남자라도 된 듯이 걱정스러운 표정으로 물었다.

"참지 못한 거야. 설사는 쉽게 참을 수 있는 종류의 것이 아니거든."

"어쩜 좋아요."

"낙담할 필요 없어, 울찌. 여기서 끝이 아니야. 남자는 며칠 뒤 여자를 다시 만났어. 둘은 그 사건을 계기로 식사를 하게 됐고, 그게 기점이 돼 연인 사이로 발전했지. 끝내 결혼까지 하게 됐어. 그들은 결혼해 딸 셋을 낳고, 죽기 전까지 서로를 의지하며 살아갔지. 어때, 흥미로운 이야기지?"

"네."

울찌는 한이 해 준 이야기가 낯설게만 느껴지지 않았다. 어쩌면 한 번도 본 적 없는 아빠와 엄마가 처음 만나던 순간일지도 모른 다는 생각이 들었다. 그러자 유리병 안 기름이 그 생각에 반응하 듯 빛났다.

"공장조 취직을 준비하고 있다며?"

"그렇죠."

울찌는 숨을 참았다.

"사장님을 통해서 알고 있겠지만, 우리는 이런 무용하지만 소중 한 이야기를 보관하고 있어. 일명 앙드레 프로젝트라고 해."

울찌가 웃었다.

"프로젝트 이름이 촌스러워도 어쩔 수 없어. 난 울찌가 우리와 같은 길을 걸을 거라고 믿어."

"저도 그러고 싶어요."

"그래, 하지만 전혀 급할 필요 없어. 각자의 시간이 있는 거야. 천천히 생각하라고. 지금은 내 말이 잘 들리지 않을 수도 있겠지 만, 눈앞에 소망하는 것들이 모든 결과의 끝은 아니니까. 남자가 용변을 해결하는 것만이 끝이 아닌 것처럼. 어떤 곡을 듣고 싶니?"

한이 물었다.

"신나는 거요."

"좋아."

한은 일어나 피아노 앞으로 걸어갔다. 그는 건반 위에 손을 올리고는 울찌를 바라봤다. 울찌는 한의 피아노 연주를 들으면서 눈을 감았다. 더 이상 지진 같은 건 떠오르지 않았다. 주위에 있는 모든 것들이 기억 풍선처럼 떠오르기 시작했다. 울찌는 똥을 참던 남자가 여자를 다시 만났을 때, 어떤 기분일지에 대해 상상했고, 사랑을 한다면 그 남자 같은 이를 만나야겠다고 다짐했다. 그리고 그녀도 모르는 사이 딸꾹질은 그쳐 있었다.

5

한 줄기 빛밖에 들어오지 않는 어둑한 반지하방. 빛은 책상에 놓인 먹다 남은 젤리와 짝을 잃은 녹색 양말을 쓰다듬었다. 의자에는 외투와 반소매 티셔츠들이 여러 겹으로 쌓여 있다. 방 안의 먼지들이 빛을 따라 창문 쪽으로 서서히 올라갔다. 책상과 옷장, 침대로 이뤄진 단출한 방은 특색 없어 보였다. 침대 선반에 놓인 시계의 초침이 8시를 가리키자 알람이 울리기 시작했다. 이불 안에서 뭔가가 꿈틀거렸다. 곧 이불 바깥으로 손이 불쑥 튀어나와 시계를 세차게 내리쳤다. 시계는 작동을 멈췄다. 정적이 찾아왔다. 시계가 멈추자 방 안의 시간도 정지된 것처럼 보였다. 밖에서 불어오는 얕은 바람에 젤리 포장지만 펄럭거릴 뿐이었다. 10여 분의 시간이 지나자 울찌는 이불을 걷어차고 일어났다. 기지개를 켠 뒤 시계를 확인했다. 시계 바늘은 8시에 멈춰 있었다. 눈을 비비고 하품을 크게 했다. 그녀는 걸어 나와 벽시계를 확인하면서 급히 화장실로 들어갔다. 몇 분 지나지 않아 얼굴에 물기가 묻은 채로 나온 울찌는 의자에 놓인 외투 중 아무거나 집어 입고 밖으로 나갔다.

울찌는 복도를 걷다 엘레나를 만났다. 그녀는 하늘색 원피스를 입고 있었다. 울찌와 엘레나는 오늘 점심 메뉴에 대한 이야기를 주고받으며 계단을 올랐다. 소호동에 도착해 문지기에게 검문을 받았다. 그리고 공장과 이어진 복도를 향해 걸었다. 엘레나는 울찌에게 칙칙한 냄새가 난다며 향수를 뿌려 줬다. 아는 직원들과 만나 인사를 나누기도 했다. 울찌는 흰 복도를 걷는 동안 나올 때 방문을 잠그고 나왔는지에 대해 생각했다. 공장 입구에서 엘레나와 헤어졌다. 울찌는 계단을 올랐다. 뒤따라오던 그녀의 직속 상사인 하나가 울찌에게 말을 걸었다. 오늘 해야 할 업무에 대해서 말하자, 울찌는 딸꾹질이 나왔다.

사무실 안으로 들어갔다. 공기가 텁텁해서 창문을 열었다. 바람에 나뭇잎들이 나부꼈다. 울찌는 정수기에서 물 한 컵을 따라 우물거렸다. 다행히 딸꾹질이 금세 가라앉았다. 제법 쌀쌀했다. 그때 마침 정정배가 좋은 아침이라고 인사하며 사무실 안으로 들어왔다. 그는 튀어나온 배를 자랑이라도 하듯 바지를 추켜올려 입고 있었다. 울찌는 고글과 장갑을 꺼내며 시간이 없다고 말했다. 정정배는 어제 잠을 못 자 컨디션이 별로 좋지 않다고 했다. 울찌는 힘내라고, 오늘 일이 산더미라고 말했다. 울찌와 정정배는 고객에게서 짜낸 사밀라아제와 기름이 섞인 혼합물이 있는 룸으로 들어갔다.

룸 안의 한쪽 벽면은 일부가 뚫린 채 레일이 깔려 있었다. 그곳으로 분해 작업을 해야 할 글라스가 넘어온다. 그들은 어제 처리하지 못한 작업물이 있었으므로 레일이 가동되는 버튼을 누르지 않았다. 룸 안에는 가운데 구멍이 뚫린 테이블이 놓여 있었는데, 분해한 사밀라아제를 그곳에 넣어야 했다. 사밀라아제들은 구멍을 통해 아래층으로 떨어져 세척 후 재활용됐다. 굳어진 고체 기름은 쓰레기통에 버렸다. 울찌는 매일 쓰레기통에 모인 기름을 홀로 짊어지고 퇴근했다.

추출 작업을 위해 글라스에서 부은 기름 덩어리는 테이블에 늘어져 있었다. 테이블을 감싸고 있는 식탁보 같았다. 천장에서 핀 조명이 떨어지고 있었다. 울찌는 특수 제작된 고글을 썼다. 시야가 흐려졌지만 굳어진 사밀라아제와 기름의 경계는 명확하게 보였다. 투명한 사밀라아제와는 달리, 뭉쳐 있는 연노란색 기름은 살아 있는 생물처럼 끊임없이 움직였다. 더 자세히 보면 기름에 담긴 기억들까지 읽어 낼 수 있었다. 덩어리에서 고무 탄 냄새가 올라왔다. 장갑을 낀 울찌가 칼을 들었다. 주의를 기울여 사밀라아제와 기름의 경계선을 도려내기 시작했다. 땀이 났다. 울찌가 완벽하게 제거하지 않아도 사밀라아제는 아래층에서 여러 번 세척 작업을 거친다. 그럼에도 최대한 꼼꼼히 작업했다. 안에서부터 올라오는 딸꾹질을 참느라 애썼다. 기름 덩어리가 굳어져서 워낙 질겼기에 힘을 줘 꾹꾹 눌러 도려내야 했다. 그녀는 사밀라아제가 확실하게 제거되었는지 반복해서 확인했다. 조명에 비춰 보며 다시 한번 확인하기도 했다. 검수를 마친 사밀라아제를 테이블 가운데에 나 있는 구멍 안으로 집어넣었다. 기름만큼이나 미끄러웠다. 사밀라아제를 밑으로 떨어뜨리자 곧 턱 하는 소리가 났다. 그제야 그녀는 정정배의 말이 들렸다. 정정배는 이걸 언제 다 작업하냐고 말하면서도, 우리가 힘을 모으면 금방 할 수 있지 않겠냐고 말했다. 반복되는 일 대신 뭔가 새로운 일이 생겼으면 좋겠다는 말도 덧붙였다. 울찌는 동의했다. 어제랑 다른 일이 하나도 없다고 말했다. 따로 묻지 않았지만 정정배는 뒤이어 어제 늦게 잔 연유에 대해 털어놓았다. 그는 과민성 방광염이 심해져 20분마다 한 번씩 소변을 보러 간다고 했다. 유독 잠들기 전에 심해진다고 말한 그는 벌써 말은 몫의 반 이상을 해치운 상태였다. 정정배 앞쪽에 남은 기름 찌 꺼기들은 동물이 부화하고 난 뒤 남긴 껍질 같았다. 울찌는 과민성 방광염에서 벗어나기 위해서는 어떻게 해야 하냐고 물었고, 정정 배는 스트레스를 받지 않고 수분 섭취를 줄여야 한다고 답했다. 하지만 그건 쉬운 일이 아니라고 했다.

식사하는 동안 정정배는 물을 마시지 않았다. 울찌는 그가 밥 먹을 때 물을 얼마나 많이 마시는 사람인지 알고 있었기에 안타깝게 쳐다봤다. 맞은편에 앉은 하나는 양배추 무침을 씹으면서도 일에 관한 얘기를 했다. 그녀는 승진 심사를 받고 있었다. 하나의 얼굴은 화장이 하얗게 떠 있었다. 울찌는 정정배의 끙끙 앓는 소리와 하나의 땍땍거리는 목소리를 들으며 감자조림을 밥에 비벼 먹었다. 그녀는 식판을 가지고 가는 빌궁을 보기도 했다. 빌궁은 멀찍이 떨어진 곳에 혼자 앉아 식사했다. 빌궁은 마른 나뭇가지처럼 보였다. 울찌는 아는 척하지 않았다. 식사를 마치자마자 울찌는 사무실로 돌아와 잠깐 졸았다. 왔다 갔다 하는 사람들이 있었지만, 대체로 조용했다. 그녀는 열어 놓은 창문으로 만개한 단풍들이 들이닥치는 꿈을 꿨다. 혀끝에는 아직도 감자조림 맛이 남아 있었다.

점심시간이 지나고 울찌와 정정배는 다시 룸으로 돌아왔다. 울찌는 밀려오는 졸음에서 벗어나기 위해 자주 일어났다 앉았다. 정정배는 자신이 과민성 방광염이라는 걸 증명이라도 하려는 듯 30분에 한 번씩 화장실에 갔다. 기름과 사밀라아제가 뒤섞인 작업물만이 테이블 위에 퍼져 있을 뿐이었다. 밀린 작업을 하고 나니 벌써 해가 져 있었다. 밀린 글라스를 받기 위해 레일을 가동하려는 찰나, 하나가 룸으로 들어왔다. 그녀는 멍한 표정으로 오늘은 정시에 퇴근하라고 말했다. 왜 그러냐고 정정배가 묻자, 승진 심사 결과가 나왔는데 떨어졌다고 했다. 울찌와 정정배는 퇴근 준비를 시작했다.

울찌는 가방을 어깨에 메고 걸었다. 쓰레기봉투째로 가방에 담아 온 기름 때문인지 어깨가 욱신거렸다. 양팔을 휘두르며 발걸음을 옮기는 그녀의 머리 위로 서늘한 바람이 불었다. 울찌는 오후에 찾아왔던 졸음이 여전히 떠나질 않아 자꾸만 눈이 감겼다. 중앙 분수대를 지나쳤다. 날이 쌀쌀했지만 펍이 있는 거리로 들어서자 곧 나아졌다. 불빛과 사람들이 열기를 뿜어내고 있었다. 거리를 걷다 동료들을 만나기도 했다. 그럴 때마다 울찌는 방긋 웃으며 적당히 마시라고 말했다. 막다른 길에서 왼쪽으로 꺾었다. 담배꽁초들이 밟혔다.

골목 구석에 있는 녹색 문을 열었다. 안경 쓴 남자가 보였다. 그는 마당에서 불을 지피고 있었다. 그가 인사했다. 울찌는 누구인지 물었다. 남자의 안경에 습기가 차 있었다. 그는 오늘부터 프로젝트를 같이하게 됐다며 자신을 소개했다. 울찌는 고개를 끄덕이고는 안에 사람들이 있는지 물었다. 남자는 그렇다고 했다. 울찌는 남자를 지나쳐 가다 발을 잘못 디뎌 뭉툭한 돌에 걸려 넘어졌다. 기름이 든 가방 때문에 무게 중심이 앞으로 쏠렸다. 그대로 고꾸라지려는 순간, 남자가 울찌를 붙잡았다. 남자의 몸에서는 불에 탄 듯한 냄새가 났다. 남자는 울찌에게서 급히 손을 뗀 뒤, 미안하다고 말했다. 울찌는 괜찮다고 했다. 별일 아니라며 서둘러 안으로 들어갔다. 방 안에는 앙드레와 한을 포함한 모임원들이 둥그렇게 둘러앉아 있었다. 방 한가운데에는 맥주병과 과자가 있었다. 울찌는 그들에게 인사하고 가방을 내려놓았다. 앙드레는 가방에 든 기름을 보며 양이 많은 것 같다고 말했다. 울찌는 평소라면 그렇다는 의미로 예의상 미소를 지었겠지만 오늘은 그렇지 않았다. 한은 무슨 일이 있냐고 물었다. 울찌는 오늘따라 유독 피곤하다고 했다. 앙드레는 어서 들어가서 쉬라며 내일 보자고 했다. 울찌가 일어났다. 남자는 여전히 불 앞에서 서성이고 있었다. 서로 눈인사만 하고는 지나쳤다.

　방문은 열려 있었다. 불도 켜져 있었고, 시계는 매트리스 위에 고꾸라져 있었다. 울찌는 의자에 겉옷을 포개 놓았다. 여러 벌의 옷을 걸어 둔 의자가 휘청거렸다. 티셔츠와 바지를 벗었다. 그대로 욕실에 들어갔다. 옷들은 방바닥에 뒤엉켜 있었다. 울찌는 세수만 하고 다시 밖으로 나왔다. 옷장에서 면 티셔츠와 고무줄이 달린 바지를 꺼내 입었다. 문을 잠그고 불을 껐다. 침대 안으로 뛰어들었다. 매트리스가 요동쳤다. 시계를 꺼내 선반에 올려 뒀다. 마르지 않은 머리카락의 물기가 베개를 축축하게 만들었다. 밖에서 누군가 조곤조곤 대화하는 소리가 들렸다. 소음은 울찌의 마음을 안정시켜 줬다. 머리끝까지 이불을 뒤집어썼다. 이제야 잠을 잘 수 있겠다고 생각했다. 눈을 감았다. 그때 울찌는 뜬금없이 아까 만났던 불 앞의 남자가 떠올랐다. 각진 네모난 안경을 쓰고 엉거주춤하게 서 있는 그 남자가.

"왜? 정말 말도 안 돼."

그녀가 말했다.

8시. 알람시계는 울리지 않았다. 울찌는 이불 속에서 손을 뻗어 작동이 멈춘 시계를 소리 나게 쳤다. 그리고 10분 뒤 벌떡 일어났다. 기지개를 켰다. 그녀의 변함없는 하루가 시작되려 하고 있었다. 욕실로 달려가 양치질을 했다. 옷을 갈아입었다. 의자에 포개진 외투 중 하나를 골라 입었다. 방바닥에 말려 있는 옷가지들을

피해 문 앞으로 갔다. 불을 껐다. 문을 잊지 않고 잠갔다. 책상 위의
젤리는 여전히 개봉된 채 봉지만 바람에 나풀거렸다. 엘레나는 보
이지 않았다. 머리가 가려웠다. 소호동에 가서 검문을 받았다. 흰
복도를 걷다 하나를 만났다. 그녀는 울찌에게 반갑게 인사했다.
울찌가 괜찮냐고 묻자, 그녀는 사는 게 다 그런 거 아니겠냐고 했
다. 다행히 업무 이야기는 하지 않았다. 공장에 도착할 때까지 하
나는 별말이 없었다. 울찌도 딱히 말을 걸지 않았다. 정정배는 이
미 출근해 있었다. 창가에 앉아 커피를 마시고 있었다. 울찌는 정
정배에게 커피는 마셔도 되냐고 물었다. 그는 어제 수분을 줄였는
데도 똑같이 소변이 마려웠다고 했다. 스트레스를 받으니 차라리
마시는 게 좋겠다고 했다.

　그들은 룸 안으로 들어갔다. 레일이 돌아갔다. 글라스가 들어오
자, 고글을 썼다. 글라스를 테이블에 부어 작업을 시작했다. 주의
를 기울여 칼로 사밀라아제를 도려냈다. 기름과 사밀라아제의 경
계선은 굴곡져서 꼼꼼하게 칼질해야만 했다. 일에 익숙해지자 정
정배의 목소리가 들렸다. 그는 서늘해진 날씨에 감기 조심하라는
말을 했다. 혼자 사니까 아프면 서럽다고 했다. 울찌는 자기도 그
런 것 같다며 동의했다. 정정배는 젊으나 나이를 먹으나 아프면
서러운 건 똑같다고 결론 내렸다.

　점심시간, 급식소에서 빌궁을 보지 못했다. 하나는 이제 천천히

일하자고 하면서 밥 먹는 동안 일 얘기를 꺼냈다. 울찌는 양배추 튀김을 아삭아삭 씹어 먹었다. 그녀는 담배를 태우는 동료들을 뒤로하고 혼자 사무실 안으로 들어왔다. 창문 앞 의자에 앉았다. 단풍이 어제보다 무르익어 있었다. 숨을 참았다.

하나, 둘, 셋, 넷, 다섯, 여섯, 일곱, 여덟.

숨을 뱉자 전율이 돋았다. 뭔가가 떠올랐다가 사라졌다. 연기 같은 흐릿한 어떤 것이.

일이 다시 시작됐다. 오후에는 늘 그렇듯 말이 없었다. 도려내고, 넣고, 버리고 도려냈다. 하나가 퇴근 시간을 알렸다. 당분간은 정시에 퇴근할 거라고 했다. 정정배는 울찌에게 오늘은 퇴근하고 나서 뭘 하냐고 물었다. 기름을 배달하러 가야 한다고 답했다. 그는 힘들겠다고 위로했다. 울찌는 괜찮다고 하며 웃었다. 그녀는 가방을 열었다. 기름이 담긴 쓰레기봉투를 넣었다. 정정배는 오늘 구주희 놀이를 구경하러 간다고 했다. 울찌가 재밌겠다고 말하자, 정정배는 그녀에게 이제 구주희를 하지 않냐고 물었다. 울찌는 그럴 여유가 없다고 했다.

펍이 있는 거리로 가던 중 울찌는 괜히 구주희가 생각나서 놀이 자세를 취해 봤다. 공을 굴리는 동작을 하자 가방의 무게 때문인지 중심을 잃었다. 넘어지려고 할 때, 근처에 있는 벽을 잡았다. 그

남자가 떠올랐다. 어중간한 표정을 짓고 있던 그 사람. 날 붙잡아
줬던 남자. 아무래도 그를 다시 만나 봐야겠다고 생각했다. 그래
야만 오늘 아침 뜬금없이 그가 왜 떠올랐는지 답을 찾을 수 있을
것 같았다. 가방끈을 붙잡고 뛰었다.

녹슨 철문을 열었다. 어제 남자가 서 있던 자리는 불 지핀 흔적
만 남아 있었다. 방 안에 앙드레가 와 있었다. 다른 사람들은 보이
지 않았다. 앙드레가 울찌를 맞이했다. 숨을 몰아쉬는 울찌에게
앙드레는 무슨 일이 있냐고 물었다. 울찌는 아무렇지 않은 척 가
방을 내려놓으며 말했다. 어제 새로 들어온 남자가 지금 어디 있
는 줄 아냐고. 앙드레는 다짜고짜 묻는 울찌에게 펍에 있을 거라
고 말해 줬다. 울찌는 감사하다고 말하며, 가방을 내려놓고 나갔
다. 앙드레는 문도 닫지 않고 간 울찌의 뒷모습을 바라봤다. 그는
손에 쥔 기억 풍선을 불었다. 동그래진 풍선이 반짝였다. 앙드레
의 입술에 완만한 모양의 곡선이 드리웠다.

울찌는 밖으로 나와 뛰었다. 달리는 건 그녀가 잘하는 일 중 하
나였다. 뒤쪽 골목길을 이용했다. 더 늦으면 남자가 사라지기라도
할 것처럼 울찌의 행동에는 거침이 없었다. 펍의 화장실과 연결된
뒷문으로 들어갔다. 앙드레의 펍은 피아노 연주 소리와 사람들의
목소리로 가득 차 있었다. 그녀를 부르는 목소리가 들려 뒤돌아봤
다. 모임원들이 술을 마시고 있었다. 울찌는 그들이 모여 있는 테

이블로 달려갔다. 남자는 보이지 않았다. 주문한 음식을 나르던 한이 울찌에게 왜 그러냐고 물었다. 울찌는 어제 모임에 새로 들어온 남자가 지금 어디 있냐고 물었다. 모임원 중 한 사람이 그는 아마 광장에서 술을 마시고 있을 거라고 알려 줬다. 울찌는 대답이 끝나기도 전에 펍을 빠져나왔다.

그녀는 달리면서 왜 이렇게까지 애타게 남자를 찾고 있는지 스스로 질문을 던졌다. 알 수 없었다. 어쨌든 직접 그 사람을 만나 봐야만 답을 찾을 수 있을 것 같았다. 거리를 거니는 사람들을 비집고 뛰었다. 광장 분수대는 가동되지 않았다. 가로등 아래 야외 테이블에서 사람들이 술을 마시고 있었다. 그녀는 두리번거렸다. 생각해 보니 남자의 얼굴도 잘 기억나지 않았다. 안경을 낀 것 말고는 특색 없는 사람이었다. 찾을 수 있을까. 야외 테이블에 앉은 사람들을 유심히 쳐다봤다. 남자는 보이지 않았다. 그는 어디론가 떠나 버렸다. 울찌는 오늘 그 사람을 만나지 않으면 영원히 답을 찾지 못할 거라고 생각했다. 울찌는 터벅터벅 걸었다. 분수대에 걸터앉았다. 눈을 비볐다. 미숙이 보고 싶었다. 울찌는 별 하나 없는 밤하늘과 테이블에 모여 앉아 밤을 지배하는 사람들을 쳐다봤다.

남자는 가로등 밑에서 담배를 태우고 있었다. 울찌는 우연히 남자를 발견했다. 남자가 울찌를 쳐다봤다. 바람이 휘몰아치더니 세계는 곧 잿빛으로 변했고, 오직 남자만이 색을 잃지 않았다. 붉은 코트 사이로 보이는 흰 와이셔츠. 데님 팬츠. 갈색 안경테와 짙은 곱슬머리. 냄새가 풍기기 시작했다. 오래 전, 한이 가져온 기름에서 맡은 향이었다. 사랑에 빠질 때 나는 냄새. 더 이상 주저할 필요가 없었다. 그녀는 두 팔을 쭉 펴고 특유의 생기 있는 발걸음으로 남자를 향해 걸어갔다. 이제 그가 울찌의 단조로운 삶에 어떤 영향을 끼칠지는 두고 봐야 할 것이다. 울찌는 질문에 대한 답을 찾을 수 있다는 확신이 생겼다.

6

방 안은 여전히 어두웠다. 얼굴이 따끔했다. 쫙 편 손바닥이 울찌의 볼을 두들기고 있었다. 꿈인 줄로만 알았던 것이 현실로 드러나자 울찌는 한숨부터 쉬었다. 말티는 어둠 속에서 눈을 말똥말똥 뜨고 울찌의 뺨을 때렸다.

"왜 안 자니? 지금 몇 시야?"

선반에 놓인 시계를 확인했다. 3시 20분. 전기장판을 틀어 놓았지만, 말티는 추운지 몸을 떨고 있었다. 울찌가 아이를 안았다. 하지만 말티는 답답했는지 몸을 뺐다.

"가만히 있어. 춥잖아."

말티는 자꾸만 몸을 빼고 벗어나려고 했다.

"모르겠다."

울찌는 아이를 내버려 두고 잠수하듯 이불 속으로 들어갔다. 말티의 훌쩍이는 소리가 들렸다. 그녀는 얼마 있지 않아 출근할 때처럼 이불을 걷어찼다. 그러자 말티가 울찌의 품에 안겨 얼굴을 매만졌다.

"이럴 거면 일어나."

울찌가 몸을 바로 세웠다. 아이를 안고 거실로 나왔다. 불을 켰다. 바깥은 모든 걸 삼켜 버릴 듯이 캄캄했다.

"말티, 내 말 못 알아듣겠어? 지금 몇 시야?"

말티는 아무것도 모르는 표정으로 망연히 울찌를 바라보고 있었다.

"나 지금 화내고 있다고. 너 같은 애는 처음 봐, 진짜."

식탁에는 옷가지들이 아무렇게나 흩어져 있었는데, 말티의 아기 의자에도 옷이 차곡차곡 쌓여 있었다. 갑자기 말티는 울찌의 손을 끌고 밥솥 앞으로 갔다.

"밥 줘? 말을 해."

울찌는 주걱으로 밥을 떴다. 어제저녁 먹다 남은 소고깃국을 데웠다. 국에 밥을 말아 식탁에 내려놓았다. 말티는 여전히 밥솥 앞에 있었다.

"여기 있잖아."

울찌는 말티를 들어 식탁 의자에 앉혔다. 수저로 밥을 떠서 말티에게 먹였다. 말티는 우물우물 씹었다. 밥을 몇 번 삼키던 말티는 수저를 손으로 쳐 버리고 입 안에 있는 걸 게워 냈다. 국과 밥이 시큼한 냄새를 풍기며 말티의 티셔츠에 흘러내렸다.

"말티."

울찌는 조용히 말했다. 그녀는 말티를 안고 화장실로 갔다. 수도꼭지를 틀자 뜨거운 물이 나왔다. 울찌가 말티의 옷을 벗겼다. 말티는 발판을 짚고 올라가 수도꼭지에서 나오는 물줄기를 유심히 쳐다보더니 손으로 막았다. 물이 사방으로 튀었다. 울찌의 얼굴과 옷에도 물이 튀었다. 울찌는 변기 커버를 내리고 풀썩 주저앉았다. 손을 이마에 포갠 뒤, 눈을 감았다. 딸꾹질이 나와 몸이 들썩였다. 왜 이렇게 된 거지. 물은 정직하게 흘렀고, 화장실은 수증기로 가득 차기 시작했다. 그녀는 뜬금없이 얼마 전 봤던 기름 속 이야기가 떠올랐다. 주말마다 울찌는 근무일에 배달한 이야기들을 살펴본 뒤 기록하는 일을 해 왔는데, 저번 주 토요일도 마찬가지로 말티를 데리고 모임 연구소를 찾았다. 말티가 소란스럽게 굴었지만, 그녀는 기름을 읽어 낼 수 있었다. 그러던 중 울찌가 누구보다 잘 아는 이야기가 튀어나와 놀랐다. 바로 란의 이야기였다. 햇빛이 작열하던 어느 날, 헤어지자고 말할 때 손에 흐르는 땀과 멀리서 들려오는 아이들의 목소리. 달려가면서 떨어졌던 눈물방울. 사방에서 울어 대는 매미 소리. 붙잡아 주길 바랐지만 끝내 잡지 않았던 아이. 울찌는 신기했다. 다른 무엇보다도 란이 고객이 되어 돌아왔다는 게 놀라웠다. 하지만 그뿐이었다. '란과 그때 잘 됐더라면'이라는 가정은 현재 그녀의 삶에 아무런 도움이 되지 않았다. 그런데 왜 떠오른 걸까. 말티가 소리를 질렀다. 울찌는 고개를 번쩍 들었다. 세면대에 물이 막혀 넘쳐흐르고 있었다. 전화벨이 울렸다. 말티는 갑자기 울리는 소음에 반응하고 있었다. 이 새벽에 누구지? 울찌는 그렇게 생각하며 일어났는데, 오랜 시간 눈을 감고 있다 일어서서 그런지 좀 어지러웠다. 막혀 있는 세면대 물을 손바닥으로 첨벙거리면서 소리 지르는 말티를 뒤로하고 울찌는 전화를 받으러 나갔다. 누군가 머리를 때린 것 같은 느낌이 들었다. 수화기를 들었다. 그녀는 잠자코 전화선을 타고 넘어오는 목소리를 들었다. 미숙이 말했다.

"사장님이 돌아가셨다."

앙드레는 병에 걸려 죽은 울찌의 남편 주니오와 달리, 치매가 심해지자 견디지 못하고 잠깐 정신이 돌아왔을 때 스스로 목숨을 끊었다. 장례식장에는 많은 사람이 찾아왔고 대부분 눈시울을 붉혔다. 딸들이라고 할 수 있는 홀랑, 빌궁, 울찌가 자리를 지켰다. 앙드레는 생전 그의 뜻에 따라 밭 너머에 있는 땅에 뿌려졌다.

울찌는 앙드레의 유지에 따라 모임을 운영해 나갔다. 먼저 앙드레 프로젝트를 정식으로 승인받기 위해 노력했는데, 총무부에서 일하는 빌궁이 힘을 실어 줬다. 그동안 기름을 보관할 장소가 마땅치 않아 기록도 제대로 하지 못한 채 버리는 일들이 빈번했다. 울찌는 공장에 임대료를 내고 기름을 따로 보관할 수 있도록 허락받았다. 양배추밭에 폐기름을 버릴 수 있게 된 건 앙드레가 이미 일궈 놓은 성과였기에 프로젝트는 윤활유를 바른 것처럼 착착 진행되어 갔다. 모임원들은 울찌의 발 빠른 일 처리에 박수를 보냈다. 울찌는 이 무용한 일을 오랜 시간 해 나가기 위해서는 우리가 이 일을 하는 이유를 다시 한번 되새겨 주기를 모임원들에게 바랐다. 수십 년 전 마을의 재난을 겪고, 울찌의 탄생을 지켜본 이들은 드디어 그녀가 모임을 넘어 이 회사에서 큰 역할을 해 나갈 것이라고 믿었다. 하지만 그들의 기대와 달리 프로젝트 모임원은 극소수였고, 울찌는 유지를 목적으로만 모임을 운영했다. 더욱이 그녀는 이야기를 보관하는 일보다 지금 자기 곁에 있는 사람들에게 관심을 가지기로 마음먹었다. 이 결심은 젊은 나이에 사랑하는 남편 주니오를 떠나보낸 뒤 굳어진 것이었다.

마당 한가운데 볕이 든 곳에 말티가 있었다. 햇볕이 따가운지 인상을 쓰면서도 말티는 하늘을 올려다봤다. 머리를 감지 않아 곱슬머리가 붕 떠 있었다. 앞에 있던 한은 말티에게 이리 오라고 손짓했다. 그런 그들을 두고 울찌는 방 안에 앉아 기름 발췌에 전력을 쏟았다. 울찌는 기름 속 이야기들을 그녀의 발걸음처럼 거침없이 써 내려갔다. 옮겨 적을 때만큼은 이야기 속 주인공이 된 기분을 만끽했다. 울찌가 이번에 옮겨 적고 있는 것은 어떤 노인에 관한 이야기였다. 노인은 오징어를 씹다가 희한하게도 아주 오래전 엄마의 배 속에 있었던 때를 생각해 냈다. 그는 자유롭게 몸을 움직였고, 따스한 양수를 들이켰다. 바깥에서 들려오는 목소리에 맞춰 팔과 다리를 뻗고, 탯줄을 목에 감기도 했다. 어떻게 세상으로 나왔는지까지는 기억나지 않았지만, 배 속에 있던 그 순간들만큼은 온전히 기억에 남았다. 노인은 그 생생한 추억 덕분에 오징어를 더 맛있게 씹을 수 있었다. 울찌는 그녀의 삶에 있어 첫 기억이 무엇이었는지를 떠올리려고 했지만, 밖에서 말티가 고함치는 바람에 집중할 수 없었다.

"여기까지만 할게요. 다 썼어요."

울찌가 한에게 말했다. 한은 말티를 안고 마루에 올라섰다.

"벌써?"

"네."

"울찌는 정말 빠르네."

"맞춤법 좀 봐 줘요."

"그래."

"주말에 쉬어야 하는데 괜히 미안해요."

"아니야. 좋아서 하는 일인데, 뭐."

"그럼 다행이에요."

"저, 울찌, 잠깐 시간 좀 내 줄 수 있어?"

"네, 왜요?"

"할 얘기가 있어."

"좋아요."

울찌는 한에게서 말티를 건네받았다. 말티에게서는 코를 찌르는 땀 냄새가 났다. 말티를 마루에 내려놓자 그는 방문으로 달려가 하염없이 여닫기 시작했다. 울찌는 그걸 보고 한숨을 쉬었다.

"무슨 일이에요?"

"울찌도 내가 곧 결혼한다는 건 알고 있지?"

한이 머리를 긁적이며 물었다.

"네, 알고 있죠. 여름에 한다고 하셨죠?"

"응."

"왜요, 문제라도 있어요?"

"울찌는 어떻게 준비했나 궁금해서. 너무 힘들어. 부딪치는 게 한두 가지가 아니야. 집 문제부터 시작해서 결혼식은 어떻게 치를지, 신부가 생각하는 게 나와 전혀 달라. 예를 들어 나는 늦은 나이에 결혼하는 거니까 소소하게 일반 예식장에서 식을 올리고 싶은 데, 그 사람은 야외에서 특별하게 하고 싶어 해. 원래 그런 거야?"

"당연하죠."

울찌는 그렇게 말하면서도 시선은 말티를 살폈다.

"우리도 얼마나 치고받고 싸웠는지 몰라요. 무조건 웨딩 촬영을 해야겠다고요. 남는 건 사진뿐이라며. 그 당시 우리는 신혼집 마련할 돈도 없어서 한 푼이라도 아껴야 했는데 말이죠. 그래도 이해하는 게 가장 중요하다고 봐요. 언제 떠날지 모를 세상이니까요. 당장 내일이라도 끝장날 수 있어요, 우리 부부처럼."

"미안해."

한이 말했다.

"괜찮아요. 다 지난 일이에요. 그리고 우린 말티를 늦게 가져서 즐길 건 다 즐겼어요. 싸울 때도 아주 대판 싸웠죠. 제가 그 곱슬머리를 다 뽑아 버렸다니까요."

울찌는 크게 웃었다. 그 소리에 놀라 말티가 울찌에게 달려왔다.

"힘내요. 저도 잘 모르지만, 삶이란 게 참 이상하지 않아요? 꼭 고민거리 하나가 해결되면 그다음 고민거리가 어디선가 와서 달라붙어 쌓이잖아요. 먼지처럼 말이에요. 쓸어도 쓸어도 끝이 없어. 지겨워요. 그래도 사는 게 다들 아주 용해요."

한이 피식 웃었다.

"오래 살고 볼 일이야. 너에게 조언도 구하고 이런 이야기를 듣다니."

"그러게요. 가야겠어요. 약속에 늦었거든요."

울찌는 아기 띠를 허리에 매고 말티를 안아 들었다.

"아이고."

그녀는 그 말과 함께 벌떡 일어났다. 아기 띠에 포개진 말티는 영문을 모르는 표정으로 잠자코 있었다.

"말티를 보면 나도 아이를 빨리 가지고 싶어."

"계획 있어요?"

"응? 아, 그게 비밀인데, 이미 아내가 임신 중이야."

한이 부끄러운지 마당을 쳐다보며 말했다.

"진짜요? 축하해요. 몇 주나 됐는데요?"

"두 달 됐어."

"그럼 곧 우리 말티에게 동생이 생기겠네요."

"그렇군."

"미리 잘 부탁해요."

"나도."

"그리고……."

"그리고?"

"아내에게 최대한 다 맞춰 줘요. 두 달이면 한참 예민할 시기라고요. 주말에 여기 나오는 것도 다시 생각해 보고요. 알겠죠?"

"그래?"

"에휴."

울찌가 고개를 젓자, 한은 멋쩍은 듯 웃었다.

광장에는 흰나비들이 날아다녔다. 분수대에 센서 등을 설치하고 있는 사람들이 보였다. 공사가 끝나 가는지 연한 빛의 센서가 깜빡거리고 있었다. 빛나는 등 앞에서 울찌는 저길 보라고 아기띠 안에 있는 말티에게 말했다. 말티는 아랑곳하지 않고 엄마 얼굴만 올려다봤다. 울찌는 숨을 들이켰다. 몸 안에 맑고 선선한 공기가 들어와 가득 찬 느낌이었다. 이런 기분을 마지막으로 느껴 본 게 언제였을까. 그녀는 말티 때문에 이전처럼 두 팔을 들면서 걷기는 어려워졌지만, 들뜬 걸음으로 광장을 지나쳤다.

울찌가 벨을 누르자 곧바로 문이 열렸다. 빌궁이 맞아 줬다.

"넌 몇 살인데 아직도 시간 개념이 없니?"

울찌는 집에 들어서자마자 잔소리를 들어야 했다. 미숙의 손녀인 덕분이가 뒤에서 손을 흔들며 말했다.

"안녕, 이모!"

"그래, 안녕. 늦을 수도 있지."

"아이고."

"그 추임새 좀 그만해."

빌궁이 고개를 저었다. 미숙도 얼굴을 내밀었다.

"잘 있었니."

"그럼요."

"말티 좀 보자. 그새 많이 컸구나."

그들은 거실에 모여 앉았다. 미숙은 귤을 까서 울찌와 말티에게 건넸다. 울찌는 미숙의 쭈글쭈글한 손등을 내려다봤다. 안 본 사이 머리가 많이 빠지고, 얼굴에 주름도 늘어난 것 같았다. 귤을 받은 말티는 공처럼 굴렀다. 그걸 본 미숙은 말티가 나중에 커서 구주희를 잘할 것 같다고 했다.

"몸은 괜찮아요?"

"갑자기 몸은 왜?"

미숙이 물었다.

"연세도 있으니 관리에 신경 써야 해요."

"내가 곧 죽기라도 할 것 같니?"

"그게 아니라……."

"난 죽어도 여한이 없다. 살 만큼 살았어. 내 친구들은 이미 다 갔거든."

"아주머니도 참."

빌궁이 말했다.

"넌 왜 그런 얘길 꺼내?"

덕분이가 인형을 가지고 와서 말티에게 보여 줬다. 말티는 쳐다보는 시늉도 하지 않고 귤을 굴리는 데만 집중했다.

"내가 늙어서 덕분이까지 키우고 있는 걸 보면 이게 내 운명인가 하는 생각도 들어. 너희들이 자라나는 걸 보면서 내가 얼마나 행복했는지 아니? 아마 난 죽어서도 너희를 지켜볼 거야."

"그게 무슨 소리예요?"

"유령이 돼서 너희들 옆에 딱 달라붙어 있을 거야. 그러니 자살 같은 건 꿈도 꾸지 마."

"어휴, 무섭게 무슨 소리예요."

울찌가 손을 휘저었다.

"농담이야."

빌궁 혼자 입을 막고 웃었다. 울찌는 뭐가 웃긴 건지 알 수 없었다. 빌궁은 울찌에게 좀 웃고 살라면서 말하는데, 정작 언제나 표정이 굳어 있는 건 빌궁이었다. 빌궁은 허리 관절에 좋다는 연고를 미숙에게 건넸다.

"넌 뭐 드릴 거 없니?"

"나야 있지."

"뭔데."

"사랑."

"철 좀 들어라."

그 말을 하자마자 말티가 귤을 굴리다가 눌러 터트렸고, 귤이 터질 때 나온 샛노란 오줌 같은 즙이 빌궁의 원피스에 튀었다.

"아!"

빌궁은 억지로 입꼬리를 올렸다. 미숙과 울찌가 키득거리며 웃었다. 옆에서 지켜보던 덕분이도 따라서 깔깔거렸다.

울찌는 집에 돌아올 때까지 아기 띠를 하고 와서 그런지 허리가 아팠다. 현관문을 열고 말티를 내려놓았다. 말티는 울찌를 끌어당겼다.

"알았어, 나도 들어갈 거야."

그녀는 신발을 벗었다. 불을 켰다. 집 안은 아침에 나올 때 그대로였다. 옷과 가방, 손수건, 빨대, 장난감, 베개가 규칙 없이 거실 바닥에 널브러져 있었다. 정리를 중요시하던 주니오 생각이 잠깐 났다. 아까 너무 웃어서 그런지 얼굴 근육이 땅겼다.

"바로 씻자."

그새 바닥에 있는 연필을 굴리고 있던 말티에게 말했다.

"너, 정말 운동선수라도 되려고 그래?"

울찌는 말티의 옷을 벗기고 함께 욕실로 들어갔다. 말티를 욕조 안에 넣었다. 물이 콸콸 쏟아졌다. 말티는 뭐가 좋은지 자지러질 듯이 웃었다. 마개로 욕조 구멍을 막았다.

"엄마 먼저 씻을게. 잠깐 놀고 있어. 알았지?"

말티는 한결같이 반응을 보이지 않았다. 울찌는 세면대에서 이를 닦았다. 금세 수증기가 차서 거울이 흐릿해졌다. 손으로 닦아 봤다. 여전히 잘 보이지 않았다. 그녀는 희미해져 가는 거울 앞에서 이를 닦다가 언제까지 이 생활을 반복해야 할지 생각했다. 말티를 씻기고 재운 뒤, 집안일을 하고, 함께 자고 아침에 일어나 말티를 어린이집에 맡기고, 공장에 나가 일을 하고, 퇴근 후 말티를 찾고, 기름을 배달한 뒤, 집에 돌아와 말티와 저녁을 먹고, 씻기고 자는 생활. 어쩌다 난 여기 서서 칫솔질을 하게 된 거지. 울찌는 그런 생각이 들수록 계속해서 거울을 손으로 닦았다. 그러나 거울은 자꾸만 쌓이는 고민거리처럼 울찌를 순식간에 지워 나갔다. 울찌는 슬펐다. 차라리 태어나질 말걸. 그때 그녀의 옷을 누군가 끌어당겼다. 울찌는 제발 뒤를 돌아보면 주니오가 있길 바랐다. 깜짝 놀래 주기라도 하려는 듯 실실 웃고 있는 주니오가. 뒤를 돌아보자 주니오와 똑 닮은 말티, 아니 마르티네즈가 걱정스러운 눈으로 그녀를 바라보고 있었다. 욕조의 물은 이미 마르티네즈의 턱 밑까지 차올라 있었다.

"내 정신 좀 봐. 아이고, 어떡해."

울찌는 마르티네즈를 욕조에서 빼냈다. 그녀는 아들을 꼭 껴안아 줬다. 미숙이 울찌에게 그랬던 것처럼. 울찌는 더 이상 아무 생각도 할 수 없었다.

7

피아노 연주 소리는 계단을 올라가는 구둣발 소리처럼 높아져 갔다. 저녁이었지만, 암막 커튼이 쳐져 있어 펍 안은 까마득한 어둠이 내려앉아 있었다. 그 속에서 조명만이 밝게 빛났다. 붉은 드레스를 입고 링 귀걸이에 진한 화장을 한 홀랑은 조명 밑에서 단연 돋보였다. 고풍스러운 홀랑과는 달리 펍은 어수선했다. 체구가 큰 경비조들이 축제를 맞아 껄껄 웃으며 술을 마시고 있었다. 홀랑은 안쪽에 앉은 미숙에게 물었다.

"너무 시끄럽지 않아요? 괜찮아요?"

미숙은 천천히 고개를 주억거렸다. 그러고는 옆에 있던 딸 송화에게 속삭였다.

"너희들이 울던 소리보다는 작다고 하시네요."

송화가 미숙의 말을 대신 전해 줬다. 미숙은 막 목을 가눈 아이처럼 손녀인 덕분이가 떠 주는 스튜를 받아먹었다. 미숙이 스튜를 흘릴 때마다 덕분이는 손수건으로 턱을 닦아 줬다.

"아 참, 덕분이가 결혼한다면서요?"

흘랑이 송화에게 물었다.

"네. 그렇게 됐어요. 소문이 참 빠르네요. 오늘 청첩장 주면서 말하려고 했던 건데."

송화는 가방에서 청첩장을 꺼내 한 명 한 명에게 건넸다.

"어머, 축하드려요. 신랑이 누구죠?"

흘랑이 청첩장을 건네받으며 물었다.

"하베르츠 씨의 아들이요."

"하베르츠요? 구주희 놀이를 즐겨 하는 그 하베르츠를 말하는 건가요?"

"네, 맞아요."

"그분 경기하는 걸 보니까 성질이 장난 아니던데."

"그런가요? 제가 보기에는 괜찮던데요."

송화가 애써 웃으며 말했다. 울찌는 얼마 전까지만 해도 꼬맹이였던 덕분이 네가 결혼을 다 한다니 신기하다고 했다.

"우리 덕분이가 늦둥이라 그렇지, 제 친구들은 손주가 벌써 학교 다니고 있어요."

송화가 말했다.

"시간 참 빠르군요."

곧이어 요리가 나왔다. 한이 직접 들고 왔다. 빛을 발하는 은색 접시는 뚜껑이 덮여 있었다. 한은 많이 기다리셨다고, 주문이 밀려 늦었다며 죄송하다고 말했다.

"괜찮아요. 이럴 줄 알고 오기 전에 간식을 먹고 왔죠."

울찌가 말했다. 한은 사람 좋은 웃음을 보이며 은빛 접시를 테이블 중앙에 놓았다. 뚜껑을 열자 오리찜이 나왔다. 막 만들었는지 김이 모락모락 났다. 오리 밑에는 초록색 파와 붉은 당근, 갈색 감자가 있었는데, 구릿빛 오리고기와 색감이 잘 어울렸다. 탐스러운 기름이 오리 위로 줄줄 흘렀고, 매콤한 냄새를 풍겼다. 울찌는 자기도 모르는 사이에 침이 고였다.

"맛있게 드세요."

한은 벗겨진 머리를 쓰다듬으며 말했다.

"감사해요."

울찌가 말했다.

"아드님은 잘 있죠?"

"싱 말하는 거야?"

"네."

"오늘도 펍에 따라오겠다는 걸 막느라 힘들었어. 쉽지 않군."

한이 울찌를 향해 웃었다.

"그럼 좋은 시간 되시길."

한은 꾸벅 인사하고 갔다. 송화가 오리 다리를 집게로 찢어 앞

접시에 담아 덕분이에게 건넸다. 덕분이는 고기를 발라 할머니의 입에 넣어 줬다. 미숙은 천천히 씹었다. 말티는 마지막으로 건네받은 오리고기를 밥에 비벼 허겁지겁 먹었다.

"말티, 그렇게 빨리 먹어도 돼?"

홀랑이 걱정돼서 물었다.

"괜찮아. 얘는 이래도 멀쩡해."

아무 일 아니라는 듯이 울찌가 말했다. 떡 벌어진 어깨의 말티는 어느새 곱슬머리도 어깨 밑까지 내려와 있었고, 울찌를 닮아 맑은 눈을 가진 청년이 되어 있었다. 송화는 술을 주문해 마셨다. 홀랑도 한 잔 마셨지만, 울찌는 마시지 않았다. 말티는 살점을 다 발라먹은 오리 뼈를 빨다 미숙과 눈이 마주쳤다. 미숙은 말티를 보더니 덕분이에게 속삭였다. 곧 덕분이가 미숙의 말을 전했다.

"말티, 이리 와 봐. 할머니가 이거 주라는데. 입 안 댔거든."

덕분이는 접시에 놓인 오리 다리를 가리켰다.

"그게 무슨 소리야?"

울찌가 말했다.

"넌 할머니 걸 먹고 싶니. 차라리 내 거 먹어. 배고파?"

"약간."

말티는 히죽 웃으면서 울찌가 주기도 전에 그녀의 그릇을 가져와 먹어 치웠다.

"엄마도 배가 많이 고프지만 널 위해서 양보했다는 것만 알아줘."

"고마워, 엄마."

송화가 혀를 찼고, 홀랑은 활짝 웃었다. 미숙도 웃고 싶었지만 그녀를 옭아매고 있는 거미줄 같은 주름들이 얼굴을 꽉 붙들고 있어 쉽지 않았다. 그들이 먹고 대화하는 소리는 펍 안에 가득한 수만 가지의 소리와 섞여 소음을 만들어 냈다. 태양은 그들이 알지 못하는 사이 점점 내려앉았다. 곧 암막 커튼이 필요 없을 정도로 짙은 어둠이 찾아왔다. 그리고 본격적인 축제가 시작됐다.

그들은 식사 후 광장을 향해 걸었다. 광장에서 열리는 축제를 보자고 홀랑이 제안했기 때문만은 아니었다. 누구든 오늘 같은 날이면 광장으로 향하는 것이 암묵적으로 약속된 일이었다. 하지만 덕분이네 가족은 집으로 돌아가야겠다고 했다. 미숙의 몸이 좋지 않았다. 울찌는 휠체어에 탄 미숙이 가족동 쪽으로 사라지고 있는 모습을 지켜봤다. 휠체어에서 덜덜거리는 소리가 들렸다.

"가자, 엄마."

말티가 팔짱을 꼈다.

"그래."

광장은 창립 기념 축제를 맞아 사람들로 가득 찼다. 울찌는 걷다가 아는 사람들을 만나면 멈춰 서서 인사했다. 분수대에서 센서 등이 빛을 발하며 물이 떨어졌다. 순서대로 깜빡거리는 빛이 울찌가 느끼기엔 좀 어지럽다고 생각했다. 단상 옆쪽에는 천막들이 세워져 있었다. 안에서 사람들이 술과 음식을 먹으며 떠들었다. 고소한 음식 냄새와 밤공기가 섞였다. 말티는 냄새를 맡더니 배고프다고 말했다.

"아직도?"

"응."

홀랑은 말티를 보며 먹는 걸 좋아하니 그쪽 관련 일을 지금부터 준비하는 것도 좋은 선택지가 될 거라고 했다.

"언니도 참, 우리 아들 이래 봬도 공부 잘해."

"진짜?"

"사실 잘 몰라."

단상 쪽에 사람들이 모여 있었다. 뭔가를 기다리고 있는 듯 웅성거렸다. "후." 하고 숨을 뱉으면 김이 나왔다. 단상 조명 아래 사람들의 얼굴이 비쳐 보였다. 모두들 양 볼이 홍시처럼 불그스름했다.

"둘이 애인 아니야?"

팔짱을 낀 울찌와 말티에게 그렇게 말한 사람은 엘레나였다. 그녀는 환하게 웃으며 울찌 앞에 섰다.

"안녕하세요, 언니."

엘레나는 홀랑에게도 인사했다.

"안녕, 잘 지냈니?"

"그럼요. 많이 컸구나."

엘레나는 말티를 올려다보며 말했다.

"넌 어쩜 그렇게 젊어 보이니."

머리카락이 희끗한 엘레나가 울찌에게 물었다.

"넌 염색 좀 해야겠다."

"집안 내력이야."

"딸은 어디 있어?"

울찌가 물었다.

"발레리? 저기 있잖아."

엘레나는 단상을 가리켰다. 단상 위의 사람들은 뭔가를 나르는 중이었다. 그들 중에는 몸집이 큰 발레리도 있었다. 동작은 뒤뚱거렸지만, 열심히 해 보려는 기색이 보였다.

"총무부에서 일한다더니, 바쁘구나."

"그러게. 말티는 취직했어?"

"아직이야."

"그래? 이봐, 말티."

"네."

"급할 필요는 없는 거 알지?"

엘레나가 말했다.

"네 엄마도 늦게 취업했어."

"네, 잘 알고 있죠."

말티는 당당하게 말을 이었다.

"그래서 느긋하게 마음먹으려고요. 어디든 불러 주겠죠."

"너무 느긋해서 문제야."

엘레나는 크게 웃었다. 단상 스피커에서 브람스 연주곡이 흘러 나왔다.

"시작한다."

엘레나가 단상을 바라봤다. 울찌는 뭘 시작하냐고 묻고 싶었지만, 묻지 않았다. 어차피 곧 알게 될 것이므로. 일순간 침묵이 흘렀다. 단상의 조명이 꺼졌다. 음악 소리가 줄어들었다. 사람들이 모두 고개를 들었다. 하늘에는 눈부신 별들이 떠 있었다. 그 아래 푸르스름한 기억 풍선들이 하나둘 떠올랐다. 몇 분 지나지 않아 하늘은 알록달록한 풍선으로 가득 찼다. 사람들이 환호했다. 아이들은 모여 있는 풍선을 잡기 위해 뛰었다. 풍선 안의 이야기들이 빛을 발산했다. 향기로운 냄새가 늦가을 추위를 잊게 만들었다. 축배를 드는 소리가 여기저기서 들렸다. 말티의 눈동자는 풍선들로 가득 찼다. 울찌가 말티를 붙잡았다.

"울찌."

홀랑이 말했다.

"응."

"아름답다. 그렇지?"

"응."

"이게 바간다스가 꿈꿔 왔던 게 아니었을까."

단상에 있는 한 여인이 그녀들을 바라봤다. 하늘하늘한 몸에 금 방이라도 들고 있는 풍선을 타고 날아가 버릴 것 같은 여인.

"빌궁 언니가 저기 있어."

울찌가 말했다.

"저 아이가 올해 축제를 기획한 거겠지."

"맞아."

바간다스의 세 딸이 마주 섰다. 울찌는 이 말을 할 수밖에 없었다.

"완벽한 날이야."

8

그날, 울찌는 어딘가로 떨어지고 있는 꿈을 꿨다. 발을 헛디뎌 넘어졌는데, 한없이 밑으로만 낙하했다. 이대로는 끝이 없다고 생각했을 때 잠에서 깼다. 손을 내밀어 알람 시계를 더듬었다. 이제 알람을 맞출 필요는 없었지만, 시계가 곁에 있다는 것만으로도 안심이 됐다. 허리가 아렸다. 잠을 잘못 잔 것 같았다. 커튼을 걷었다. 창문으로 양배추밭이 훤히 내다보였다. 양배추가 뽑힌 흔적만 남아 있었다. 환기를 위해 창문을 여는 데도 힘이 들었다. 방에서 걸어 나왔다. 소파에 외투가 걸쳐 있었다. 말티가 다녀갔나 보다. 아래로 떨어지던 감각이 아직 몸에 남아 있었다. 물을 병째 마셨다. 손이 떨렸다. 달력으로 오늘이 며칠인지를 확인했다. 밖에 산책하러 나갈까 하다가 소파에 드러누웠다. 가죽이 차가웠다. 이불을 덮고 눕고 싶었지만 가지고 오기 귀찮았다. 아래층에서 요리하는지 매콤한 냄새가 올라왔다. 배가 고팠다.

전화를 걸었다. 빌궁이 받았다. 울찌와 빌궁은 각박한 생활과 요즘 자주 아려 오는 부위, 울찌가 가르쳐 준 뜨개질, 먹고 싶은 음식들, 결혼 생각이 없는 말티, 자꾸 생각나는 사람들, 어린 시절 달마다 하던 가족 식사에 대해 얘기했고 결국 다 부질없다고 입을 모아 말했다. 건강히 지내라는 말을 끝으로 전화를 끊었다. 시간이 꽤 흘러 있었다. 베란다로 정오의 햇빛이 들어왔다. 산책하러 나갈 마음이 생겨 일어났다. 다리가 시큰거렸다. 다시 앉았다. 그동안 너무 많은 사람이 죽었다. 너무 많은 이야기를 봤고, 생각지도 못한 일들을 겪었다. 그러나 제대로 기억나는 이야기들은 몇 가지 없었다. 이야기들로 만들어진 책을 펼칠까 하다가 하지 않았다.

테이블에 뜨다 만 장갑이 놓여 있었다. 눈에 들어온 이상 뜨지 않을 수 없었다. 말티에게 줄 선물이었다. 얼마 전 체크무늬 목도리를 뜨개질해 줬더니, 좋아하던 모습이 생각나 장갑도 하나 해 주기로 한 것이다. 울찌는 집중해서 실을 떴다. 일주일 전 미숙의 묘지에 갔다가 손등에 생긴 생채기가 보였다. 딱지는 떨어졌지만, 흐릿한 상처가 남아 있었다. 앞으로도 영원히 남아 있을 것 같아 괜히 두려웠다. 장갑을 뜨다 힘이 빠져 테이블에 그대로 뒀다. 낮잠을 자기로 했다. 아이고, 소리를 내며 일어나 침대로 갔다. 이불에서 세제 냄새가 났다. 무심코 두 다리를 들었다가 내려놓았다. 통, 소리와 함께 먼지가 날렸다. 딸꾹질이 나왔다. 지금 내가 불안한가. 생각들이 두서없이 나타났다. 가장 중요하게 여기는 생각을 찾아야 했는데, 찾지 못했다. 상관없다. 어떤 것에 대해 정의 내릴 이유는 없지 않은가. 힘을 빼고 내려놓자. 나는 떨어진다. 울찌는 무척 졸리기 시작했다. 견딜 수 없을 만큼.

그녀는 애도하고 있는 사람들을 물끄러미 쳐다봤다. 자신의 영정 사진 밑에 양반 자세를 하고 앉았다. 모임원들과 공장조에서 함께 근무했던 사람들이 대다수였다. 빌궁은 어린아이처럼 양 무릎을 손으로 붙잡고 벽에 기대앉아 있었다. 멍한 표정이 안쓰러워 울찌는 빌궁에게 가서 난 괜찮다고 말했다. 빌궁은 듣지 못했다. 괜찮지 않은 건 빌궁이었다. 엘레나는 꺽꺽 울었다. 얼마 전 남편과 사별했는데, 또 이런 시련을 안겨 줘 괜히 미안했다. 옆에서 딸 발레리가 땀을 뻘뻘 흘리면서 위로하고 있었다. 하베르츠가 들어오자 장례식장이 한층 더 시끄러워졌다. 그는 이미 술을 마셨는지 언성을 높여 댔다. 그 뒤로 아들인 율리와 며느리인 덕분이가 뒤따랐다. 그들은 조용히 빙궁에게 인사를 건네고, 영정 사진 앞에 섰다. 덕분이는 임신을 했다고 들었는데. 울찌가 덕분이 앞으로 가서 살펴봤다. 배 속을 보아하니 딸이군. 갑자기 배 속의 아이가 손을 쥐었다 펴며 인사했다. 잘 가요. 뭐야, 기특하네. 고맙다, 야. 너도 잘 살아라. 큰 목소리가 들려 돌아보자, 어느새 나타난 한이 하베르츠에게 왜 이렇게 흥분했느냐고 말하고 있었다. 하베르츠는 당신은 가족도 아닌 주제에 왈가불가하냐며 가슴을 들이밀었다. 한도 이에 질세라 고개를 쳐들었다. 그의 아들인 싱이 말렸다. 울찌는 두 사람 모두 꿀밤을 먹여 주고 싶지만 참았다. 사람들이 싸움 구경을 하고 있었다. 그래, 이 재밌는 걸 놓칠 수 없지. 더 듣다가는 귀가 떨어질 것 같다고 생각한 울찌는 장례식장을 나가기로 마음먹었다. 나오는 길에 정정배를 만났다. 민머리의 노인이 된 그는 손수건으로 떨어지는 눈물을 닦으며 걸어갔다. 변함없이 바른 사람이었다. 울찌는 당신만 한 파트너는 내 인생에 없었다고 말해 줬다.

마르티네즈는 건물 입구에서 만났다. 걸음걸이만 보더라도 아들이란 걸 바로 알 수 있었다. 마르티네즈가 갑자기 멈춰 섰다. 말끔하게 정장을 차려입은 모습은 우울한 피아니스트 같았다. 마르티네즈는 울찌의 두 눈을 정확히 쳐다봤다. 울찌는 마르티네즈에게 많은 말을 해 주고 싶었지만, 잔소리라고 생각할 것임이 뻔해 한마디만 해 주기로 했다. 그 곱슬머리 있지, 관리 좀 잘해야겠다. 미역이야, 뭐야. 땀 냄새가 나. 씻고 다녀. 술은 적당히 마시고. 그래야 사랑을 하든지 말든지 하지. 아이고. 한 마디가 여러 마디가 됐다. 안녕. 그렇게 말하자 마르티네즈가 어깨를 틀어 길을 열어 줬다. 울찌는 마르티네즈의 시선을 받으며 걸었다. 말티는 말없이 고개를 숙였다. 하지만 그녀는 뒤돌아보지 않았다.

건물 밖으로 나와 그녀가 가장 먼저 한 일은 뛰는 것이었다. 아려 오던 허리와 팔이 더는 아프지 않았다. 마음 같아서는 날 수도 있을 것 같았다. 밭으로 향했다. 눈치 보지 않고 뛰어다닐 수 있는 곳이었다. 뜨악하고 질긴 태양이 지고 있었다. 태양 주위로 노란 귤 같은 노을이 번져 있었다. 울찌는 손을 펼쳤다. 주름이 잘게 자리 잡힌 이 손으로 얼마나 많은 걸 먹고, 입고, 사랑했을까. 두 손으로 볼을 만졌다. 따뜻했다. 숨을 들이마셨다. 더 생각하다간 터져 버리겠어. 복잡한 건 질색이야. 울찌는 팔을 휘저으며 밭을 뛰어다녔다. 불타는 냄새가 났다. 돌아보자 어디선가 한 소년이 그녀를 향해 걸어오고 있었다.

"넌 누구니?"

"저요?"

"그래."

"제가 보여요?"

"너도 내가 보이니?"

"그럼요. 전 다 보여요."

"나도 다 보여. 우리는 죽었어."

"알고 있어요. 전 조니예요."

조니가 손을 내밀었다.

"할머니는 오래 사셨군요."

"나보다 오래 살고 있는 사람들도 있는걸."

"저에 비하면 오래 사셨죠."

"넌 어쩌다 파릇파릇한 나이에 그렇게 됐니."

"프라이버시를 지켜 주세요."

"뭐?"

올찌는 피식했다.

"좋아. 넌 이러고 다닌 지 얼마나 됐지?"

"모르겠어요."

"다니는 동안 나보다 더 늙은 사람을 만난 적 있어?"

"아뇨, 할머니가 처음이에요."

"난 할머니가 아니야."

"그럼 누구죠."

"울찌야."

"그렇군요."

"아주머니가 죽어서 지켜볼 거라고 했는데, 흠."

울찌는 팔짱을 끼고 잠시 생각에 잠겼다.

"조니라고 했니?"

"네."

"할 일도 없는데, 세상에 우리 같은 사람이 있나 더 찾아볼래?"

"네?"

"재밌잖아. 마을 밖으로 나가 보자고. 난 살면서 마을 밖으로 나가 본 적이 거의 없거든. 어떠니?"

"전 한 발자국도 나가 본 적이 없어요. 그 전에 죽었거든요."

"좋아. 그럼 나랑 여행을 떠나자. 곳곳에 우리 발자국을 새기는 거야."

"어디로요?"

"어디든."

"좋아요!"

조니가 신이 났는지 개구리처럼 팔짝 뛰었다.

"그렇게 좋니?"

"그럼요. 누구든 함께한다는 것만으로도 기쁜걸요."

"좋아, 긴 여행이 될 거야. 가자."

"네."

울찌가 양팔을 뻗고 뛰기 시작했다. 조니는 서둘러 그녀를 뒤따랐다. 그들이 지나간 자리에 발자국이 움푹움푹 남았다. 태양이 완벽히 지자, 어떤 이가 그들이 있었던 자리에 기름을 부었다. 기름 속 이야기들이 밭에 스며들었다. 이야기들은 머지않아 양배추의 자양분이 될 것이다. 낮까지만 해도 따사로웠던 날씨는 밤이 되자 순식간에 선선해졌다. 마을 위로 적란운이 몰려들고 있었다. 결국 새벽에는 번개가 반짝였고, 곧 천둥이 불에 댄 듯 악을 질렀다. 그러더니 빗방울이 한두 방울씩 떨어져 메마른 대지를 삽시간에 적셨다. 폭우였다.

그렇게 비를 그치게 만든 역사적인 아이였던 울찌는 모두의 기대를 배반하고, 그 누구보다 평범하게 자신의 이야기를 매듭지었다.

마리아 오, 마리아

나는 의미를 되새김질하는 말처럼 오직 나를 향해 달렸다.

1

흔들린다. 술잔이 흔들린다. 나는 보고 있다. 의자와 테이블도 쉼 없이 흔들린다. 조만간 나마저도 흔들리고야 말 것이다. 황금 같은 술이 잔을 타고 흐른다. 잔을 손에 쥔다. 손등에 술이 묻는다. 차갑다. 그칠 줄 모르는 비 때문이다. 루이 장이 내 어깨를 건드렸다가 자세를 바로잡는다. 그에게서는 지린내가 난다. 녀석은 씻지 않았다. 나와 늦은 저녁, 펍에서 술을 주거니 받거니 하고 싶다면 적어도 냄새는 나지 않게 하고 나오라고 누누이 말했지만 그는 듣지 않았다. 내 말을 언제나 귓구멍으로도 듣지 않고 있는 것이 분명하다.

"마린."

내가 지금 혼란스러운 이유가 냄새 때문인지 지속적인 흔들림 때문인지 혼동하고 있을 때, 루이 장이 말을 꺼냈다.

"그래. 말해."

"저 테이블 좀 봐."

그의 코트 소매 밖으로 삐져나온 검지가 가리킨 곳으로 시선을 옮겼다. 어떤 여자들이 앉아서 우리처럼 흔들거리고 있었다.

"왜?"

"너의 피앙세가 저기 있잖아."

힐끗 보니 검은 머리의 마리아가 앉아 있었다.

"이제 나랑 상관없는 사람이야."

"거짓말 마. 어떻게 마음이 그래?"

"마음이? 네가 내 마음을 아나?"

그는 할 말이 없는지 잠자코 술을 들이켰다. 맞은편에서 술을 홀짝이던 싱이 웃었다. 여자들이 나를 쳐다보고 있는 것 같아 얼굴이 따가웠다. 고개를 살짝 돌려 창문을 보는 척 넌지시 테이블을 봤다. 마리아는 뒷모습밖에 보이지 않았다.

"알 것 같군, 네 마음."

루이 장은 내 시선을 놓치지 않았다. 술은 쓰고 빗소리는 달콤

했다. 듣고 있는 것만으로도 뜻밖의 안식처가 생긴 기분이다. 우리는 와인 한 병을 더 시켜 나눠 마셨다. 빗소리는 펍 안에서 흐르는 음악과 잡다한 소음을 지워 나갔다. 내 마음에서 이미 지워진 그녀의 얼굴처럼.

"마음은 움직이는 겁니다. 요즘 같은 날씨에는 용기를 잃기 마련이죠. 좋습니다, 피아노라도 쳐 드려요?"

싱의 능글맞은 목소리가 들렸다.

"맞아. 이런 기회는 흔치 않아."

"이 사람들이 미쳤나."

테이블을 주먹으로 내리치려던 순간, 때마침 입구에서 종소리가 들렸다. 펍 안으로 우람한 덩치를 가진 남자 셋이 들어왔다. 그들은 세쌍둥이처럼 가죽점퍼에 찢어진 진을 맞춰 입고 있었다. 우쭐대는 폼을 보아하니 어디선가 한 번쯤은 만난 적이 있는 사람들이었다. 그들은 우산을 아무렇게나 우산꽂이에 던져 놓았다. 찬 공기가 볼을 스쳤다. 콧등이 가려워 긁었다. 세 남자는 우리를 쳐다보지도 않고 지나쳐 걸어갔다. 그들의 걸음걸이에는 싱이 말한 용기 같은 게 들어 있었다. 남자들은 마리아가 있는 테이블 앞에 섰다. 그들 중 가장 몸집이 커 보이는 사내가 마리아에게 말을 걸었다. 하필이면 세 명의 여인 중 마리아에게 말을 건 것이다. 마리아도 남자를 향해 말했다. 빗소리에 그들의 목소리가 묻혔다. 그녀의 검은 눈망울과 밝은 이마가 조명 아래 빛났다. 오, 마리아, 마리아.

"마리아."

"가 봐야 하는 거 아닌가?"

루이 장이 빨대를 씹으며 말했다.

"이봐, 몇 번을 얘기해야 하지? 이제 나랑 상관없는 사이라고."

나는 술을 들이켰다. 몸 안에 들어간 와인은 붉게 타올라 장기들을 갈기갈기 찢었다. 호기였다. 감자튀김이라도 주문했어야 했다. 내가 왼쪽 가슴을 움켜잡고 있자, 루이 장은 소리 내 웃었다. 녀석을 때려 줄 힘도 없었다. 남자와 마리아는 여전히 대화를 주고받고 있었다. 나는 종업원에게 음악 소리를 줄여 달라고 부탁하고 싶었다. 할 수만 있다면 두 달째 내리던 비도 그치게 해 달라고. 당장 이 순간만이라도. 이윽고 남자와 마리아의 언성이 높아졌고, 내가 왜 가야 하냐는 마리아의 말이 또렷하게 들려오자 그쪽으로 가지 않을 수 없었다. 그건 본능이었다. 순간적으로 달아오르는 난로 같은 것. 난 걸어가 녀석 앞에 섰다. 마리아는 나를 보고도 놀라지 않았다. 내가 입은 추레한 보라색 와이셔츠는 그녀가 좋아하지 않는 옷이었다. 마리아는 내가 여기 있다는 걸 이미 알고 있었을지도 모른다.

"뭐지?"

남자가 나를 정면에서 쳐다봤다. 우리의 키는 엇비슷했다. 그는 이틀 정도 수염을 깎지 않은 것처럼 보였는데, 퍽 잘 어울렸다. 나도 이참에 수염을 길러 볼까 생각했다.

"이 여인에게 볼일이 있는 거요?"

나는 물으면서 뒤쪽에 있던 덩치들이 앞으로 나오려는 걸 남자가 손짓으로 제지하고 있는 모습을 지켜봤다. 빗소리와 음악은 여전히 풍성했다.

"그런 셈이지. 자네는?"

"나도 여인에게 볼일이 있소."

"그런데?"

"네?"

"그게 나와 무슨 상관이지?"

"과격한 행동은 좋지 않아요."

나는 최대한 정확하게 발음을 씹어서 말했다. 내 딴에는 마지막 경고였다. 남자는 교양 없이 이를 내보이며 하하하 웃었다. 뒤에 있던 남자들은 억지로 따라 웃었다.

"난 지금 이 여자와 할 얘기가 많이 남아 있어. 만일 당신에게도 볼일이 있다면 내 얘기가 끝난 뒤에 해. 알았어?"

남자는 그 말을 하면서 내 멱살을 잡았다. 숨이 잘 쉬어지지 않아 괴로운 것보다 이런 모습을 마리아에게 보여 줘야 한다는 것이

가슴 아팠다. 내가 캑캑거린 건 자연스러운 증상이었다. 사밀라아제를 바르지 않는 이상 그 어떤 인간이라고 할지라도 그렇게 갑작스레 와이셔츠 앞섶을 움켜쥔다면, 목이 턱 막혀 비참한 소리를 내지를 수밖에 없다. 그는 내가 충분히 알아먹었다고 생각했는지 내려놓았다. 나는 털썩 주저앉았다. 뒤돌아선 그가 마리아에게 뭐라고 말을 꺼내려는 순간, 또다시 나의 난로에 불이 타올랐다. 결국 손으로 녀석의 뒤통수를 갈기고야 말았다. 남자의 머리에서 텅소리가 났다. 딱딱했다. 머리통에 무엇이 들어 있길래 이런 소리가 나는 걸까. 가격한 손이 저렸다. 돌아선 남자는 천진난만한 미소를 띠고 있었다. 이후에 일어날 일을 예견이라도 한 것처럼. 난그의 미소가 사라지기 전에 발길질에 넘어졌다. 복부에 타격을 입자 입 안에서 침이 튀어나왔다. 제발, 마리아가 나를 보고 있지 않기를. 나는 그 짧은 순간에도 기도했다. 옆에 있던 다른 남자들이 내 앞으로 다가와 나를 지긋이 세네 번 밟았다. 왜 루이 장과 싱은 이쪽으로 와서 나를 돕지 않는 건지 궁금했다. 나는 눈을 감았다. 혹자는 기절한 척 연기하고 있었다고 말할 수 있다. 하지만 나는 너무 피곤했고, 좀 쉬고 싶었다. 이미 내 몸 안에 독한 알코올이 흐르고 있었다. 싱으로 추정되는 자의 발걸음 소리가 들렸고, 곧이어 마리아가 소리쳤다. 바닥은 차가웠다. 귀를 바닥에 대니 빗소리가 선명하게 들렸다. 앞으로 얼마나 더 많은 비가 내릴까. 또 얼마나 많은 것들이 흔들려야 제 상태로 돌아올까. 나는 펍에 누워 골똘히 생각했다. 어쩌면 내가 떠나야 모든 것이 제자리로 돌아갈지도 모른다.

2

블라디미르가 딸기 맛 사탕 하나를 건넸다. 입 안에 사탕을 넣고 굴리자 단맛이 났다. 살아 있다는 게 실감 났다. 나는 근무한 뒤로 한 번도 찾아오지 않았던 졸음에 시달리고 있었다. 슬그머니 흔적을 감추며 내리는 보슬비와 구름처럼 내려앉은 안개가 나를 짓누르고 있는 것만 같았다. 우리가 근무하는 경비실은 세 평 남짓한 공간이다. 기름내가 나는 난로는 늘 불을 밝히고 있다. 우리가 앉아 있는 책상 서랍에는 경비에 필요한 물품들이 들어 있는데, 공포탄과 권총도 그중 하나였다. 블라디미르와 나는 주로 앉아서 정면을 응시한다. 세 면이 유리창으로 되어 있어 밖을 내다보기에 용이했다. 그러나 지금 눈앞에 보이는 건 창을 타고 흐르는 빗줄기뿐이었다. 선반에는 누군가가 가져다 놓은 화분과 캔들이 있었다. 화분 속 꽃은 이미 말라 잿빛이 되어 있었다. 블라디미르는 사탕을 이빨로 깨부쉈다.
"그래도 멀쩡해 보이는군."

"몇 대 안 맞았으니까요."

나는 말을 하고 나자 술이 마시고 싶어졌다. 블라디미르는 손을 비비더니 사사로운 일로 골머리 썩는 것만큼 어리석은 짓도 또 없다고 했다. 나는 웃었다. 주먹을 쥐었다. 먼 곳에서 세 사람이 빗속을 뚫고 이쪽으로 다가오고 있는 것이 보였다.

"귀찮군. 또 그놈들이야."

"누구죠?"

"네 친구들. 싱과 그의 수하들이라고 해 두지."

"이 새벽에 무슨 일이죠? 게다가 싱은 작업조잖아요."

"나도 잘 몰라. 회사 사람들 몇몇이 암암리에 무슨 작당을 하나 봐. 자네 친구들이니 자네가 더 잘 알 텐데."

"그들이 말해 주지 않았어요."

나는 뜸을 들이다 이어 말했다.

"다음에 물어보죠."

그림자에 불과했던 세 사람은 점점 형상을 갖춰 갔다. 들판을 가로질러 정신없이 걸어오고 있는 그들은 우의를 입고 있었다. 블라디미르는 딸기 맛 사탕을 하나 더 까먹으며 입을 열었다.

"피해를 보는 건 늘 우리지."

블라디미르는 몇 년 전 공장에서 일어난 소동에 대해 말하고 있었다. 연구실 몇 군데가 털렸고, 창문으로 도망친 범인은 끝내 나타나지 않았다. 그 일이 있고 난 뒤로 회사에서는 공장에 경비조를 추가 배치했다.

"나는 문지기가 천성에 맞아. 하지만 밤을 지새워야 하는 일은 나를 늙게 만들지."

"저도요."

"뭐라고?"

"아닙니다."

나는 웃었다. 블라디미르의 사정에 대해서는 딸기 맛 사탕에 딸기가 얼마나 섞여 있는지 만큼이나 궁금하지 않았다. 블라디미르가 밤을 지새우든, 지새우지 않든 그들은 다가오고 있었다. 싱과 루이 장 그리고 처음 보는 여자 한 명이었다. 가운데 있는 난쟁이 싱이 손짓했다. 블라디미르가 내 어깨를 쳤다. 나가고 싶지 않았다. 그들이 은행나무 앞까지 도달했을 때쯤 몸을 움직였다. 밖은 추웠다. 우산을 펼치자 비가 달려들었다. 혀로 사탕을 굴리며 그들이 다가오길 기다렸다.

"이 시간에 무슨 일이죠?"

"일이 있어서요."

"제기랄. 내가 펍에서 맞고 있을 때나 이렇게 열정적으로 도와주시지."

"다친 곳은 괜찮나요?"

"덕분에 아직도 아리네요."

"마린 큐."

"조용히 해, 루이. 넌 할 말 없잖아."

"그럼 전 해도 돼요?"

싱 옆에 있던 여자가 말했다.

"좋을 대로."

"안녕하세요. 전 유나라고 해요."

"네."

"비가 내려서 춥네요. 감기에 걸리고 싶지 않아요. 환절기에 걸린 감기는 쉽게 낫지 않거든요."

"그렇긴 하죠."

"우리가 이 새벽에 당당하게 정문으로 걸어 온 걸 보면, 이미 회사의 승인을 받았다는 것 정도는 짐작할 수 있지 않으세요?"

"네, 네. 문을 열려고 했어요. 쳇."

나는 뒤돌아 공장 철문을 열쇠로 열었다. 쿵 소리가 나면서 문이 열렸다. 콘크리트 바닥에 검은 빗물이 번져 나갔다.

"무슨 짓을 하려는 거지?"

내가 물었다.

"지금은 비밀이라고 해 두는 편이 좋겠군요."

싱이 말했다.

"어차피 조금 있으면 다 알게 될 거야."

루이 장은 자신에 차 있었다.

"그래, 마음대로 하라고. 나만 쏙 빼놓고."

그들은 나를 지나쳐 안으로 들어가며 우의를 벗었다. 곧이어 주홍빛 현관 등이 꺼졌다. 그들은 잠시 모습을 감췄다. 내뱉고 들이쉬는 숨소리가 들렸다. 그들 중 하나가 움직이자 등이 다시 켜졌다. 그들의 뒷모습이 점점 멀어져 갔다. 경비실로 돌아와 우산을 접었다. 입술에 빗물이 묻었다. 맛을 보니 짠맛이 났다. 경비실 안으로 들어와서야 신원 파악을 하지 않았다는 사실을 떠올렸다. 아무려나, 될 대로 되라지. 일지에는 루이 장 외 두 명으로 적어 뒀다. 이를 가지고 문제를 삼으려면 삼을 수 있을 것이다. 의자에 반쯤 누워 있던 블라디미르가 수고했다고 말했다. 나는 딸기 맛 사탕을 손에 쥐고 부쉈다. 입꼬리는 내리지 않았다. 너무 많은 비는 생명을 시들게 만든다. 우리 모두를 삼켜 버릴 것이다. 이곳은 물에 잠겨 버릴 것이고, 우리는 부유하겠지. 영원한 흔들림 속에서 살아갔으면 좋겠다. 아프지 않았으면 좋겠다. 마리아가 보고 싶다.

3

"아득하다."

나는 혼자서 뇌까렸다. 안개 낀 밭에는 상상들이 덧씌워져 있었다. 거인이 걸어왔다. 축축해진 발을 꼼지락거려 봤다. 장화를 신지 않는 이상 빗물이 들이치는 것을 막기는 쉽지 않다. 주머니에 차가운 흙들이 가득했다. 비는 소강상태에 접어들어 가늘게 내렸다. 우산 따위는 필요하지 않았다. 도주로를 확보해야 한다고 생각했다. 수확조는 비가 내리는 나날이 이어지자 밭일을 제대로 하지 못했다. 1년에 두 차례 양배추를 수확해야 했지만 벌써 한 철이 지나가고 있었다. 비닐하우스를 설치해 간간이 씨를 뿌리기는 했다. 수확조 사람들 대부분은 공장조에서 일당을 받고 일하거나, 기청제를 지내거나, 비가 쏟아지고 있는 구멍을 찾으러 다녔다. 몇십 년 전 사람들이 그렇게 했듯이. 그도 아닌 이들은 술주정뱅이가 되어 거리를 배회했다. 그 역시 그중 하나였다.

나는 그가 수확조라는 걸 알고 있었다. 오전에는 비닐하우스 일을 하고, 오후에는 구멍을 찾으러 다니며, 밤에는 펍에 들락날락한다는 것도 알고 있었다. 그래서 며칠 전, 할 일 없이 마리아에게 집적거리다 나와 혈투를 벌였던 것이다. 당연한 말이지만 그의 이름도 알고 있었다. 호세. 호세 페르난데스. 나는 그가 올 줄 알았다. 그는 폭풍처럼 다가왔다. 뒤이어 오던 사람들은 그를 따라올 수 없었다. 그는 거인이었다.

"그 자식이군."

거인은 수염이 말끔하게 깎여 있었다. 그가 입고 있는 청록색 우의를 보자 새벽에 봤던 배신자들이 떠올랐다.

"반갑습니다."

나는 악수까지는 하고 싶지 않아서 손을 주머니에 넣었다.

"그래, 정신은 좀 차렸어?"

"그런 셈이죠."

사람들이 다가오기 전에 일을 치러야만 했다.

"내가 여기서 일하고 있는 건 어떻게 알았지."

"우연히요. 하지만 지금 그게 중요한 게 아닙니다."

"뭐가 중요하지."

"회사 사람들이 당신들만 빼놓고 작당 모의를 하고 있어요. 이를테면 공장조가요."

"뭐?"

나도 모르게 말이 빨라지고 있었다.

"이런 말 하긴 뭣하지만, 당신들은 해고될 수도 있어요."

"그게 무슨 말이야."

그는 다시 멱살을 잡으려고 나에게로 걸어왔다. 뒤쪽으로 사람들이 안개를 뚫고 모습을 드러냈다. 비의 한가운데 선 나는 결단을 내려야만 했다. 기회는 다시 찾아오지 않을 것이다. 붕어 같은 눈깔을 가진 거인이 내 앞에 섰을 때, 나는 주머니에 있는 흙을 녀석의 얼굴을 향해 뿌렸다. 그는 비명을 지르며 공벌레처럼 몸을 웅크렸다. 흙과 모래들이 부디 놈의 눈에 박혀서 한동안 눈이 뜨이지 않기를. 나와 원수진 걸 두고두고 후회하기를. 차라리 녀석은 세상을 보지 않는 편이 더 나을지도 모른다. 지독하다. 그래서 아득하다. 나는 뛰었다. 세계는 헐떡거리기 시작했고, 가슴은 알수 없는 슬픔으로 가득 차 아팠다. 언젠간 죽겠지만 그 순간이 지금만은 아니기를 바랐다.

4

청아는 나에게 술을 너무 자주 마시는 건 아니냐고 물었다. 나는 아니라고 했다. 피아노 연주는 단조로웠다. 싱을 부르고 싶었지만, 그날 이후로 우리는 섭섭한 사이가 됐다. 그런데도 이 펍을 찾는 건 싱이 사장이 아니기도 할뿐더러, 이곳만큼 외상을 잘해주는 곳도 없었기 때문이다. 잔에 든 얼음들을 흔들었다. 뭉글뭉글 거품이 피어올랐다. 비 뿌리는 소리는 여전히 지겨웠다. 청아는 탁한 커피를 빨대로 쪽쪽 빨았다. 나는 고개를 저었다.

"그래, 이제 말해 봐."

"별건 아니야."

청아가 말했다.

"나한텐 별일 아니겠지."

나는 웃으며 말했다.

"모자랑 마스크는 왜 쓰고 있는 건데?"

"날 노리고 있는 자들이 있어."

"정말?"

"응."

"위험해?"

"상황에 따라서는."

마스크를 내리고 술을 마신 뒤, 잽싸게 다시 올렸다. 청아는 작은 눈으로 재밌다는 듯 쳐다봤다.

"너도 참 힘들게 산다. 설마 이 좁은 곳에서 널 못 찾을 거라고 생각하는 건 아니지?"

"뜸을 들이는군."

나는 팔짱을 꼈다.

"너에게 이런 문제로 얘기할 날이 올 줄은 생각지도 못했어."

"그런 소리 마. 먼 훗날엔 모두가 나처럼 마스크를 쓰고 다니는 날이 올지도 모르니까. 역시 남편 문제겠지?"

그녀는 고개를 끄덕였다.

"외도?"

"그건 아니야."

"맞는 거 같은데."

"사실 몰라."

"자세히 얘기해 보지 그래?"

나는 사냥을 앞둔 육식 동물처럼 목소리를 낮췄다.

"결혼하고 나서 후안은 하루도 제시간에 귀가한 적이 없어. 야근이라고 하기엔 너무 잦아."

"공장에서 일하고 있다고 했지?"

"응. 뭐 하다 늦냐고 물어도 그냥 일이 있다고 해. 답답한 마음에 한번은 미행도 해 봤어. 공장에서 나와 문지기에게 퇴근 도장을 찍고, 어떤 땅딸막한 놈과 만나 펍 쪽으로 걸어가더라고. 술을 마시나 했지. 근데 그것도 아니었어. 골목 어디론가 들어갔는데 갑자기 사라져서 보이지 않았어. 그날도 여전히 늦게 들어오길래 물었지. 당신에게 미안한 말이지만 뒤를 밟았다고. 도대체 뭐 하고 돌아다니는 거냐고. 부인인 나한테도 말해 줄 수 없는 일이냐고. 다른 여자가 생긴 거면 괜찮으니 말해 달라고. 후안은 그런 게 아니라면서 미안하다고 했어. 자기가 하는 건 오로지 취미 활동이고, 시간이 지나면 다 알려질 거라고 했지. 난 어이가 없었어. 그 이후론 별말 안 하고 넘어갔는데, 요즘 들어 부쩍 더 늦게 들어오는 거 같아."

"역시 공장조가 문제군."

"마린 큐."

"응."

청아는 내 쪽으로 얼굴을 들이밀며 말했다.

"아는 게 있으면 말해 줘."

나는 좋다고 말하며, 현재 내가 조사한 것들에 대해 모두 말해 줬다. 그러면서 난 곧 떠난다고 말했다.

"뭐라고?"

"뻔뻔하긴. 다 알고 있잖아. 그래서 이 만남이 성사될 수 있었지."

잔을 들어 올렸다. 술은 달콤했다. 청아는 당황하지 않았다. 그녀는 표정을 감춘 채 내가 말하길 기다렸다. 청아의 목에 겹쳐진 주름이 유독 선명하게 보였다.

"우리가 단둘이 마주 앉아 단란하게 음료수를 마실 사이는 아니지. 뭐, 상관없어. 다만 내 앞에서 가식은 접어 두라고. 누굴 통해 들었나. 블라디미르? 그 고약하고 순진한 늙은이, 경비조 사람들에게 모두 떠벌린 건가? 내가 공장 사람들을 캐고 다닌다는 건 또 누구한테 들은 거지?"

"사직서를 낸 거야?"

청아는 내 말에 답하지 않고 물었다. 그녀의 잔은 비어 있었다. 이미 볼 장은 다 봤다는 듯이.

"응."

"왜?"

"왜라니."

"회사 잘 다니고 있었잖아."

"여기서 일하는 거 질렸어. 그리고."

"그리고."

"그리고 솔직히 내가 그만둔다고 해서 관심 가지는 사람은 아무도 없어. 너만 봐도 그래. 너와 네 남편 일이 지금 가장 중요하잖아. 그렇지?"

나는 눈을 가늘게 뜨고 웃었다.

"아니. 그래도."

"됐어."

"마린 큐."

"볼일 다 봤으면 가."

"미안. 나 먼저 일어날게. 고마웠어. 또 연락해."

청아가 일어났다. 그녀가 내 옆을 지나칠 때 라벤더 향이 났다. 잔 속 얼음은 쉽게 녹지 않았다. 빌어먹을. 방금까지만 해도 눈앞에 있던 청아가 사라졌다. 원목 의자 모서리 부분이 조명에 닿아 빛났다. 그제야 숨죽이고 있던 목소리가 테이블 위로 들이닥쳤다. 사람들이 쉴 없이 떠들고 있었다.

유리가 깨지는 소리에 놀라 벌떡 일어났다. 손가락질하며 싸우고 있었다. 누군가가 누군가의 가슴을 밀쳤다. 한두 사람이 아니었다. 피아노를 연주하던 이가 연주를 멈췄다. 그와 나의 눈이 마주쳤다. 공장, 시위, 사투, 수긍, 작당, 임금 같은 단어들이 들려왔다. 뭔가 잘못 돌아가고 있었다. 창밖으로 비가 끊임없이 내렸다. 벽에 걸린 액자가 흔들렸다. 나는 모자를 눌러쓰고, 마스크를 바로잡았다. 손톱에 낀 흙이 빠지지 않아 검었다. 출구를 향해 걸었다. 문을 열자 마르티네즈가 있었다.

나는 한 걸음 물러섰다. 마르티네즈의 널찍한 어깨 뒤로 놈의 일당들이 보였다. 제인과 페이 총 그리고 마리아. 마르티네즈는 우산을 접은 뒤 날 지나쳐 안으로 들어왔다. 페이 총이 지나칠 때만큼은 붙잡지 않을 수 없었다. 나는 길을 가로막았다.

"보기 좋군."

페이 총의 겁먹은 표정이 얼굴 위로 떠올랐다. 능글맞은 자식. 그의 젖은 옷깃이 내 손에 스쳤다. 빗물이 차가웠다.

"누구시죠?"

나는 마스크를 살짝 내렸다.

"마린이구나."

"우리 같은 외부인들은 여기서 연애하기 힘든데. 참 오래도 만나네."

페이 총은 죄를 지은 듯 가만히 있었다. 옆에 있던 제인이 그를 붙잡았다.

"아주 부러워."

"이봐."

우산 속에 있던 마리아가 말했다.

"좀 나와 줄래?"

"아 그럼, 그래야지."

내가 몸을 틀자 페이 총과 제인이 지나갔다. 마리아가 내 곁으로 다가왔다. 맑은 눈과 검은 송충이 눈썹. 어깨까지 내려온 생머리.

"마리아."

그녀가 우산을 접었다.

"혹시 내 얘기 못 들었어?"

마리아는 다시 우산을 살포시 폈다 접으며 빗물을 걷어 냈다. 안에서 고함치는 소리가 들려와 뜨끔했다. 마스크를 코 위까지 올렸다.

"블라디미르에게도 듣지 못했나?"

마리아가 내 옆을 지나갔다. 일행이 안에서 그녀를 기다리고 있었다. 나는 진심을 다해 말했다.

"널 예전만큼 사랑하지 않아."

"혹시 이게 네가 한 짓이니?"

마리아가 펍 안을 둘러보며 그 말을 했을 때, 나는 이미 거리 위를 달리고 있었다.

잘 살라는 말은 끝내 하지 못했다. 모자와 옷이 빗물에 젖어 들었다. 나는 점점 무거워져 갔다. 어떤 사람도 날 알아보지 못하도록 뛰어야만 했다. 일부러 웅덩이를 밟으며 사방에 물을 튀겼다. 거리에서도 싸우는 패거리들이 보였다. 그들을 지나칠 때만큼은 고개를 숙였다. 펍이 있는 거리를 지나, 분수 광장에 다다랐다. 광장은 한적했다. 철없는 어린아이들만이 빗속에 모여 뭔가를 하고 있었다. 앞뒤 잴 것 없이 소호동으로 걸음을 옮겼다. 내 잘못인가. 그런 생각이 들었다. 잘못했다면 뭘 잘못한 거지. 계단을 뛰어 내려갔다. 방을 찾아 걸었다. 다행히 아무도 만나지도, 지나치지도 않았다. 문 앞에서 열쇠를 꺼내기 위해 주머니에 손을 넣었다. 사탕이 손에 만져졌다. 열쇠를 꺼내 문을 열었다. 곰팡내가 났다. 문을 닫고 기대앉았다. 숨을 몰아쉬었다. 빗물이 눈물처럼 떨어졌다. 마스크와 모자를 내팽개쳤다. 귀가 아팠다. 눈앞에 책상이 보였다. 책상 위 열어 둔 창문으로 비가 들이치고 있었다. 액자와 책이 젖었다. 책상 밑으로 물이 떨어지고 있었고, 그 밑에 둥그스름한 웅덩이가 만들어져 있었다. 딸기 맛 사탕을 껍질도 뜯지 않고 입에 집어넣었다. 설사 잘못을 저질렀다고 하더라도 나에겐 아직 할 일이 남아 있다. 나를 외면한 사람들을 떠올렸다. 그날이 오기

전까지 결코 이 끔찍한 곳을 떠날 수 없다. 액자에 흐르는 빗물은
사진 속 마리아와 나를 서글프게 만들었다.

5

"지금 무슨 일이 일어나고 있는 거지?"

흰빛을 뿜어내는 하늘 아래로 비가 내리고 있었다. 너무 환해서
눈이 아팠다. 블라디미르는 고개를 젖혀 그걸 한동안 바라보다가
말을 꺼냈다.

"자네의 마지막 근무를 축복이라도 해 주려고 하는가 보군."

개 같은 소리였다. 누구 때문에 일을 그만두는지 블라디미르는
아직도 모르고 있었다. 내가 잠자코 있자, 블라디미르는 앞으로
뭘 해 먹고살 거냐고 물었다.

"여길 떠나도 만만치 않은 건 마찬가지일 텐데."

그는 딸기 맛 사탕을 넣고 빨았다. 입술이 붉어졌다.

"왜 그만두는 거야? 나한텐 얘기해 줄 수 있잖아. 혹시 펍에서
일어난 그 사건 때문은 아니지? 그렇다는 소문이 있어. 설마, 쪽팔
리게."

나는 졸렸다. 시간은 새벽을 넘어가고 있었다.

"이 비도 조만간 그치겠군. 사람들이 너무 예민해져 있어. 비만

그치면 좀 사그라지지 않을까? 예전처럼 말이지."

블라디미르의 눈이 반쯤 감겨 있었다. 그는 아무 말이나 떠벌리고 있는 사람 같았다. 기름 작업 전 마취제를 막 투여한 고객처럼. 서랍에 손을 가져다 댔다.

"자네는 이 일을 한 지도 오래됐는데, 감회가 남다르지 않나?"

눈이 뻑뻑했다. 외투 안주머니에 차표가 들어 있었다. 오후 2시 10분. 그 시간부로 나는 이곳에 존재하지 않는다. 서랍을 소리 나지 않게 열었다. 나는 내가 왜 떠나는지, 왜 일을 그만두는 건지 알 수 없었다. 정말 우발적인 걸까. 그러나 여긴 아득하다. 그래서 두말할 필요도 없이 난 떠나야 한다. 내 결정은 옳다. 어떤 회한도 없다. 모두 사라진다.

"아쉽군."

서랍 속 권총을 안주머니에 집어넣었다. 역시 떠오르는 건 마리 아였다.

"자네, 좀 외롭나?"

창문으로 교대 근무자들이 걸어오고 있는 게 보였다. 나는 준비했다.

버릴 것들은 이미 처분했다. 총무부에 가서 퇴직 절차를 밟았다. 방 검사를 나온다고 들었다. 나는 침대 옆에 섰다. 짐이 든 가방을 뗐다. 벽면에는 곰팡이가 지도처럼 그려져 있었다. 장롱으로 감추고 싶었지만 내 힘으론 역부족이었다. 처음 방에 들어왔을 때, 일을 처음 시작했을 때, 첫 월급을 받았을 때, 승진했을 때, 마리아와 만났을 때. 제기랄. 갖가지 일들이 떠올라 열이 뻗쳤다. 마리아와 찍은 사진을 집어 들었다. 곰팡이가 핀 벽 위에 액자 모서리로 내 이름을 새겼다. 습기에 벽지가 불어서 잘되지 않았다. 구석에 새긴 나의 이름, 마린 큐. 액자는 분리수거해야 해서 어쩔 수 없이 가방에 밀어 넣었다. 더는 감상에 빠져 있을 시간이 없었다. 2시 10분. 그전에 난 볼일이 남았다. 마스크와 모자를 썼다. 오늘이 그날이었다.

한 남자가 구주희를 굴려 핀을 모두 쓰러트리자 강당 곳곳에서 환호성이 나왔다. 그에 호응이라도 하듯 남자는 특유의 배 내미는 포즈를 취했다. 모자를 쓰고 있는 사람들은 많았지만, 마스크를 쓰고 있는 관중은 나밖에 없었다. 감추려고 쓴 마스크가 오히려 눈에 띄어서 벗었다가 썼다를 반복해야만 했다. 총무부의 발레리와 구주희 놀이 위원장인 하베르츠는 따로 마련된 의자에 앉아 박수를 보냈다. 저주받을 기득권자들. 난로는 쉽게 타올랐다. 내가 저지른 불이 번지기라도 한 것처럼 수확조 사내 중 하나가 튀어나와 이 시합은 불공평하다고 말했다. 공장조 사람들이 왜 그러냐고

하자, 사내는 우리가 온전히 시합에 집중할 정신이 있겠냐고 대꾸
했다.

"당신네와는 달라. 오늘 온 선수만 보더라도 주력은 다 기청제
를 지내러 간다고 가 버렸다고. 그러니 이 의미 없는 짓은 이제 그
만해."

"괜히 지니까 그런 소리를 하는군."

공장조 쪽에 있던 사람이 큰소리로 말했다.

"뭐라고? 그럼 비나 그치게 좀 해 주던가."

강당에 설치된 양 천막에서 말이 오갔다.

"그걸 어떻게 해!"

"할 수 있잖아."

"무슨 소리야?"

"괴물도 만드는데 비 따위야 못 그치게 만들겠어?"

"괴물?"

"우리가 모를 줄 알아? 이미 거리에 소문이 다 났다고."

사내가 그렇게 말하자, 옆에 서 있던 수확조 사람도 인원 감축
을 하기 위해 총무부와 짜고 치는 짓이 역겹다고 한마디 던졌다.
나는 점퍼 안쪽에 차표와 물건이 잘 있는지 확인했다. 새하얗게
머리가 센 엘레나가 뚱뚱한 하베르츠와 바쁘게 말을 주고받고 있
었다.

"말도 안 되는 소리 집어치워. 쫄리면 쫄린다고 할 것이지."

"지금 뭐라고 했어?"

수확조 천막에서 호세만큼 거대한 이가 경기장으로 걸어 나오며 구주희를 발로 쓰러트렸다.

"뭐 하는 거야? 매너 없이."

"뭐라고 했냐고!"

남자가 다가와 멱살을 잡았다. 다짜고짜 멱살을 잡는 건 수확조의 전통인 듯했다. 다른 공장조 사람들이 뒤에서 뛰쳐나왔다. 이에 질세라 반대편에서도 수확조 사람들이 달려왔다. 강당은 순식간에 아수라장이 됐다. 보라색 핀들이 널브러지고 부서졌다. 주먹질이 오고 갔다. 구석에 나가떨어지는 사람들도 있었다. 지켜보던 관중들은 황급히 자리를 뜨거나, 밑으로 내려가 싸움에 동참했다. 나는 이걸 보기 위해 여태 기다렸나. 웃음도 나오지 않았다. 소문은 결코 나에게서 시작되지 않았다. 그래도 무서웠다. 나는 일어났다. 계단을 빠른 걸음으로 내려갔다. 한 번 넘어질 뻔했지만, 다행히 난간을 붙잡았다. 아래층은 고함으로 얼룩져 있었다. 서둘러 빠져나가는 것이 상책이었다. 나는 눈에 띄지 않게 고개를 숙이고 입구 쪽에 다다랐다. 밖은 빗줄기가 많이 가늘어져 있었다. 우산을 폈다.

"너 그 자식 아니야?"

거인이 내 앞을 가로막았다.

"아닙니다."

"뭐가 아니야. 맞는데."

"아닙니다."

호세는 내 앞으로 와서 마스크를 내려 보라고 했다.

"싫습니다."

"이리 좀 와 봐. 그때 그 자식인 것 같아."

호세가 뒤에서 오던 동료들을 부르기 위해 등을 돌렸을 때를 놓치지 않았다. 우산을 그에게 던지고 뛰었다. 뛸 때마다 안주머니에 든 권총이 가슴팍을 찔러 왔다. 가방의 무게는 가늠할 수 없었다. 나는 오직 도주에 집중해야만 했다. 그것만이 살길이었다. 방향을 잃은 채 무작정 달렸다. 벽이 보이자 뛰어넘었다. 오른 다리에 생채기가 난 것 같았다. 핏물이 고였을 것이다. 녀석들이 고함을 지르며 쫓아왔다. 흙 한번 뿌린 거 가지고 너무한 거 아닌가 하는 생각도 들었다. 벽을 넘자 둘레길이었다. 길을 따라 뛰었다. 비가 와서 그런지 사람이 없었다. 밭 쪽으로 샐 수도 있었지만, 나는 2시 10분에 차를 타야 했다.

"이 버러지 같은 놈."

호세가 여전히 날 쫓고 있었다. 거인치고는 날렵했다. 녀석을 언제 봤나 했는데, 구주희 놀이를 할 때 본 적이 있었다. 그는 수확조에서도 알아주는 구주희 선수였던 것이다. 마리아. 오, 마리아. 왜 이런 남자를 택한 거지. 이 길을 따라가면 내가 벽을 넘었던 곳으로 되돌아갈 것이다. 정류장으로 가기 위해서는 어디로 가야 하지. 총은 꺼낼 수 있었지만 쏘고 싶지는 않았다. 나는 살인자가 아니다.

"어디 한번 끝장을 보자고."

지치지도 않는지 그는 계속 말을 해 댔다. 그렇게 하면 누가 겁이라도 먹고 용서를 빌 줄 아나. 호세는 어리석었다. 앞에 사람이 보였다. 그 사람은 우산을 쓴 채 보물찾기라도 하듯 나무들을 쳐다보며 두리번거리고 있었다.

"비켜!"

내가 외쳤다. 청년이 놀라 뒤돌아봤다. 날씨와 맞지 않게 목도리를 멘 여드름쟁이였다. 놀라 넘어지려는 꼴이 우스웠다. 하지만 웃을 힘도, 여력도 나에겐 없었다.

"꺼져!"

뒤따라오던 호세가 청년에게 외치는 소리가 등 뒤로 들렸다. 가련한 녀석. 나는 숨을 적절하게 내뱉었다. 뚫린 길을 향해 달려 들어갔다. 곧 분수 광장이 보였다. 분수는 물이 범람해 있었다. 센서 등이 고장 난 것 같았다. 어디로 가야 할까 고개를 돌리다 정면에서 호세의 떨거지 한 놈이 나를 향해 팔을 벌리며 다가오고 있는 게 보였다. 마치 오랜 연인과 재회하듯이. 포기하고 그대로 달려 가 그의 품에 안기고 싶었다. 제기랄. 나는 반대 방향으로 뛰었다. 분명 다른 한 놈도 이 근처에 있을 것이다. 이대로 내달리면 학교 가 나온다. 강당 안으로 다시 들어갈까. 가방이 무거워 버릴까 고 민했지만, 가방 안에는 액자가 들어 있었다.

"이 버러지야, 멈춰!"

그 말이 가까이에서 들린 것 같아 돌아보니, 놈의 손끝이 내 목 덜미를 잡기 직전이었다. 나는 뛰었다. 난로는 빗물에 녹슬어 갔 다. 점점 힘에 부쳤다.

"좋아요. 이제 그만하죠, 우리."

나는 둘레길 진입로에서 갑자기 멈춰 섰다.

"뭐?"

호세는 보이지 않았다. 이름도 모르는 호세의 친구는 몸뚱이만 컸지 둔해 보였다.

"그만하자고요. 내가 그렇게 큰 잘못을 저질렀나요?"

"그래? 그럼 몇 대만 맞자."

그의 몇 가닥 남지 않은 미역 같은 머리카락이 빗물에 흘러내렸 다. 불쌍한 사람. 호세 때문에 무슨 고생이람. 빈 머리를 보여 주기 라도 하듯 나에게 다가오는 그의 모습은 눈 뜨고는 차마 못 볼 지 경이었다. 그래서 말했다.

"싫습니다."

나는 뛰었다. 비명이 들렸다. 거리에 있던 사람들 전부 쳐다봤
겠지. 일을 크게 만들고 싶지는 않았다. 악천후 속 뜀박질하는 남
자들이라니. 다행히 강당 일에 사람들의 이목이 쏠려 있을 것이
다. 내가 닿아 있는 땅은 해저였고, 내가 달리는 데 썼던 발은 어느
덧 말발굽이 되어 있었다. 뛰어 본 적 있는 길은 익숙했다. 이쪽이
었나. 마리아와 연애질을 했던 곳이. 우리는 통나무 벤치에 앉아
이야기를 나눴었다. 제기랄! 정수리가 뜨거웠다. 비는 내렸지만
근무할 때부터 내리쬐던 태양이 어느덧 하늘 한가운데 박혀 있었
다. 둘레길의 축축한 지푸라기에 넘어지지 않게 중심을 잡아야 했
다. 마스크를 벗었다. 숨이 트였다. 멍청한 여드름쟁이는 아직도
나무 앞에서 서성이고 있었다.

"뭐 해, 비켜!"

내가 외쳤다. 그는 어김없이 무척 놀라 했다. 비가 몸을 짓눌렀
다. 나는 곧 비에 눌려 찌그러지고 말 것이다. 생각을 바꿔 전에 나
왔던 분수 광장 길로 다시 들어갔다. 하지만 그곳에서 호세가 나
를 기다리고 있었다. 마중 나와 있는 그와 눈이 마주쳤다. 나는 펍
이 있는 거리를 향해 내달렸다. 거인은 쿵쿵 소리를 내며 나를 쫓
아왔다. 거리는 주말을 맞아 점심 먹으러 나온 사람들로 붐볐다.
우산 사이를 파고들어 갔다. 호세는 유연한 몸짓으로 나를 쫓았

다. 그가 나의 바로 뒤까지 달라붙었다. 요리조리 피해 달렸지만 더는 무리였다. 물렁물렁한 땅이 나를 붙잡고 있었다. 태양이 총을 쏘듯 나를 향해 빛을 내비쳤다. 난 거리의 끝, 벽 앞에 섰다. 그가 굶주린 개같이 크릉크릉 거리며 걸어왔다. 한 걸음도 더 나아갈 수 없었다. 놈의 그림자가 나를 삼켰다. 나는 눈을 질끈 감았다. 거인이 내 목덜미를 잡고 들어 올렸다. 시궁창 냄새가 났다. 마음껏 캑캑거렸다. 마리아는 없다. 무중력 공간에 떠 있는 기분이었다. 숨이 쉬어지지 않았다. 죽는다는 건 이런 걸까. 그때 놈이 갑자기 힘을 풀더니 나를 놓고 옆으로 쓰러졌다. 그대로 풀썩 주저앉은 나는 앞에 서 있는 싱과 루이 장을 볼 수 있었다. 싱은 프라이팬을 들어 올리며 말했다.

"막 양파를 볶다 나왔어요."

6

그들은 나를 아지트로 안내했다. 골목 안에 있는 녹색 철문으로 된 집이었다. 방으로 들어가자 쿰쿰한 냄새가 났다. 크고 작은 상자들이 방의 절반 이상을 차지하고 있었다. 이제 그들이 괴물을 만들든, 비를 내리게 만들든 내가 상관할 바가 아니다. 애초부터 관심 없었다. 젖은 옷들은 버리기로 했다. 새 옷을 꺼내기 위해 가방을 열었다. 맨 위에 넣어 놓은 액자가 보였다. 생각해 보니 모두 마리아 때문이었다. 화가 나서 액자 틀을 버렸다. 사진은 언제나 쳐다보고 저주할 수 있도록 보관해 두기로 했다. 루이 장이 마른 수건으로 정강이에 난 생채기를 닦아 줬다.

"따가워. 살살해."

그는 묵묵히 피를 닦았다.

"이런다고 해서 내가 너희들을 용서할 줄 알아?"

"우리가 뭐 죄라도 지었나?"

나는 할 말을 잃었다.

"너 오늘 떠난다며."

루이 장이 물었다.

"어떻게 알았지. 누구한테 들은 거야."

"네가 알려 줬잖아."

"내가?"

"그래."

"제기랄."

"차 시간이 언제지?"

"2시 10분."

"곧 가야겠군. 잘 가. 연락하고."

루이 장은 물고기처럼 생긴 상처에 반창고를 붙여 줬다.

"살살 좀 해 달라니까."

녀석은 끝까지 내 말을 듣지 않았다.

"잘 가요, 마린 큐. 별거 아니지만 우리가 이별 선물을 준비했
어요."

싱은 키만큼 작은 손으로 내가 벗어 놓은 코트 주머니에 작은
상자를 넣었다.

"뭔데요?"

"나중에 열어 보세요."

"좋아요. 나도 줄 게 있어요."

성치 않은 다리로 코트 앞까지 절뚝이며 걸어갔다. 안주머니에
서 발포되지 않은 권총을 꺼냈다.

"뭐야?"

"총이지."

"우린 필요하지 않아요."

싱이 말했다.

"이상한 꿍꿍이짓을 하려면 필요하지 않아?"

내가 말하자, 싱과 루이 장이 웃었다.

"필요하지 않나 보군. 그럼 알아서 처리해 줘. 문제 될 수도 있
잖아."

싱은 곤란하다는 듯한 표정을 지었지만 알겠다고 했다.

"마린 큐."

루이 장이 말했다.

"그래."

"우릴 잊지 마."

"뭐야, 오그라들게."

몸에 난 털이 뻣뻣하게 선 기분이었다. 다리에 생긴 물고기가 팔딱거렸다.

"좋아. 당신들은 기억해 주지. 하지만 시시하게 편지 같은 건 하지 않을 거야."

"그래요."

"그래도 어쩌다 한 번씩 연락은 할게, 심심하면. 루이, 너도 어서 때려치우라고. 여긴 우리 같은 사람이 있을 곳이 아니야."

"그래."

그가 말했다.

"그리고 나에게 필요한 건 그런 상자가 아니야."

"그럼 뭔데요?"

싱이 물었다. 나는 답했다.

"우산과 마스크."

좌석에 앉아 창문을 쳐다봤다. 싱과 루이 장이 아직도 가지 않고 있는 게 보였다. 루이 장은 우산을 들고 있었다. 우산 안에 서 있는 그들은 사이좋은 형제 같았다. 녀석들이 손을 흔들었다. 나는 입 모양으로 도대체 뭐 하고 있는 거냐고 했다. 그들이 더욱더 힘차게 손을 흔들자, 나는 가라는 손짓을 해 보였다. 저러고 있다가 호세에게 들키면 어쩌려고. 버스에 시동이 걸렸다. 덜덜 떨렸다. 그들은 아직도 가지 않았다. 내가 여기서 내리면 어떻게 되는 거지. 버스 안에는 다른 지역으로 가는 사람들이 타고 있었다. 빗물이 사선으로 흘렀다. 마침내 버스가 출발했다. 나는 일부러 그들을 보지 않았다. 어딘가에서 내가 떠난다는 소식을 듣고 달려오고 있을 마리아도, 나를 뒤쫓아서 아직도 빗속을 뛰고 있을 호세와 떨거지들도, 나와 친분을 맺은 몇 안 되는 마을 사람들도 보지 않았다. 자갈밭 위로 바퀴가 굴러가자 흔들렸다. 밭으로 사방이 가득 찼다. 나는 돌아봤다. 그들은 어느새 점이 되어 있었다. 끝까지 손을 흔들지 않았다. 내가 여기서 쳐다볼 줄은 몰랐겠지.

몸을 돌려 의자에 기댔다. 이제 어디로 가야 하나. 일단 어디든 가자. 내가 왜 떠나는지 모르는 것처럼, 어디든 가서 뭘 하는지 모르고 살면 살아갈 수 있겠지. 여기 처음 왔을 때도 그랬잖아. 다리에 생긴 상처가 따끔거렸다. 나는 주머니에 든 상자를 꺼냈다. 물에 젖어 있었다. 상자를 허겁지겁 열었다. 포장된 뚜껑을 열자 붉은 공이 있었다. 만져 보니 딸기 맛 사탕처럼 말캉말캉했다. 공을 들어서 허공에 비춰 봤다. 안에 뭔가 들어 있는 것 같았다. 붉은 공 안에는 자줏빛 구체가 들어 있었다. 한 줄기의 맑은 빛이 구체를 비췄다. 그것은 기름 덩어리였다. 작업조가 고객의 몸을 짜서 나온 기름. 회사에서 근무하는 사람이라면 누구든 이 구체가 기름이란 걸 알 수 있었다. 기름이 반짝반짝 빛났다. 어떻게 이런 색을 낼 수 있는 거지, 기름 주제에. 나는 구체를 닳도록 바라봤다. 이대로라면 눈이 멀어도 좋을 것 같았다. 그러다 곧 깨달았다. 내가 사랑했고 기다렸던 건 결코 마리아가 아니었다는 걸. 마리아를 사랑했지만, 나는 사탕이나 기름 혹은 총 같은 선물을 주고받고, 이 아름다운 빛에 대해 얘기 나눌 친구들이 그리웠던 게 아닐까. 비를 맞으며 홀로 둘레길에 서 있던 청년은 좋은 친구가 될 수 있었을 텐데. 멀리 회사 건물들과 양배추밭이 보였다. 비는 그쳐 있었다. 잠깐, 비가 그쳤다고? 나는 일어섰다. 버스 천장에 머리를 부딪쳤다. 묵직한 통증을 느끼며 부드러운 태양 아래 다시 태어난 세상을 바라봤다. 이 풍경 아래서는 호세마저도 사랑스러울 것이다. 버스는 포장도로에 진입하자 매끄럽게 달려 나갔다. 더는 흔들리지 않았다. 나는 모두에게 진심으로 사과하고 싶었다. 그런 의미에서 멀어져 가는 그곳을 생각보다 오래 추억할 것 같은 예감이 들었다.

후안의 아침

남편과 대화를 다시 시작한 건 비가 그치고 난 뒤부터였어요. 전 그날 마침 비번이라 헬스장에서 러닝머신 위를 달리고 있었죠. 이래 봬도 매일 30분씩 규칙적으로 유, 무산소 운동을 병행하고 있답니다. 눈에 보이는 효과는 딱히 없지만요. 그런데 갑자기 쿵 하는 소리가 들리더니 지진이 난 것처럼 건물이 흔들리더라고요. 하마터면 넘어질 뻔했어요. 타고난 운동 신경이 아니었다면 어땠을까요. 생각하기도 싫네요. 실제로 어깨나 허리를 다치신 사람들도 있었으니까요. 저는 러닝머신에서 그대로 뛰어내려 양손으로 바닥을 붙잡고 무게 중심을 유지했어요. 제 모습을 보고 다들 따라 하더라고요. 흔들림이 줄어들자 이제는 억센 고양이 울음소리가 들려왔어요. 귀가 먹을 정도로 몇 분간 끊임없이 들렸는데, 바로 옆에서 대놓고 악을 쓰는 것 같았답니다. 머리까지 띵해질 정도였죠. 알고 보니 이게 갓 태어난 덕분이의 딸 울음소리였다는군요. 어쨌든 당시 헬스장에 있던 저를 포함한 사람들 모두 세계가 이대로 멸망하는 줄로만 알고 눈물을 펑펑 흘렸어요. 아마 계속해서 울음소리가 들리고, 건물이 휘청거렸다면 헬스장은 눈물로 가득 찼을 거예요. 근데 한 사람이 창문 앞으로 가더니 이리 와 보라고 하더라고요. 지진과 소리가 잠잠해졌을 때라 중심 유지를 잘해 왔던 전 달려가 봤어요. 그러자 볼 수 있었어요. 푸른 땅들과 뉘엿뉘엿 내리쬔 햇살 아래 닥친 고요를요. 빗소리는 종적을 감췄어요. 그래요. 두 달째 내리던 비가 기적처럼 그친 거예요. 푸른 하늘 아래 흰 구름이 절 비웃듯 떠다니고 있었어요. 어떻게 이런 일이. 전 한참 동안 그 풍경을 바라볼 수밖에 없었습니다.

그날도 남편은 어김없이 늦게 들어왔어요. 저는 원 푸드 다이어트와 간헐적 단식을 동시에 하고 있어서 무척 예민한 상태였어요. 게다가 비가 그치자마자 그 빈자리를 더위가 메우기라도 하려고 작정했는지 지독한 열대야가 찾아와 가만히 있어도 등줄기에 땀이 흘러내렸죠. 한마디로 폭발 직전의 상태였답니다. 글쎄 선풍기를 아무리 강풍으로 돌려 놓아도 더위가 가시질 않더라고요. 그래서 일찌감치 찬물로 샤워했어요. 스킨로션을 바른 뒤, 마음을 다스리기 위해 침대 위에 올라가 이번 주 모임에서 할 뜨개질을 미리 해 두기로 했죠. 하지만 금세 땀이 실뭉치에 떨어져 축축해졌어요. 이대론 덥고 배고파서 화만 날 것 같아 냉장고에 있는 그릴 소시지를 구워 먹을까 진지하게 고민하고 있었습니다. 때마침 현관문 열리는 소리가 들렸어요. 전 방문을 열어 얼굴만 내밀고 남편에게 인사를 건넸어요. 늘 그랬던 것처럼 말이죠. 남편도 대충 고개만 까딱이더라고요. 다시 침대로 돌아와서는 실과 바늘을 침대 밑으로 내팽개쳤어요. 그대로 누워서 배를 긁적이며 지금 당장 먹을 수 있는 음식들을 나열해 봤어요. 소시지를 먹을까, 계란에 밥을 비벼 먹을까, 아니면 정말 아침까지 참아 볼까 고민하고 있었는데 밖에서 달그락거리는 소리가 들렸습니다. 그 소리는 사방에서 진동하던 매미 소리와 맞물려 저를 고달프게 했습니다. 그러더니 곧 제 방으로 다가오는 것 같은 발소리가 들리는 거 있죠? 저는 설마 했어요. 남편이 내 방에 온다고? 그이는 제가 근육통으로 인해 아파하고 있을 때도 눈 하나 깜빡하지 않던 사람이에요. 탱탱 부은 다리를 붙잡고, 일부러 아프다고, 죽겠다고 소리를 질러대도 들여다보지도 않은 채 방 안에 틀어박혀 있었죠. 그런 남편이 무슨 일인지 제 방으로 걸어오고 있었어요. 저는 이불 안으로 들어가 눈을 살포시 감았어요. 예상대로 방문이 열렸어요.

"청아 씨, 자요?"

남편이 물었어요. 지금 생각해 보니 예의란 전혀 없는 사람이었네요. 노크라도 하고 들어왔어야죠. 프라이버시가 있는 건데요.

"아니요."

저는 자다가 깬 것처럼 눈을 반쯤 뜨고 말했습니다.

"오늘 비가 그쳤어요."

"알아요, 마을 사람 중 그걸 모르는 사람도 있을까요?"

"그런가요?"

그이는 잠옷을 입고 있었는데 수척해 보였어요. 오후 내내 자라난 수염 때문이었을까요? 안 그래도 저보다 나이가 많긴 하지만 그이가 그때처럼 늙어 보였던 건 처음이었어요.

"이제 좀 조용해졌으면 좋겠어요."

남편이 말했어요.

"뭐가요?"

"비가 와서 소란스러웠잖아요. 이거니 저거니 하면서 사람들은 다투고."

"그러게요."

"청아 씨."

"네."

"당신에게 보여 주고 싶은 게 있어요."

"뭔데요?"

"제 방에 같이 가요."

그이가 내게 손을 내밀었어요. 무슨 선물을 준비했을까 갑자기

설레기 시작했습니다. 그래도 마냥 좋아할 수만은 없었어요. 그동안 제게 해 왔던 걸 생각하면 치가 떨리거든요. 최대한 표정 관리를 하며 남편의 차가운 손을 붙잡았어요. 우리는 거실을 가로질러 맞은편 그 남자의 방에 들어갔습니다. 남편의 방은 잘 들어가지 않는 편이에요. 전 각자의 사생활을 존중하는 편이거든요. 그래서 지금 이 사달이 난 건지도 모르겠지만.

남편의 방은 한쪽 벽면에 연한 오크나무 원목 책상이 있었고, 반대쪽에는 크림색 침대가 놓여 있었습니다. 바닥에는 머리카락 하나 보이지 않았어요. 남편은 저처럼 여기서 자고, 움직이고, 취미 활동을 하겠죠. 책상 위에는 큰 구슬 세 개가 놓여 있었어요. 남편은 의자에 앉으라고 했어요. 그리고 말없이 불을 껐어요. 뭐지 싶었는데, 어둠 속에서 구슬이 빛을 내고 있었어요. 눈이 아팠어요.

"그동안 제가 빠져 있던 거예요."

"이게 뭔데요?"

"고객의 기름으로 만들어진 구체입니다. 옛날 축제 때 한 번 공개된 적이 있었어요. 다들 풍선인 줄로만 알았겠지만, 기름이었죠. 이걸 최근에 저희가 판매하기 시작했어요. 어때요, 예쁘죠?"

"판다고요?"

"네. 자세히 들여다보면 깜짝 놀랄 거예요. 이걸 쓰고 한번 보세요."

전 남편이 건넨 물안경을 썼어요. 구체 속 기름이 꾸물거리면서 움직이는 게 보였어요. 마치 바퀴벌레들 같았어요. 저는 안에 뭐가 있다고 말했답니다.

"조금만 더 가까이서 봐 봐요."

기름이라고 들은 순간부터 마치 고객의 배설물을 보는 것 같은 느낌이 들어 가까이 다가가고 싶지는 않았지만, 남편을 믿고 허리를 숙였어요. 그렇게 하니까 꾸물거리던 것들이 어떤 영상을 만들더라고요.

"이야기예요."

옆에서 남편의 목소리가 들려왔어요. 너무 자신감에 차 있는 목소리라 괜히 보고 싶지 않아지는 거 있죠. 벌레들은 어둑한 공간을 만들고 그 안에 한 남자가 걸어 다니게 만들었어요. 남자는 가방을 들고 있었어요. 무릎까지 내려온 트렌치코트를 입고 캄캄한 계단을 내려가는 중이었는데, 무척 지친 표정이었습니다. 남편이 말하길 저 남자는 정확히 3분 뒤 다칠 거라고 하더군요. 계단에서 발을 잘못 디뎌 전치 2주에 해당하는 부상을 입을 거라고.

"하지만 덕분에 지독한 야근에서 벗어나고 자신을 돌아볼 수 있는 계기를 마련하죠. 그리하여 회사를 퇴사하고, 어린 시절부터 가지고 있던 자신의 꿈인 디저트 가게를 차려요. 5년 뒤 그는 도시마다 체인점이 있는 요거트 브랜드의 회장이 된답니다."

전 그렇게 말하는 남편의 얼굴을 쳐다봤어요. 구체에서 나오는 빛에 반사되어 더욱 당당해 보이는 그 얼굴을요. 그래서요, 그래서 어쩌라는 건데요. 하고 싶은 말을 삼켰습니다.

"당신이 좋아할 것 같아서 준비해 봤어요. 다른 이야기들도 많아요. 이 옆에 있는 구체는 사랑에 대한 얘기예요. 어때요, 볼래요?"

"아……."

"왜요?"

"다음에 볼게요. 지금은 할 일이 있어서요."

"네?"

저는 도무지 이 구체가 무슨 역할을 하는지, 현관 복도에 두면 좋은 인테리어 소품 그 이상도, 이하도 아닌 게 도대체 뭐지 싶은 생각이 들더라고요. 무용해 보였어요. 그리고 제가 '좋아할 것 같아서'라니요. 제가 아무리 스펙터클한 걸 좋아한다고 하더라도 이건 아니죠. 순간 화가 치밀어 올랐습니다. 이것 때문에 그동안 제게 소홀히 했었다니. 도대체 누가 이걸 돈 내고 사서 보는 거죠? 그냥 준다고 해도 꺼림직할 텐데 말이죠. 이해할 수 없었습니다.

"다음 주까지 목도리를 떠야 하거든요. 가 볼게요."

"아, 그래요. 다음에 꼭 봐요."

"네."

저는 자리에서 일어나 제 방으로 돌아왔어요. 화를 다스리기 위해 창문을 열었어요. 날벌레들이 이때다 싶어 타닥거리며 방충망에 달라붙었어요. 바깥은 어둠 아래 가로등들이 촘촘히 빛을 내고 있었어요. 멀리서 개구리가 울고 있는 것 같았습니다. 참, 이곳으로 우리의 신혼집을 정한 것도 이 뷰 때문이었는데. 갑자기 그 생각을 하니까 눈물이 날 것 같았어요. 그때까지만 하더라도 우린 함께 창문 앞에서 술을 홀짝이곤 했거든요. 저는 결국 새벽에 울분이 터져, 참지 못하고 그릴 소시지 세 개를 케첩에 찍어 먹었습니다. 그러고 난 뒤에야 잠이 들 수 있었어요.

무채색 여름. 미역 같은 아지랑이. 후텁지근한 사랑. 부위마다 탄생하는 기름. 우리의 얼굴. 저는 떠오르는 생각들을 마음대로 흘러가게 내버려 뒀어요. 익숙한 일을 할 때는 아무 생각도 하지 않는 게 좋아요. 그래야 견딜 수 있거든요. 근데 있잖아요, 그 일이 있고 나서 며칠 뒤 고객의 몸에 사밀라아제를 바를 때, 갑자기 남편이 보여 준 구체 속 벌레들이 떠오르는 거 있죠. 바퀴벌레처럼 시커먼 것들 말이에요. 순간 뜨악했어요. 제가 주춤하는 걸 눈치 챈 부사수 제니가 다가와 왜 그러느냐고 묻더라고요. 아무튼 빈틈없는 아이예요. 저는 쓰고 있던 선 캡을 한 번 들췄어요. 그러고는 괜찮다고 말했습니다. 제니는 괜찮아 보이지 않는다고 속삭였어요. 미소를 머금으면서요. 우리는 사밀라아제로 인해 푹신한 카스

텔라처럼 변한 고객의 몸을 들었어요. 그리고 고객의 몸이 글라스 중앙으로 오게 맞췄죠. 전 하필이면 고객의 팔을 들고 있었어요. 그러다 보니 고객 얼굴을 바로 아래에서 내려다 볼 수 있었어요. 벌레들이 생각나 보지 않으려고 했는데, 그러면 그럴수록 자꾸만 보이는, 그런 거, 아시잖아요. 고객의 얼굴을 내려다보자 새까만 것들이 달라붙어 풍경을 만들어 내고 있는 것 같았어요. 그래도 참았어요. 전 프로니까요. 고객의 몸을 꽈배기 모양으로 만들어 짜낼 때는 눈을 감았어요. 뼈가 부서지는 소리가 나며 몸에서 나온 기름이 글라스 안으로 주르륵 떨어졌습니다. 그 소리를 들으니 도저히 견딜 수 없겠더라고요. 구역질이 올라왔어요.

간신히 작업을 마무리하고 고객을 내팽개치듯 침대에 눕혔습니다. 제니에게는 미안하다고 말한 뒤, 홀로 룸을 빠져나왔어요. 기름을 운반하기 위해 대기하고 있던 공장조 사람들이 절 바라보던 시선을 잊지 못해요. 하지만 어쩌겠어요. 그대로 있다간 토가 나올 것이 뻔한데요. 화장실 변기 앞에 앉아 저는 컥컥거리면서 토악질을 했어요. 더욱 참혹했던 건 변기 안에 둥둥 떠다니던 토사물마저도 벌레들로 보였다는 거죠.

휴게실에 가자, 제니는 소파에 앉아 절 기다리고 있었어요. 그냥 혼자 밥 먹으러 급식소에 가면 되는데, 굳이 기다리고 있더라고요.

"왜 그래요? 무슨 일 있는 거 맞죠?"

전 그녀가 이런 식으로 말하는 게 싫어요. 자긴 다 알고 있다는 듯한 표정과 어조. 아무것도 모르면서 말이죠. 쇼트커트 머리에 탄탄한 몸을 가진 그녀는 꼭 몸매를 부각시키는 달라붙는 레깅스나 크롭 티 같은 걸 입고 다녀요. 누군 몸매가 좋지 않아서 펑퍼짐한 트레이닝복을 입고 다니는지, 참나. 저는 그녀의 말에 답하지 않고, 냉장고에 가서 블루베리주스를 꺼내 마셨어요. 아침마다 믹서기로 블루베리를 갈아 주스를 만들어요. 텀블러에 담아 출근하자마자 휴게실 냉장고에 넣어 놓는답니다. 구역질을 하고 난 뒤 빈속을 블루베리들이 채워 줬어요. 제니는 자기도 주스를 마시고 싶었는지 절 쳐다보면서 입을 열었어요.

"말해 봐요. 우린 팀이잖아요. 그렇죠?"

"왜? 궁금해?"

"그럼요. 한 치의 실수도 용납하지 않는 청아 씨가 고객이 혐오스러운 존재라도 되는 것처럼 그렇게 도망가듯 떠나다뇨. 있을 수 없는 일이죠."

비꼬는 게 언짢았지만 저는 뭐 굳이 숨길 필요도 없겠다 싶어서 "이건 비밀인데."라고 운을 띄우면서 다 얘기했어요. 남편이 이상한 취미에 빠져 있었고, 알고 보니 고객의 기름을 가지고 구체를 만드는 일을 하고 있었으며, 안경을 쓰고 구슬을 들여다보니 책이

나 영화를 보는 것처럼 어떤 이야기를 볼 수 있었다며. 더불어 현재 그걸 시중에서 팔고 있다는데, 나로서는 이해가 안 간다고 말했습니다.

"아, 기억 구슬 말씀하시는 거죠?"

"뭐?"

제니는 왼쪽 입꼬리를 슬쩍 들어 올렸어요. 좀 역겨웠습니다.

"뭔지 아니?"

"그럼요. 그거 요즘 핫해요. 청아 씨는 몰라요?"

"응."

모르니까 물어봤겠죠.

"시장에서 파는데 못 보셨나 봐요. 저도 집에 두 개나 있어요. 구하기도 어려워요. 아침 일찍 가 보면 늘 매진이거든요."

"이게 뭐라고?"

"말도 마세요. 얼마나 재밌는데요. 선호하는 취향에 따라 구슬을 선택할 수 있다는 것도 흥미로워요. 저는 일상 쪽을 좋아하는 편이라 두 구슬 다 일상 이야기인데요. 밤에 보면 잠이 솔솔 오고 좋아요."

블루베리가 덜 갈렸는지 알갱이들이 씹혔어요. 껍질째로 먹고 있는 것 같은 텁텁함이 느껴졌습니다.

"그건 고객의 이야기잖아."

"맞아요."

"고객에게 동의를 구한 건가?"

"알 게 뭐예요? 어차피 공장에서 작업하면 버려지는 기름이잖아요."

"미쳤어."

벽걸이 에어컨 온도를 좀 더 낮추고 싶었습니다. 제니는 제 말에 아랑곳하지 않았어요. 그깟 일로 왜 걱정하는지 도무지 모르겠다는 표정을 짓고 있었죠.

"고객들은 알고 있을까? 자기네들 이야기를 우리가 읽는 걸."

"너무 복잡하게 생각하지 말아요, 청아 씨. 청아 씨는 가끔 보면 너무 진지해요. 그냥 돼지 껍데기나 내장, 귀, 볼을 먹는 것과 똑같다고 생각하면 얼마나 편해요. 어차피 버려지는 거라고요."

저는 고개를 저었습니다.

"어머, 그나저나 청아 씨."

"왜."

"볼에 모기 물렸네요."

"뭐?"

"탱탱 부었는걸요."

제니가 웃었어요. 에어컨은 제 몸의 온도를 낮추지 못했어요. 열불 터지는 걸 감내하기 위해 되도록 아무 생각도 하지 않으려고 노력했습니다. 세상은 때때로 제게 감당할 수 없는 상황들을 펼쳐 놓습니다. 제가 아무리 열심히 운동해도 살이 빠지지 않는 것처럼 말이죠. 볼이 참을 수 없을 만큼 가려웠어요.

저녁은 간단하게 먹는 편이에요. 닭가슴살 두 조각을 식용유를 두른 팬에 구운 뒤 소금을 찍어 먹어요. 거기다 양배추에 케첩과 마요네즈를 비벼 먹으면 배가 부르죠. 딱 그 정도로만 요기하고 바로 헬스장에 가거나, 집에서 매트를 깔아 놓은 뒤 운동해요. 일명 홈 트레이닝입니다. 이틀에 한 번 하고 있는데요, 요즘엔 더워서 일주일에 한 번 정도로 줄이고 있어요. 몸도 날씨에 맞게 적응시켜 줘야 한답니다. 홈트를 하고 나서는 씻고 선풍기에 머리를 말리며 뜨개질 연습을 해요. 이런 규칙적인 패턴은 제 삶을 단단하게 만들어 줘요. 여전히 무더운 저녁, 닭가슴살을 막 굽기 시작했을 때 남편이 들어왔어요. 그이는 제게 기억 구슬을 보여 주고 난 뒤에도 예전과 같은 생활을 지속했어요. 저라고 해서 뭐 다를 건 없지만요. 구운 닭을 그릇에 옮겨 먹기 시작할 때쯤 남편이 방 안에서 한숨 쉬는 소리가 들려왔어요. 괜히 저까지 힘이 빠졌습니다. 선풍기를 틀었어요. 먹으면 몸의 온도가 끝도 없이 상승하거든요. 아삭아삭한 양배추까지 쓱쓱 긁어 먹었습니다. 설거지는 내일 하기로 마음먹고 싱크대에 뒀습니다. 이제 운동을 위해 거실에 매트를 깔고 있는데, 남편 방에서 훌쩍이는 소리가 들렸습니다. 저는 발뒤꿈치를 들고 방 앞으로 가서 문에 귀를 대 봤어요. 그러자 기다리고 있었다는 듯이 문이 열렸습니다.

"뭐 해요?"

"아니에요."

그이는 헐떡거리고 있었어요. 운동은 제가 아닌 남편이 한 것 같았죠.

"얘기 좀 할래요?"

그가 말했습니다.

"좋아요."

우리는 마주 보고 식탁에서 앉았어요. 결혼한 지 얼마 안 됐을 때는 서로의 얼굴을 빤히 쳐다보며 저녁 식사를 했었죠. 그때 남편은 여러 가지 요리를 해 줬었어요. 그중 단연 으뜸은 스테이크 볶음밥이었습니다. 붉은 기가 도는 두툼한 스테이크와 양송이버섯을 섞어 굴소스를 적절하게 버무린 볶음밥. 남편은 냉장고에서 맥주 두 캔을 가져왔어요. 그이는 먼저 얘기하자고 했음에도 불구하고, 왠지 제 시선을 피하는 것 같았어요. 그래서 제가 먼저 얘기를 꺼냈습니다.

"에어컨을 설치해야 할 것 같아요."

"네?"

"갈수록 더워져요. 버틸 만큼 버텼어요."

"그래요. 설치합시다."

"당신은 집에 자주 없어서 모르겠죠."

저도 모르게 제니의 말투를 닮아 가나 봐요. 그러면 안 되는데 말이에요.

"후안 씨."

"네."

"장사는 잘돼요?"

"장사라뇨?"

"구슬을 판다고 했잖아요."

"아, 그거요. 안 팔기로 했어요."

"거짓말 마요."

"네?"

"시장에서 팔고 있다는 거 다 들었어요."

"아, 이미 소문이 났군요."

남편은 의미 없이 맥주를 들이켰습니다.

"왜 거짓말해요? 쪽팔려요?"

"아니요. 그런 건 아니에요."

나도 질 수 없다는 생각에 맥주를 마셨습니다. 순간 저녁 6시 이후 금식이라는 규칙을 망각해 버렸어요. 맥주는 차가웠고, 그래서 입 안이 얼얼했습니다.

"공장에서 당신들이 이런 일을 하는 걸 알고 있어요?"

"그럼요."

"총무부도요?"

"네, 다 알아요. 협의해서 하는 일이에요. 버려지는 기름을 가지고 재활용하는 건데, 문제 될 건 없습니다."

"고객들은요, 고객들도 알고 있나요?"

"네?"

전 맥주와 어울릴 만한 안주가 냉장고에 있는지 열어 보고 싶었지만 참았습니다. 남편은 주머니에서 뭔가를 꺼냈어요. 역시, 지겨운 구슬이었습니다.

"이걸 주려고 했어요. 당신이 진정으로 마음에 들어 할 구슬이에요. 이번엔 연애 이야기랍니다. 러브 스토리. 예쁘죠?"

구슬은 분홍빛을 발산하고 있었지만, 전 알고 있었어요. 안은 질척거리는 기름으로 이뤄져 있다는 걸요.

"한번 볼래요?"

"왜 내 말에 대답 안 해요? 고객들은 알고 있냐고요. 그들이 이야기의 주인이잖아요."

"무슨 말이 더 필요해요? 왜 당신은 다른 사람들처럼 아무 거리낌 없이 구슬을 보지 못하는 겁니까? 흥미를 못 느끼겠어요?"

"왜 내가 받아들이길 원하는 거죠? 싫어요. 허락도 받지 않은 남의 이야기예요. 엿보는 것 같아 싫다고요. 알겠어요? 난 당신이 이일을 그만뒀으면 좋겠어요."

"그럴 수 없어요."

"왜요?"

"우리는 오랜 시간 동안 기름을 모으고 연구해 왔어요. 이제야 세상 사람들에게 알려졌어요. 빛을 보기 시작했습니다, 이 구슬처럼요."

남편은 방 안에서 쉬었던 한숨과 비슷한 깊이의 숨을 내쉬고는 맥주를 벌컥벌컥 들이켰습니다. 그리고 말했죠.

"당신이랑은 도무지 대화가 안 되는군요."

"뭐라고요?"

전 어이가 없었습니다.

"예전부터 느끼던 거예요."

"아, 그래요. 나도 마찬가지예요."

"네?"

"제가 하고 싶었던 말을 했네요."

"그게 아니라."

"아니요. 우리는 어쩌면, 정말 어쩌면 처음부터 맞지 않았던 건지도 모르겠네요."

저는 남편을 두고 일어나 방에 들어갔어요. 침대에 누웠습니다. 눈물 같은 건 흘리지 않았어요. 진심이에요. 다만, 힘이 빠졌어요. 고객들이 기름을 제거하고 나면 이런 기분이겠죠. 침대가 제 기운을 빨아들이고 있었어요. 방 너머 있는 남자가 내는 소리를 듣고 싶지 않아 베개로 귀를 막았습니다. 매미들은 여전히 우렁차게 울어 댔어요. 전 해야 할 일들이 많았어요. 운동하고, 오늘은 특별히 씻을 때 각질 제거를 하려고 했어요. 그리고 건조해진 피부에 보습 크림까지 발라 주려고 했답니다. 뜨개질도 더는 미뤄서는 안 됐어요, 정말로요. 하지만 피곤했어요. 내일 아침 제시간에 일어나 출근할 수 있을지 걱정되기 시작했습니다.

후일담이지만 다음 날 저는 평소보다 10분이나 일찍 일어났어요. 블루베리주스까지 만들어 텀블러에 담았습니다. 창문 너머로는 날카롭고 맹렬한 빛이 내리쬐어 뜨거웠어요. 밖은 이글이글한 아지랑이로 가득했습니다. 처량했어요. 우리는 평소와 다름없이, 마치 어제 우리가 대화한 시간은 삭제된 것처럼, 서로에게 잘 다녀오라는 인사를 하고 출근했어요. 각자의 일터로요. 그것이 우리 부부의 방식이랍니다.

이쯤에서 뜨개질 동호회에 관해서도 소개할까 해요. 알고 있는지 모르겠지만, 말 그대로 모여서 뜨개질을 하는 모임이에요. 목도리나 가방 같은 걸 만들고 있습니다. 주최자는 빌궁입니다. 그녀는 한때 총무부에서 일했고, 퇴직 후 현재는 이런 식으로 자신의 재능을 살리고 있죠. 젊었을 때 회사에서 이름 꽤나 날리셨던 분이라 아실 수도 있겠네요. 우리는 빌궁의 집에서 약 한 시간가량 실을 뜨면서 얘기를 나눠요. 그러다 완성하면 각자 가지거나, 보육원에 기부하고 있죠. 처음에는 이 모임이 별로 내키지 않았지만, 남편은 집에 늦게 들어오고 저 개인적으로도 다이어트에 한참 질려 있던 시기라 일주일에 한 번 정도 시간을 내서 환기해 주는 게 좋을 것 같아 하기로 했습니다. 빌궁은 친동생에게 처음 뜨개질을 배웠대요. 오랜 시간 실을 떠 온 만큼 우리에게 노하우를 모두 전수해 줄 수 있었어요. 털실을 바늘에 감아 안뜨기와 겉뜨기로 감귤색 목도리를 만들어 나갈 때, 전 이런 생각이 들어요. 한낱 실에 불과한 것이 이렇게도 변할 수 있구나. 가벼운 한 오라기의 실일 뿐인데 어떻게 이런 변신이 가능한 걸까.

우리 모임은 저랑 총무부의 발레리가 전부였지만, 시간이 지나자 제인과 페이 총 커플이 나오기 시작했어요. 실을 뜨며 우리는 수다를 떨어요. 솔직히 말하면 뜨개질하는 행위보다 더 유익해요. 주로 한 주간 마을 내에서 화제가 됐던 소식에 대해 얘기하거든요. 발레리는 이번 주에 공장조의 누가 결혼했고, 그녀의 오랜 친구가 명예퇴직을 하게 됐으며, 덕분이의 딸인 샐리가 무럭무럭 자라고 있다는 얘기를 해 줬어요. 뜻밖의 더위로 인해서 전기 소비량이 많아져 앞으로 걱정이라는 말도 했고요. 이상하게 구슬 이야기를 하지 않았습니다. 그래서 제가 꺼냈어요.

"다들 구슬은 보셨어요?

"구슬?"

"네, 기억 구슬 모르세요?"

"그게 뭐죠?"

제인이 관심을 보였습니다. 빌궁의 시선이 느껴졌어요. 그녀는 곧게 뻗은 생머리를 한 노인이었어요. 얼굴에 주름이 가득해 가만히 있어도 슬픈 사람 같아 보였죠.

"아, 시장에서 파는 거 말씀이세요?"

"맞아."

페이 총이 묻자 저는 답해 줬습니다.

"기름으로 만들어진 이야기죠? 구하기 힘들다고 들었어요."

"응."

전 이 모든 책임이 총무과장인 발레리에게 있다는 것처럼 그녀의 두 눈을 똑바로 바라봤어요. 발레리가 이 일에 대해 무슨 말을 할지 궁금했거든요. 그녀가 속한 총무부에서 기름 모으고 있는 사람들을 방치하지 않았더라면 어떻게 됐을까요. 아마 우리 남편은 구주희 놀이 같은 정상적인 취미를 가지고, 퇴근하고 나서는 저와 함께 노을로 물든 하늘을 바라보며 식사를 했겠죠. 남편은 분명 건실한 삶을 살아갈 수 있었어요. 마치 실을 한 땀 한 땀 떠서 완성하는 것처럼 그렇게 삶을 채워 나갔을 겁니다. 발레리가 입을 열었어요.

"그건 괜찮은 아이디어예요. 기름 속에 이야기가 담겨 있을 줄 누가 알았겠어요."

"공장에 감금된 괴물을 이용해 만든다고 들었어요."

"맞아요, 청아."

"그 일로 공장조와 수확조가 싸웠죠."

"그렇죠. 하지만 그건 장마 때 얘기죠. 결국엔 비가 그쳤고, 모두 오해가 풀렸지요."

"근데 그렇게 기름이 사용되고 있다는 걸 고객도……."

"청아, 후안도 그 일을 하고 있지 않아요?"

발레리는 제 말을 자르며 물었습니다.

"네."

"와, 그럼 집에 구슬이 많겠네요?"

페이 총이 말했습니다.

"많아. 다섯 개 정도 있을걸."

"저희가 보러 가도 될까요? 친구 통해서 하나 봤었는데, 중독성

251

이 있더라고요. 어떤 주제의 구슬들인가요?"

"몰라."

"네?"

"모르겠어, 정말로."

"청아 씨."

제인이 말했습니다.

"응."

"실례지만 혹시 후안 씨 괜찮나요?"

그녀는 조심스레 물었습니다. 저는 애써 실을 뜨는 데 집중하는 척했습니다.

"응, 왜?"

제인은 페이 총의 팔을 살짝 쳤습니다. 그러자 그가 말했습니다.

"며칠 전에 인사불성이 되어 취해 있는 후안 씨를 본 적이 있거든요. 펍에서요."

"후안은 술을 입에 대지 않잖아요."

발레리가 말했습니다. 그녀는 왜 남의 남편에 대해 술을 마시지 않는다고 단정 지으려고 하는 걸까요. 그이는 술을 좋아하는 편이에요. 특히 맥주를요. 모르면 조용히 있는 게 상책이에요.

"자주는 안 마셔요. 왜, 그래서 후안 씨가 무슨 짓이라도 저질렀어?"

저는 페이 총에게 물었습니다.

"소리를 지르면서 가만히 있는 사람들에게 시비를 걸었어요. 펍에 있는 모든 사람이 쳐다볼 정도였어요. 마르티네즈가 말리지 않았다면 큰 싸움으로 번질 뻔했습니다. 원래 그런 분이 아니라는 걸 알고 있는 저로서는 무슨 일이 있나 걱정돼서요."

"집에선 아무 문제 없어."

저는 단정 지어 말했습니다. 어디까지나 이건 부부간의 문제예요. 그 사이에 누구든 개입해서는 안 된다고 생각하거든요. 원형 테이블에 실타래를 두고 잠시 적막이 흘렀어요. 이후로 별다른 얘기는 하지 않았어요. 발레리는 어떤 일이 있어도 다음 주까지 목도리를 완성해서 기부하자고 했어요. 빌궁은 가만히 고개를 주억거렸고요. 자맥질하는 목이 긴 학처럼. 우리는 각자 가지고 온 실과 바늘을 가방에 넣고 일어났어요. 그때 제 기분이 어땠냐고요? 글쎄요. 전혀 문제없었습니다. 오히려 사람들이 제 눈치를 보는 것 같아 신경 쓰였어요. 현관에서 신발을 신는데, 누가 뒤에서 제 어깨를 붙잡았습니다. 뒤를 돌아보니 빌궁이 초연한 표정을 짓고 있었어요.

"괜찮아."

그녀의 음색은 낮았고, 느렸으며, 고요했습니다. 저는 그 말이 평소 같았으면 남의 일에 다 안다는 식으로 일관하는 제니 투의 말이라 기분 나빴겠지만, 빌궁이기 때문에, 어떤 삶을 홀로 오랜 시간 견뎌 온 노인의 말이었기 때문에, 또 침묵을 지켜 온 자의 말이었기 때문에 괜찮았어요. 어떤 부분에 대해 괜찮아야 할지 몰랐지만, 일단 괜찮았어요. 하마터면 눈가에 눈물이 맺힐 정도로 말이죠.

밖으로 나와 꽁냥거리는 제인과 페이 총 커플을 먼저 보냈어요. 발레리는 빌궁이랑 할 얘기가 더 있다고 나오지 않았습니다. 저는 혼자 집으로 터벅터벅 걸어갔어요. 대책 없는 날씨에 밖으로 뛰쳐나온 사람들이 테이블에 앉아 맥주를 마시고 있었어요. 그들이 하얀 거품 가득한 잔을 들어 건배하자, 그게 마치 허공에 뜬 달 같아서 하늘을 쳐다봤어요. 하늘엔 제가 기대한 보름달 대신 가는 속눈썹 같은 달만 보였죠. 식당에서 풍기는 음식 냄새가 광장 곳곳에 스며들었어요. 술에 취해 노래를 지껄이는 남자와 둘레길 나무 속에서 모습을 감춘 채 울고 있는 매미들의 울음이 섞이기도 했어요. 저는 덥지 않았어요. 오히려 따뜻했습니다.

그로부터 나날이 무더위가 이어졌어요. 쨍쨍한 태양은 지치지 않고 세계를 비춰 댔습니다. 사람들은 벤치에 앉아 표정을 감췄고, 밤이 되기만을 기다렸죠. 저는 조금씩 위태로워졌어요. 기름보다 질긴 태양. 태양보다 질긴 기름. 분수대에서 뿜어져 나오는 물은 새빨간 용암 같았어요. 그 용암이 우리 마을을 온통 뒤덮을 것 같은 예감이 들더군요. 되도록 아무 생각 하지 않기로 마음먹었어요. 그래서 퇴근 후에는 먹고 싶은 음식을 먹었습니다. 정신적으로나마 풍요로워지고 싶었거든요.

그날은 콩국수를 만들어 먹었어요. 왜 하필 콩국수였는지는 저도 모르겠네요. 무수히 많은 사람 중 단 한 명, 남편을 선택해 결혼한 것 같이요. 얼음이 잘게 갈려 들어간 국물에 흰 소면이 담긴 국수였어요. 호로록거리며 먹었어요. 고소했고, 오이와 양배추가 들어가 있어서 아삭한 식감이 훌륭했습니다. 마지막에 넣은 땅콩 가루가 맛을 잡아 줬죠. 선풍기는 식탁을 향해 뎅뎅거리며 돌아가고 있었어요. 에어컨 설치는 예약이 밀려서 여름이 지나고 나서야 가능하다고 했던 기사의 말이 떠올랐어요. 밖은 제법 어둑해졌지만, 열기는 곳곳에 번져 아직 남아 있었죠. 반쯤 먹었을 때, 후안이 들어왔어요. 전 잘 다녀왔냐고 말을 건넸어요. 근데 후안은 인사를 받아 주지 않고 곧장 방으로 들어가 버리는 거 있죠? 뭐지. 콩국수를 나 혼자 먹고 있어서 그런 걸까, 한 입 권할까 하다가 마저 먹었습니다. 방 안에서 또 뭔가 우당탕하는 소리가 들렸어요. 이 집은 방음이 전혀 안 되는 것 같아요. 될 대로 되라는 생각에 전 그릇까지 들고 국물을 들이켰어요. 두 젓가락 정도 남았을 때, 후안이 밖으로 나왔어요. 그는 캐리어를 끌고 있었어요. 그러고는 제가 앉아 있는 식탁 앞에 가방을 펼치더라고요. 지금 당장 여행을 떠나기라도 하는 건가 싶었습니다. 후안은 캐리어를 열어 놓은 뒤 자기 방에 들어갔어요. 곧 옷가지들을 한 무더기 들고 나오더라고요. 그걸 가방 안에 집어넣으며 말했습니다.

"미안해요."

"뭐가요?"

"전 떠나야 할 것 같아요."

후안은 짐을 싸면서 말했어요.

"네? 장난해요?"

"아니요. 당신을 위한 거예요."

"왜죠?"

그이는 고개를 휘젓더니 방과 주방을 왔다 갔다 하며 짐을 쌌어요. 재킷과 속옷을 차곡차곡 가방에 담았습니다. 제게 구슬을 보여 줄 때처럼 보란 듯이요. 열린 옷장 안 옷걸이는 어디선가 불어오는 바람에 서로 부딪히며 딸각거렸어요.

"후안 씨."

그는 묵묵히 캐리어에 옷을 넣었습니다.

"후안."

남편은 울먹거리기 시작했어요. 그러면서도 멈추지 않았습니다. 전 하루 종일 일해서 그런지 약간 졸렸어요.

"후안!"

그가 놀라서 고개를 쳐들고 절 바라봤어요.

"말해요."

"뭘요?"

"여기 앉아요."

후안이 걸어왔어요. 의자가 드르륵거리며 밀렸어요. 콩국수 안에 얼음이 녹아 연해졌어요. 우리는 마주 보고 앉았어요. 그는 두꺼운 팔뚝으로 얼굴을 훔쳤습니다.

"무슨 말을 더 해요?"

"어린애처럼 이러지 말아요, 제발."

"어린애라고요?"

"짐을 싸서 어딜 가겠다는 거예요?"

"그래요."

그는 한숨을 깊게 쉬더니 말했어요.

"얘기나 해 보죠."

전 기다렸습니다. 선풍기만 있어도 그나마 시원한 밤이었어요. 하지만 내일 아침이 되면 우리를 지겹게 만드는 더위가 세상을 지배하겠죠. 후안은 면도하지 않아 턱에 수염이 자라 있었어요. 검은 털들 사이 흰 털 몇 가닥이 눈에 띄었습니다. 볼에 상처를 긁어 생긴 흉터도 보였어요. 그이 얼굴을 이렇게 가까이서 본 게 언제였을까요. 마침내 후안이 입을 열었어요.

"당신이 총무부에 말한 거죠?"

"뭘요?"

"기억 구슬에 대해서."

"맹세코 전 아무 말도 하지 않았어요."

"그래요? 확실해요?"

"왜요? 총무부에서 무슨 말을 들었나요?"

"네."

"무슨 말이요?"

"이제 구슬을 만들 때 고객들에게 동의를 받고 기름을 사용해야 한대요. 작업 전 동의서를 작성한다고 하더군요. 더는 우리 마음대로 아무것도 하지 못해요. 그게 무슨 의미인지 알겠어요?"

그는 말을 끝맺지 못하고 큰 손으로 얼굴을 포갰습니다.

"모르겠는데요. 근데 그게 어때서요?"

"뭐요?"

"저번에도 얘기했잖아요. 그건 어디까지나 당신들이 만든 이야기가 아니라고요. 잘됐네요. 총무부에서 올바른 선택을 했다고 봐요. 왜 이걸 이제야 알았지? 그럼 저도 이제 구슬을 마음 놓고 볼 수 있겠어요. 잘된 일인데, 짐은 왜 싸는 거예요?"

그는 씩씩거리기만 했어요. 제가 보기에 후안은 자신의 행동으로 제게 어떤 메시지를 주려고 했던 것 같아요. 전 숨을 가다듬고 말을 이었어요.

"그리고 그 기름이 당신에게 어떤 의미인지 모르겠지만 다른 사람들의 이야기잖아요. 본인 이야기에 가장 먼저 충실하고 귀 기울여야 하는 거 아닌가요? 당신 혼자 산다면 이딴 식으로 자위하든 뭘 하든 상관하지 않겠어요. 하지만 나는 당신의 아내예요."

후안은 대단한 걸 깨달았다는 듯이 절 멍한 눈으로 쳐다봤어요.

"후안, 당신이 이런 식으로 하면 난 어떡해요?"

"네?"

"우리 정말 헤어져요?"

"아니, 아니요."

"정신 좀 차려요. 너무 무책임하잖아요."

전 힘을 줘 말했습니다.

"제가 할 말은 끝났으니까 나가든지 말든지 알아서 해요."

일어나 방으로 들어가려는데, 그이가 제 손을 붙잡았어요.

"당신."

남편은 절 바라봤어요. 그의 눈동자가 흔들리고 있었어요.

"당신도 잘한 거 없어요."

"뭐라고요?"

"매번 이런 식으로 피하려고 하잖아요. 생각해 봐요. 우리가 대화하다 틀어지면, 당신은 할 말만 내뱉고 방으로 들어가 버리죠. 전 식탁에 혼자 남겨져요. 아침이 되면 또 아무렇지 않게 인사하겠죠. 오늘도 마찬가지예요. 이러고 방에 들어갔다가 내일 출근할 때, 서로에게 잘 다녀오라고 말할 거예요. 그리고 퇴근하고 나서 또 인사하고, 각자 방으로 들어가고. 이게 당신이 원하는 삶인가요? 당신은 이게 좋아요? 네? 함께 얘기하고 끝을 맺어야 해요. 유치하지만, 잘잘못을 따져 봐야 한다고요. 당신은 회피하고 있어요."

그는 한숨을 쉬더니 말을 이었어요.

"전요, 전 위로가 필요했어요. 알아요?"

후안은 제 손을 놓지 않고 말했습니다.

"우리가 도대체 언제부터 이렇게 됐는지 모르겠어요. 무슨 이유가 있었던 것도 아니잖아요. 그래요, 알아. 내가 힘든 만큼 당신도 힘들었겠죠. 그걸 알면서도 그래 왔어요. 반복이에요. 지금 너무 늦었다는 것도 알지. 청아 씨, 그래도 내가 이렇게 말하면 조금은 달라질 수 있을까요?"

저는 그 남자의 손을 잡았어요. 무어라 말해야 할지 말문이 막혔어요. 순간적으로 나도 힘들었었나 하는 생각이 들더라고요. 그러니까 정말 힘들었던 것 같았어요. 식이조절을 할 때만큼이나.

"알겠어요, 알겠어요."

저는 그렇게 말한 뒤 그이의 손을 놓았어요. 그러고는 방으로 들어갔습니다. 침대에 쓰러지듯 누웠어요. 이불을 덮었습니다. 푹신했어요. 은은한 라벤더 향이 났어요. 밖은 어둠이 가득했어요. 전 어쩌면 후안이 무너지길 기다렸는지도 몰라요. 그가 내게 다정하고 끊임없는 위로를 바라 왔던 것처럼. 일단은 자야 했어요. 그것만이 내가 당장 할 수 있는 최선의 일이었어요. 아침까지 누가 건드려도 깨지 않을 꿈에 빠져야만 했습니다. 구슬 속 이야기로 접속하는 것처럼 문을 두드렸어요.

아침이 되자마자 전 남편 방을 찾았어요. 우리는 찬란히 빛나는 구슬들 앞에서 많은 이야길 나눴죠. 비가 그쳤던 날, 땅이 세상을 손에 움켜쥐고 주물럭거리고 있었을 때, 그러니까 오른쪽에서 왼쪽으로, 왼쪽에서 오른쪽으로 힘을 양분하며 중심을 잡아야만 살 수 있었을 때, 저는 정말 끝이라는 생각을 하니 순간적으로 당신이 보고 싶었다는 말도 했습니다. 정말 당시에는 뜬금없이 남편 얼굴을 마지막으로나마 보고 죽고 싶다는 생각이 들었거든요. 그 얘길 했더니 남편도 그랬다면서, 자기 또한 그때 구슬을 만들고 있었는데, 죽음이 눈앞으로 오자 이따위 기름이 무슨 대수인가 하는 허망함이 밀려왔대요. 그래서 절 만나기 위해 거리로 뛰쳐나왔다고 해요. 그래요. 돌이켜 보면 우리는 너무 쉬운 길을 되돌아왔다는 생각이 들어요. 그런 의미에서 여행을 떠나기로 했어요. 서로 마음 놓고 대화를 할 시간이 더 필요하다고 느꼈거든요. 뭐, 집에서 충분히 할 수 있다고 생각할 수도 있어요. 하지만요, 지금으로선 아무도 우리를 모르는 곳에 가서 온종일 남편과 함께 있고 싶어요. 날이 덥고 일하기 싫어서 휴가를 떠나는 게 아니랍니다, 절대로.

당신이 저 대신 작업을 해 줘야 하는 이유에 대해 이 정도면 충분히 이해됐을 거라고 생각해요. 미안해요, 티엔 씨. 못난 제니와 당분간 함께해 줘요. 그녀는 잘난 척이란 잘난 척은 다 하지만 마음 한편엔 따뜻한 면도 있는 아이거든요. 베테랑인 당신이라면 믿고 맡길 수 있을 것 같아서요. 당신이 허락하기만 하면 총무부에서도 휴가를 쓸 수 있다고 해요. 자, 이제 사인만 해 주면 돼요. 간단하답니다. 우리 회사에서 대체 인력을 구하는 건 무척 중요한 일이잖아요. 참, 지금까지 한 얘긴 어디까지나 비밀인 거 아시죠? 우리는 아마 먼 곳으로 떠날 거예요. 우리가 돌아올 때쯤 이 더위가 꺾여 있다면 더할 나위 없이 좋겠네요. 선물 잊지 않을게요. 감사해요, 진심으로.

말티와 친구들

1

정정배는 일흔 번째 생일날부터 가발을 벗었다. 그의 얼굴에 뒤덮인 주름은 빳빳한 가발과 어울리지 않았다. 오히려 오목하게 드러나 빛을 내는 정수리야말로 마치 제인과 페이 총 커플처럼 주름진 얼굴과 잘 어울렸다.

일흔 번째 생일날, 정정배가 가발을 벗고 식사 자리에 앉자 친구들은 정말 대단한 결정을 했다며 이런 시도를 우리가 본받아야 한다고 칭찬했다. 괜히 쑥스러워진 정정배는 수년간 해 온 습관대로 머리를 긁적였는데, 미끌미끌한 민머리의 감촉이 느껴져 들고 있던 숟가락을 떨어뜨리고야 말았다. 하지만 가발을 벗고 난 뒤로 그는 매일 아침 어떤 가발을 써야 할지 고민할 필요가 없어졌고,

한여름 두피에 생기는 땀띠 걱정을 하지 않고 지낼 수 있었으며, 평소에 짝사랑하던 여인에게 두상이 예쁘다는 소리도 들을 수 있었다.

사실 그는 10년에 한 번씩 돌아오는 생일마다 중대 발표를 해 왔다. 열 살 생일에는 구주희 놀이를 더는 하지 않겠다고 가족들에게 말했다. 그의 아버지 정방규는 왜 그러냐고 물었다. 게임을 못한다고 해리에게 혼났어요. 해리는 그런 친구가 아닌 걸 아버지도 아시잖아요. 형이 못하긴 했지. 그렇게 던지듯 공을 굴려선 핀의 털끝조차 건들지 못한다고. 옆에 있던 그의 동생 정정지가 말했다. 형에게 말버릇이 그게 뭐니? 게다가 오늘은 형의 생일이야. 아니요. 아버지, 전 이제야 구주희 놀이를 하지 않아야겠다는 확신이 생겼어요. 제 자리는 동생이 대신할 겁니다. 아니, 정배야. 아버지, 전 괜찮아요. 형, 미안해. 괜찮아. 대신 내 몫까지 잘해야 한단다. 얼마나 잘하는지 지켜볼 거야. 정정배는 그러면서 생일 케이크를 포크로 찍어 먹었다.

스무 살 생일에는 벌레를 죽이지 않기로 결심했다. 그 이유인즉슨 욕실에 달라붙어 있는 비듬만 한 날벌레를 손으로 잡다가 넘어져 허리를 심하게 다칠 뻔했기 때문이다. 의사는 정정배에게 다시는 그런 위험한 행동은 하지 않을 것을 권유했다. 자네는 젊기 때문에 수술은 안 돼. 뼈가 붙기를 기다려 보자고. 뼈가 붙지 않으면 어쩌죠? 그건 그때 가서 생각해 보자고. 그는 지금 생각해 주시면 안 되냐고 묻고 싶었다. 정정배는 2주 동안 허리 보호대를 차고, 침대에 눌어붙은 듯 가만히 누워만 있었다. 부디 뼈가 잘 붙기를 바라며. 그때부터 그는 뼈는 물론이고 군살 또한 붙기 시작했다. 2주 뒤, 의사는 상태를 확인하더니 아주 잘 붙었다고, 자네가 내 지시를 따라 줘서 일궈 낸 성과라며, 그런 태도라면 무슨 일이든 해낼 수 있을 거라고 말해 줬다. 당시 취업 준비생이던 정정배는 감사하다는 말을 연달아 내뱉었다. 그리고 돌아온 생일날 벌레를 죽이지 않겠다고 자기 자신과 약속했다.

서른 번째 생일에는 화를 내지 않기로 마음먹었다. 잦은 야근으로 극심한 스트레스에 시달리고 있던 시기였다. 누가 건들기만 하면 이때다 싶어 성질을 부렸다. 탈모와 빈뇨 증상도 이 시기부터 시작됐다. 심지어 어떤 친구들은 성격이 괴팍해진 정정배를 떠나기도 했다. 그러다 휴일 아침 문득 거울을 봤는데, 아무 일이 없는데도 불구하고 화가 나 있는 자신의 얼굴과 마주하자 갑자기 슬퍼졌다. 그는 거울 속을 향해 말했다. 세상은 새소리로 가득하고 이렇게나 평화로운데, 그대는 뭐가 그리도 맘에 들지 않아 표정을 찌푸리고 있는 거죠? 며칠 후 다가온 생일날 아침, 정정배는 눈을 뜨자마자 오늘부터 화를 내지 않기로 다짐했다. 그 이후로 그는 어떤 일이 일어나도 화를 내지 않았다. 그러나 탈모와 빈뇨는 사라지지 않고 점점 심해져만 갔다. 마흔 살 생일에는 결혼하지 않겠다고 친구들에게 선포했다. 친구들은 설마 나이가 많다고 생각해서 포기하는 거냐고 했지만, 그게 아니라 결혼을 하기 싫은 거지, 연애는 계속하겠다고 자신 있게 말했다. 아직 연인과 그럴듯한 데이트 한 번 해 보지 못했음에도 불구하고. 친구들은 언제나 그랬듯 한결같은 마음으로 그를 응원했다.

대망의 쉰 살 생일에는 사랑하는 친구의 생일을 잊지 않기로 결심했다. 그의 친구이자 동료였던 울찌가 아들조차 자기 생일을 모르고 넘어갔다며 무척 속상해했다. 정정배 역시 10년 넘게 함께 일해 온 동료의 생일을 잊어버렸던 것이다. 그는 다음 날 사과하며 평소 그녀가 가지고 싶어 하던 뜨개질 세트를 선물로 줬다. 고마워요. 하지만 난 이런 걸 원한 게 아니에요. 그냥 축하한다는 말한마디면 충분해요. 정정배는 그 길로 울찌의 아들인 말티를 찾아가 어머니의 생일을 잊지 말자고 말했다. 말티는 엄마가 왜 어제 하루 종일 인사도 받지 않고 툴툴거렸는지 이제야 알았다면서 정정배에게 고마워했다. 정정배는 공교롭게도 쉰 살 생일이 다가오고 있었다. 만약 그때 찾아왔던 생일이 쉰한 번째 생일이었다면, 이런 결의를 하지 않았을지도 모른다.

몇 년 전이었던 여든 살 생일에는 아흔 살 생일을 맞기 전에 생을 마감해야겠다고 친구들에게 선언했다. 그의 친구들은 안 된다고, 그 결정을 정정해 주시면 안 되겠냐고 입을 모아 물었다. 영감님 이름이 정정배이듯이요. 왜 그러죠? 난 너무 오래 살았어요. 이제는 일도 못 해요. 밥만 축내고 있는 신세인걸요. 그래도 안 돼요. 이대로 헤어지긴 너무 아쉬워요. 10년이란 꽤 긴 시간입니다. 꽤 짧은 시간이기도 하죠. 정정배는 나중에 생각해 보겠다고만 말했다. 그는 잔뇨감으로 변기 앞에 서 있는 동안 이따금 지나온 시간을 되새김질하기도 했다. 여러 일이 있었지만, 오롯이 떠오르는 건 10년마다 찾아온 생일에 했던 결심들뿐이었다. 유독 빛나는 그의 정수리처럼. 정정배는 흘러온 삶을 뭐라고 딱히 정의 내리고 싶지는 않았지만, 최후의 최후에 나쁘지 않았다고 말할 수 있기만을 바랐다.

정정배는 마지막 남은 가발을 쓰레기통에 집어넣었다. 10년여간 보관하고 있던 가발이었다. 욕실에 들어가기 전 소파에 잠깐 드러누워 숫자를 열까지 셌다. 그리고 변기 앞에 섰다. 10분가량 오늘 할 일을 떠올렸다. 소변이 나왔다. 안도의 한숨을 쉬었다. 세면대 앞에서 생크림 같은 흰 크림을 얼굴에 덕지덕지 발랐다. 면도를 시작했다. 칼끝에 턱이 베여 피를 본 적이 있어 턱을 면도할 때만큼은 조심스럽게 면도기를 들어 올렸다. 거품을 물로 씻고, 비누로 한 번 더 문질렀다. 싱그러운 향이 났다. 선반에서 수건을 꺼내 닦은 뒤 밖으로 나왔다. 다시 소파에 누웠다. 얼굴에 물기가 남아 있었다. 겨울의 태양이 마루를 눈부시게 쏘아 댔다. 날벌레가 거실이 무대라도 되는 양 홀로 맴돌고 있었다. 마리아가 얼마 전에 선물로 준 파리채가 협탁에 놓여 있었다. 벌레를 방치해서는 안 돼요. 그것들은 기하급수적으로 늘어나거든요. 그녀가 하는 말이 가까이에서 들리는 것 같았다. 정정배는 일어나서 눈을 감고 다시 열까지 셌다. 삶을 고요하게 만들어 주는 숫자들이었다. 거실을 둘러보면서 일어났다. 옷장에서 와이셔츠를 꺼내 갈아입었다. 벗은 옷은 빨래 통에 던졌다. 면바지를 꺼내 입고, 와인색 코트를 걸쳤다. 마지막으로 체크무늬 목도리를 맸다. 수년 전, 울찌가 직접 떠 준, 한쪽 끝의 올이 풀린 목도리였다. 울찌는 목도리를 생일 선물로 주면서, 이걸 매면 적어도 올 겨울은 따뜻하게 보낼 수 있을 거라고 말했다. 정정배는 갑작스러운 선물이 너무 고마웠던 나머지 감사의 인사도 제대로 하지 못했다. 전신 거울에 자신의 모습을 비춰 봤다. 타조알 모양의 두상이 아직도 낯설어 모자를 쓸까 하다가, 당당하지 못한 결정이라고 생각해 곧장 현관으로 향했다. 구두를 신은 뒤, 오른발 발가락을 꼼지락거렸다. 현관에서 집 안을 한 번 더 둘러봤다. 오늘따라 이상하게 집에 자꾸만 눈이 갔다. 날벌레는 그새 여행을 떠났는지 보이지 않았다.

2

정정배는 야유회가 열리는 장소로 가기 위해 둘레길 쪽으로 걸었다. 바람 한 점 불지 않는, 오히려 진땀 나는 날씨였다. 얼마 전 죽은 하베르츠 씨라면 우리 때는 겨울이 끝날 때까지 하루도 쉬지 않고 눈이 내렸다고 말했을 것이다. 정정배는 그 사람 생각에 괜스레 웃음이 나왔다. 넘어지지 않기 위해서는 천천히 발을 내딛어야만 했다. 스무 살 이후로 허리를 다친 적은 없었지만, 오래 걸으면 뼈 사이로 바람이 드나들듯 아려 왔다. 시계를 차고 오지 않았다는 걸 깨달은 건 둘레길에 진입해서였다. 마리아는 또다시 잔소리할 것이다. 영감님, 왜 이렇게 늦었어요? 그러게, 시계를 차고 다니라고 했잖아요. 기억해야 해요. 외출할 땐 시계와 지갑. 알겠죠? 이미 축제가 끝나 버렸잖아요. 정정배는 지금 몇 시인지 알면 좋겠다고 생각했다. 이왕 이렇게 된 거 지름길로 빠질 수밖에 없었다. 둘레길을 가로질러 갈 수 있는 길이었는데, 예전에 그의 어린 친구인 제나스가 알려 준 길이기도 했다. 제나스는 호기심 많은 아이였다. 마을 이곳저곳을 돌아다니다 누군가 뚫어 놓은 길을 찾는 것을 유독 좋아했었다. 이쪽으로 쭉 가면 평원으로 갈 수 있다고 말하는 모습이 눈에 선했다. 그 아이는 아버지가 회사에서 잘리게 되면서 이사했다. 아마 다시는 만날 수 없을 것이다. 지름길로 가기 위해서는 난간을 넘어야 했다. 숨을 들이켜고 난간을 붙잡았다. 허리를 숙여 난간 사이로 몸을 넣었다. 녹지 않은 눈 위를 살포시 밟으며 내려갔다. 수풀로 우거진 길에서는 새소리가 들렸다. 맑은 소리였다. 고개를 들었지만 새는 보이지 않았다. 더 걷자 길 한가운데 의자를 놓고 앉아 있는 사람이 보였다.

"안녕하세요."

정정배가 다가가 말했다. 가까이 가서 보니 의자 옆에 한 사람이 더 서 있었다. 키가 크고 검은 우의를 입고 있어서 나무인 줄로만 알았다. 두 사람 모두 마스크를 쓰고, 우의를 입고 있었다. 그러자 몇 년 전 퇴직한 마린 큐가 떠올랐다. 마린 큐는 마을을 떠나기 전, 왜 그런지 모르겠지만 마스크를 쓰고 다녔었다. 하지만 그가 마스크를 썼다고 해서 누군지 모르는 마을 사람은 단 한 명도 없었다. 마린 큐는 자존심이 강했지만, 마리아가 진심으로 사랑했던 남자였던 만큼 따뜻한 이였다. 그 친구도 내가 죽기 전까진 만나지 못하겠지. 정정배는 씁쓸해졌다.

"네."

"안녕히 계세요."

정정배가 그들을 지나쳐 가려 했을 때, 키가 큰 소나무 같은 남자가 팔을 벌리고 막았다. 정정배는 고개를 들어 남자를 쳐다봤다.

"이 길을 지나가기 위해서는 돈을 내야 해요."

의자에 앉아 있던 사람이 말했다. 곱상한 목소리는 나이를 짐작
케 했다. 변성기를 막 지나고 있는 사춘기 소년. 정정배는 혹시 당
신들은 마린 큐의 후예들이냐고 묻고 싶었다.

"일종의 통행료라고 생각하시면 돼요."

정정배가 말없이 서 있자, 의자 남자는 말을 꺼냈다.

"얼마면 되나요?"

"얼마 있는데요?"

"잠깐만요."

정정배는 호주머니를 뒤적거렸다. 지갑은 어디에도 없었다. 바
지 뒷주머니까지 뒤져 봤지만 보이지 않았다. 외출할 땐 지갑과
시계. 마리아가 강조한 두 가지를 모두 놓고 왔다. 이럴 수가. 내가
이런 실수를 하다니.

"왜요?"

"지갑을 집에 놓고 왔어요."

"뭐라고요?"

의자 남자는 킥킥거리며 웃었다. 나무 남자도 따라 웃었다. 마
스크를 쓰고 있어서 입은 보이지 않았지만, 눈이 반원형이 된 것
이 귀여운 고양이들 같았다. 나뭇잎 사이로 햇빛이 쏟아졌다. 몇
시간 뒤에는 나무 위 솜사탕 같은 눈도 모두 녹아 버릴 것이다.

"뒤져서 나오면 큰일 날 줄 아세요, 어르신."

"네, 난 당당합니다."

정정배는 나무 남자가 길을 막을 때처럼 팔과 다리를 벌렸다. 의자 남자의 턱짓에 나무 남자가 다가와 정정배의 옷을 뒤지기 시작했다. 코트를 벗겨 주머니를 살피고 땅바닥에 던졌다. 목도리를 내팽개칠 때는 50여 년간 참아 왔던 화를 낼 뻔했다. 나무 남자는 그의 양말까지 뒤져 보고는 의자 남자를 향해 고개를 저었다.

"팬티는. 팬티도 뒤져 봤어?"

나무 남자는 그건 하지 않았다고 말했다.

"어르신, 협조 좀 해 줘야겠군요. 속옷 안에 숨기는 경우도 있어서요."

"자네들, 너무하는군요. 정말 없습니다. 지갑은 우리 집 현관 선반에 있을 거예요. 같이 가서 보여 주고 싶네요."

"어르신, 어서요. 우리가 한두 번 해 본 게 아닙니다."

"지금 여기서 바지라도 벗으라는 얘깁니까?"

"그런 셈이죠."

정정배는 벨트 위에 손을 댔다가, 이건 아니라는 생각에 자긴 아무래도 왔던 길을 되돌아가야겠다고 말했다.

"그건 안 돼요."

"왜요?"

"한번 이 길에 온 순간, 이 길로 갈 수밖에 없습니다."

"누구 마음대로요?"

"이 길의 주인인 저희 마음대로요."

"이해할 수 없군요."

"우리는 속옷 안에 있는 돈을 받아야 합니다."

"아니, 없다니까요."

"그럼 보여 줘요."

"이런. 난 가야겠습니다. 야유회에 늦었어요."

정정배는 돌아 걸었다.

"잡아!"

의자 남자가 외쳤다. 그 소리에 정정배는 서둘러 걸었는데, 그러자마자 나무뿌리에 발목이 걸려 넘어졌다. 통증은 없었다. 다만 몸이 움직여지지 않았다. 바닥에 코를 대고 누워 가만히 있었다. 흙냄새가 진하게 났다.

"이런."

의자 남자의 목소리가 들려왔다.

"우린 건드리지 않았잖아. 그렇지? 혼자 넘어졌어."

남자가 뒷걸음질 치고 있는 것 같았다.

"가, 가자."

그들이 나뭇잎을 밟고 사라지는 소리가 들렸다. 정정배는 이대로 죽는 건가 싶었다. 어쩌면 이미 죽은 건지도 몰랐다. 그렇지 않으면 넘어졌는데 이렇게까지 아프지 않을 리가 없다. 정정배는 갑자기 죽었다는 확신이 드니 기운이 샘솟았다. 그래서 벌떡 일어났다. 긴 잠을 잔 것 같았다. 죽음이란 이렇게 단순한 거구나. 길 한가운데는 녹슨 철제 의자만 남아 있었다. 의자 앞에 떨어져 있는 목도리와 코트를 주웠다. 흙을 털어 내고 다시 입었다. 그때, 멀리서 저벅저벅 누가 걸어오는 소리가 들렸다. 알 수 없는 그림자가 수풀을 헤치며 오고 있었다. 정정배가 그쪽을 쳐다봤다.

"영감님."

말티가 목소리와 함께 모습을 드러냈다. 윤기 있는 긴 곱슬머리와 구릿빛 피부는 언제나 부러움의 대상이었다.

"내가 보이나요?"

정정배는 물었다.

"괜찮아요?"

"그런 것 같네요."

그는 소변이 마려웠다. 잔뇨감은 한 시간마다 잊지 않고 찾아왔다.

"너희들, 이리 와 봐."

말티의 외침에 뒤쪽에서 두 사람이 뛰어왔다.

"길을 막고 있던 게 이 녀석들이었죠?"

그들은 고개를 숙이고 있어서 얼굴이 잘 보이지 않았지만, 영락

없는 의자 남자와 나무 남자였다.

"맞아요."

"넘어지셨나요?"

"네."

"애들이 밀기라도 했어요?"

"아니요. 그 아이들은 팬티에 돈이 있나 확인하고 싶어 했을 뿐 밀지는 않았어요. 제가 도망치다 넘어진 거랍니다."

말티는 그들에게 손을 들라고 지시했다.

"요즘 음침한 곳에서 돈을 뺏는 불량배들이 있다는 소문이 있었는데, 여기서 잡았군요."

"다행이에요."

"이게 다 마리아 덕분이랍니다. 영감님이 아직 안 왔다고, 혹시 무슨 일이 생긴 거 아니냐면서 저보고 가 보라고 하더라고요. 영감님이라면 분명 지름길로 오실 것 같아서 갔더니 이 녀석들과 마주쳤어요. 표정이 심상치 않길래 거기 서라고 말하자 뛰더군요."

"그래서 잡은 건가요?"

"네. 무슨 일을 저지른 거냐고 물었습니다. 자기들은 아무 일도 한 게 없대요. 그럼 혹시 여기서 노인분을 본 적이 있냐고 물었습니다. 다시 아무 일도 저지른 적이 없다고 말하길래 이 녀석들이 뭔가 저질렀다는 걸 알 수 있었죠."

"그랬군요. 마리아에게 고맙다고 해야겠어요. 아, 그보다 미안한데 난 잠깐 실례 좀 할게요."

"네, 네."

말티는 의자에 앉았다. 정정배는 나무들이 우거진 곳으로 천천히 걸어갔다. 주위를 둘러보고 바지를 내렸다.

"아."

그는 소년들이 벌 서고 있는 쪽을 향해 말했다.

"지금 팬티를 내렸어요. 역시 지갑은 없습니다."

답변은 돌아오지 않았다. 정정배는 숫자를 열까지 천천히 셌다. 큰 새가 날아가며 남긴 그림자가 울퉁불퉁한 땅에 그려졌다. 마침내 한숨과 함께 소변이 나왔다. 타닥타닥 나무가 불에 타는 소리가 났다. 정정배가 돌아왔을 때도 소년들은 벌을 서고 있었다.

"제가 소변을 보면서 생각해 봤는데, 혹시 그대들은 로힌턴의 아들들 아닌가요?"

나무 남자가 그 말에 놀란 듯 정정배를 쳐다봤다.

"무라드와 제항기르, 맞죠?"

그들이 어쩔 수 없이 시인한다는 듯 고개를 끄덕였다.

"흠. 로힌턴 씨는 현재 병상에 계시는 걸로 알고 있는데요."

"너희들 아버지도 아픈데, 이 짓거리를 하고 있던 거야?"

말티가 의자에서 일어나 말했다. 정정배는 이제 자기가 의자에 앉아 쉬고 싶었다.

"저희는 아버지 병원비를 벌려고 그랬어요."

의자 남자이자, 형인 무라드가 자신 있게 말했다.

"진짜야?"

"네."

말티가 다가가 물었다.

"내 눈을 보고 말해. 진심이야?"

"그럼요."

"맞아?"

말티는 옆에 있는 동생 제항기르에게 물었다.

"네?"

"네 형 말이 맞냐고."

"그게."

"거짓말하지 마."

"그게 말이죠."

"솔직히 말하면 우리는 이 길을 정비하기 위해 삽을 사려고 했습니다."

주저하고 있는 제항기르를 대신해 무라드가 말했다.

"아니잖아, 형. 자전거 사 준다며."

"넌 좀 조용히 있어."

"뭐라고?"

"다들 조용."

말티가 제지했다.

"이유야 어쨌든 이런 식으로 돈을 버는 건 옳지 않아. 알고 있지?"

"네."

"우리라고 이렇게 돈 벌고 싶어서 버는 줄 아세요?"

무라드는 온순한 제항기르와는 달리 소리쳤다.

"우리는 돈이 필요해요. 아버지는 아파 누워 계셔요. 일을 쉬신 지 1년이 넘어가고 있죠. 그동안 모아 둔 돈이 얼마 남지 않았어요. 이제는 우리가 일해야 하지만, 아무도 우릴 써 주지 않아요. 아직 어리대요. 그럼 어쩌겠어요? 이렇게라도 돈을 벌어야 당장 굶어 죽지 않죠."

정정배는 그 얘기를 듣자, 팬티 안이든 어디든 당장 지갑만 있다면 돈을 나눠 주고 싶은 마음이 생겼다.

"지금 이 얘기도 거짓말 아니야?"

"진짜예요."

"정말이야?"

"네. 아버지와 막냇동생을 걸어도 좋아요."

"형, 걔는 아직 어리잖아."

"그만큼 진실하다는 거지."

"하지만 무슨 일이 있든 간에 금품 약탈은 안 돼."

"굶어 죽어도요?"

"인간은 쉽게 죽지 않아."

"맞아요, 저처럼요."

늙은 정정배가 웃으면서 말했다.

"일단 너희들은 나랑 같이 가서 얘기 좀 하자. 우린 지금 야유회에 늦었거든. 따라와. 가시죠, 영감님. 마리아가 화났겠어요."

"그럽시다."

말티가 앞서갔고, 무라드와 제항기르 두 형제가 뒤따랐다. 정정배는 처져서 한 발자국씩 나무뿌리로 엉켜 있는 오솔길을 꾹꾹 눌러 밟으며 걸었다.

"로힌턴 씨는 나랑 차를 마시던 사이였죠. 그 친구는 얼음이 들어간 얼그레이 티를 좋아했어요. 나에 비하면 무척 젊은 사람이에요. 그와 다시 차를 마실 수 있게 부디 쾌차했으면 좋겠어요. 안부를 전해 줘요. 그런 의미에서 말티, 이 아이들 손은 이제 내리게 해 주죠?"

"깜빡했네요. 손을 내리렴."

양손을 들고 따라가던 아이들은 곧바로 손을 내렸다.

"날이 따뜻해요. 겨울답지 않아요."

정정배의 말에 아무도 답하지 않았다. 형제들은 이제 서로 툭툭

치면서 걸어갔다. 정정배는 죽지 않은 것보다 허리를 다치지 않아
서 다행이라고 생각했다. 허리가 아프면 삶이 어떻게 뭉개지는지
그는 누구보다 잘 알고 있었다. 소년들에게서 나는 진한 땀 냄새
가 바람에 실려 코를 간질였다. 하늘은 영원히 붙잡을 수 없을 것
처럼 높았다. 눈은 내리지 않을 것이다. 그 시절 아침은 눈으로 새
하얗지. 한밤중에 세상을 누군가가 뿌득뿌득 씻겨 놓은 것 같았
어. 난 뛰어나가 발자국을 남겼었고. 그게 내가 존재한다는 증거
였거든. 정정배는 하베르츠 씨가 옆에서 말하고 있는 듯한 기분이
들었다. 말티는 소년들과 정정배가 잘 따라오고 있는지 확인하기
위해 자꾸 뒤를 돌아봤다. 그때마다 정정배는 그를 향해 부담스럽
지 않을 정도로 한쪽 눈을 살짝 깜빡여 줬다.

3

천막이 설치된 드넓은 평원 너머에는 공장이 있었다. 녹지 않은
눈이 쌓여 있는 공장 주변은 미지의 땅 같았다. 다닥다닥 붙어 있
는 천막들 쪽으로 걸어가자 음악 소리와 함께 어수선하게 떠드는
목소리가 들렸다. 정정배는 어디선가 나는 튀김 냄새를 맡았다.
군침이 돌았다. 하지만 빈뇨 때문에 눈앞에 있다고 해도 먹을 수
없었다. 천막들 정중앙에는 단상이 설치되어 있었다. 단상 위에서

정정배와 안면이 있는 이들이 야유회 준비에 열을 올리고 있었다. 사람들의 얼굴에는 미소가 맴돌고 있었고, 정정배는 그 때문에 기분이 좋아졌다. 말티는 아이들을 인계하고 올 테니, 작업조 천막으로 가라고 정정배에게 말했다.

"저희는 어디로 가는 거죠?"

제항기르가 물었다.

"따라와. 총무부에 갈 거야."

"살려 주세요. 다 형 때문이에요."

"나 때문이라고? 너 이제 와서 이러기야?"

"좋은 말로 할 때 어서 가자."

뒷모습만 보기엔 돈독해 보이는 아이들이 말티 뒤를 따라 걸어갔다. 그들은 정정배에게 인사하지 않았다. 정정배는 멀어져 가는 그들이 사람들 사이로 사라지자, 발을 옮겼다. 그는 평생 공장조에서 근무해 왔으므로, 작업조 천막에 가는 것이 맞는지 늘 의문이 들었다. 게다가 마리아와는 지금 당장 만나고 싶지 않았다. 벌써 그녀가 할 말들이 떠올라 귀가 따가웠다. 그래서 그는 인적이 드문 곳을 찾다 천막 뒤쪽으로 향했다. 천막 뒤에는 각종 음료수와 상자들이 놓여 있었다. 천막을 고정해 놓은 못과 끈에 걸려 넘어지지 않기 위해 조심히 걸었다. 사람 없는 빈 천막들이 많았다. 정정배는 걷다가 의자만 외롭게 놓인 천막이 있어 안으로 들어갔다. 오솔길에서 마주한 의자 같았다. 앉아 보니 푹신했다. 눈을 감았다. 소변은 마렵지 않았고, 허리도 아프지 않았다. 왠지 이대로 죽어도 여한이 없을 것 같았다. 얼마나 지났을까. 인기척에 눈을 떴다. 어떤 남자가 천막 안으로 들어왔다. 그 사람은 안을 한 번 둘러보고 밖으로 나갔다. 그러고는 곧 다시 들어와 "어?" 하고 말하면서 살핀 뒤 나갔다. 몇 분이 채 지나지 않아 돌아온 남자가 정정배에게 말을 건넸다.

"여기 작업조 선수들 대기 천막 아닌가요?"

"모르겠는데요. 전 좀 쉬고 싶어서 왔어요."

"그래요?"

남자는 또다시 나갔다가 들어왔다.

"맞네요. 할아버지, 잘못 들어오신 것 같은데요."

"그런가요. 조금만 쉬었다 가도 될까요? 다리가 아파서요."

"네, 그럼요."

"감사해요."

정정배는 눈을 감았다. 방금 전 느꼈던 포근함을 느끼고 싶었지만, 쉽게 찾아오지 않았다. 획획 거리는 소리에 눈을 떴다. 남자가 혼자서 체조 같은 걸 하고 있었다. 자세히 보니 구주희 놀이에서 공 던지는 동작을 연습하고 있었다.

"구주희 선수인가요?"

"네? 네."

"그럼 오늘 경기에 나오겠네요?"

"운이 좋게도 그렇게 됐어요."

"보기에 젊어 보이는데, 능력이 있으신가 봐요. 작업조 대표 선수인가 보죠?"

"맞아요. 이번에 난생처음으로 작업조 대표 선수로 뽑혔어요."

"축하드립니다. 제 친동생도 당신 나이 무렵에 처음 대표 선수가 됐었죠."

"감사합니다. 근데 너무 떨리네요. 관중도 많고, 이런 경기에서 잘해야 인정을 받을 텐데. 실수할 것 같아요."

"그럴 땐 눈을 감고 열까지 세어 봐요. 일종의 주문이죠. 그럼 고요가 찾아와서 모든 걸 잠재워 줄지도 모른답니다."

"네, 한번 해 볼게요."

남자가 고개를 끄덕였다. 그는 어깨가 넓었고, 단단한 몸을 가지고 있었다. 정정배는 동생 정정지가 떠올랐다. 눈앞의 남자와 체격도 비슷했던 정정지는 경비조 대표 선수로 뛰었었다. 하지만 말년엔 다리를 다쳐 제대로 앉아 있지도 못하다 생을 마감했다.

"그 목도리, 제 것이랑 비슷하군요."

정정배는 남자가 매고 있는 목도리를 가리켰다.

"어? 정말 그러네요. 어디서 사셨어요?"

"친한 친구가 선물로 줬습니다."

"아, 그렇구나. 저돈데요."

남자가 말을 더듬었다.

"그 사람이 제 친구와 같은 사람일까요?"

"모르겠어요. 하지만 그 친구는 이제 마을에 없어요."

"그럼 맞겠네요. 이 목도리를 짜 준 친구도 먼 길을 떠났거든요. 그이는 우리 모두에게 친한 친구였군요."

정정배는 울찌를 생각하며 말했다.

"어쨌든 오늘 잘해요. 제가 비록 공장조 출신이지만, 오늘만큼은 작업조를 응원하겠습니다."

"네, 용기를 주셔서 감사해요."

"뭐 해, 유비?"

천막 안으로 사람들이 들어왔다. 그들은 유비와 비슷한 체구를 갖추고 있었다.

"네? 잠깐 얘기 중이었어요."

"누구랑?"

"여기, 할아버지랑. 어?"

유비가 뒤돌아보자, 할아버지는 온데간데없고 그가 앉아 있던 빈 의자만 보였다.

"긴장해서 환각이 보이나 보군."

그 말에 작업조 대표 선수들이 모두 웃었다.

"귀여워, 귀여워."

"어서 나가서 몸 풀자. 우리가 첫 경기야. 상대는 수확조다. 긴장할 거 없어. 처음엔 누구나 떨리니까."

"네."

유비는 천막으로 나가기 전, 다시 한번 돌아봤다. 노인은 없었다. 천막 틈 사이로 노랗고 연한 빛이 의자 위에 계란처럼 놓여 있을 뿐이었다.

정정배는 더 미뤘다가는 마리아가 자길 아예 안 볼 수도 있다고 생각해서 서둘러 작업조 천막으로 갔다. 팻말이 있어 쉽게 찾을 수 있었다. 천막 앞에는 파라솔이 설치되어 있었고, 그 아래 플라스틱 테이블과 의자가 놓여 있었다. 다들 그곳에서 술을 곁들인 식사를 하는 중이었다. 어린아이들은 테이블 사이사이를 뭐가 그리 바쁜지 정신없이 돌아다녔다. 정정배는 한 아이와 정면으로 충돌하는 바람에 하마터면 넘어질 뻔했다. 아이는 죄송하다고 목소리 높여 말했고, 그가 괜찮다고 말하기도 전에 사라졌다. 정정배를 발견한 건 페이 총이었다.

"영감님!"

"여어."

페이 총은 정정배를 향해 손을 흔들었다. 정정배는 곧장 그쪽으로 걸어갔다.

"다들 어디 갔나요?"

테이블에는 튀김과 볶음밥, 양배추샐러드가 담긴 그릇과 종이컵이 정신없이 널브러져 있었다.

"블라디미르는 근무 중이라 곧 올 거고, 마리아는 총무부에 잠깐 일이 있다면서 갔어요. 어, 그리고 마르티네즈는 영감님을 찾으러 간다고 했는데 만나셨나요?"

"네, 만났어요. 곧 올 겁니다."

"그래요. 그럼 이것 좀 드셔 보세요. 좀 눅눅해지긴 했지만 맛있어요."

페이 총이 오징어튀김을 가리키며 말했다.

"아, 영감님은 빈뇨 때문에 못 드시지. 어쩌죠. 제가 샐러드를 새로 가져올까요?"

"괜찮습니다. 근데 당신 연인은 어디 갔나요?"

"누구요?"

"제인 말입니다."

"그 사람이요? 담배 피우러 갔어요."

정정배는 페이 총의 안색이 갑자기 어두워진 걸로 봐서 두 사람 사이에 심상치 않은 일이 일어났다는 걸 짐작할 수 있었다.

"그렇군요."

페이 총은 단상 근처 공터로 눈을 돌렸다. 정정배도 페이 총을 따라 그곳을 쳐다봤다. 총무부 사람들이 구주희 공을 옮기고 있었고, 반대편에서는 빗금을 긋고 있었다.

"오전에는 줄다리기를 했는데 수확조가 우승했어요. 저희 작업조는 꼴등이라 구주희 놀이에 큰 기대를 걸고 있어요. 이번 시즌에 성적이 괜찮았잖아요. 오전 경기를 영감님이 못 보셔서 아쉽네요. 줄다리기하다 만보가 넘어져서 되게 웃겼는데."

"그래요? 아쉽네요."

단상에 선 발레리가 마이크에 대고 "아아." 거리면서 테스트했다. 누가 연결을 잘못했는지 혼선으로 인한 소음이 짧게 울려 퍼졌다. 순간 정적이 흘렀다. 발레리가 죄송하다고 말하자, 주위는 다시 시끄러워졌다.

"괜찮아요?"

정정배가 페이 총에게 물었다.

"아니요."

"무슨 일인지 물어봐도 돼요?"

"그럼요."

페이 총이 입술에 침을 발랐다.

"진짜 해도 해도 너무한 것 같아요."

그의 목소리가 한층 높아졌다.

"뭐가요?"

"제인이요. 종일 기억 구슬만 보고 있어요. 그게 요즘 유행이고, 재밌다고는 해도 제가 옆에 버젓이 있는데 어떻게 그럴 수 있는 거죠? 한두 번이면 말도 안 해요. 밥 먹을 때, 술 마실 때, 카페에 있을 때, 심지어 산책할 때조차도 기억 구슬을 보면서 뭐가 그리도 좋은지 웃고 있는 거 아니겠어요? 오늘도 아니나 다를까 보고 있길래, 한마디 했더니 불같이 화를 내잖아요."

"흠."

"제가 잘못했나요?"

정정배는 페이 총을 처음 만났을 때가 생각났다. 어수룩하게 웃으면서 말도 못 꺼내고 앉아 고개만 주억거리고 있던 친구였다.

"잘 모르겠군요. 그 구슬을 함께 보면 안 돼요?"

"전 재미없어요."

"그렇군요. 저도 늙어서 그런지 여러 번 봤는데도 흥미를 느낄 수 없더라고요. 그걸 볼 바에는 아무리 재밌는 이야기라도, 사람들에게 직접 전해 듣는 게 낫죠. 제가 좀 보수적일 수도 있지만 취향 차이라고 해 둡시다."

정정배가 애써 웃으면서 말했다.

"네. 저도 동감합니다."

"그래도 가끔은 굽히는 것도 중요한 것 같아요. 난 잘 모르지만, 로힌턴 씨가 그랬죠. 아내에게 한 번 양보했더니, 말투가 달라지고, 눈빛이 달라지고, 하는 행동이 달라졌다고. 그래서 그들 부부는 벌써 아이들을 셋이나 낳았답니다."

"정말요?"

"그럼요. 마을 안에서 알아주는 잉꼬부부인걸요."

그들은 함께 웃었다.

"뭐가 그렇게 재밌나요?"

"오, 제인 씨."

제인이 테이블에 다가와 어쩔 수 없다는 표정으로 페이 총 옆에 앉았다. 페이 총은 제인을 쳐다봤다가 정정배 쪽으로 아예 몸을 돌렸다. 두 사람 모두 정정배만을 쳐다보고 있어서, 정정배는 마리아에게 잔소리를 듣는 것만큼 얼굴이 따가웠다.

"늦으셨네요, 영감님."

"여기 오기까지 일이 많았죠. 그걸 다 얘기하자면 오늘 밤을 지새워야 할 수도 있어요."

"농담도 참."

"마리아는 화가 많이 났나요?"

"화가 났다기보다는 걱정이 된 거죠. 매번 늦으시니까."

"그런가요. 외출할 때 지갑과 시계만 챙겼어도 이렇게 늦지 않왔을 텐데 말이죠."

"괜찮아요. 마리아도 다 이해할 거예요."

"그래요. 어, 저기 블라디미르가 오는 것 같네요."

블라디미르가 숨 가쁘게 뛰어왔다. 그는 테이블에 오자마자 물을 들이켰다. 그러고는 입가를 훔치며 인사했다.

"후번 근무자가 오늘따라 늦게 오더라고. 야유회 음식을 급하게 먹고 배탈 났대. 젠장할. 뭐라 할 수도 없었지. 그래서 늦었어. 안녕하세요, 영감님."

"네, 반가워요. 블라디미르, 여전하군요."

"그럼요."

블라디미르 웃으면서 테이블 위를 살폈다.

"어디 좀 보자. 음식 상태를 보니 시간이 좀 지났군. 새 걸로 받아 와야겠는걸."

"일단 경기를 보고 가셔요. 시작하려나 봐요."

"아, 그래?"

테이블에 앉은 사람들 모두 공터를 쳐다봤다. 어느새 영롱해 보이는 아홉 개의 핀이 설치되어 있었다. 발레리는 단상에 서서 무전기를 들고 사람들에게 지시하고 있었다. 작업조 선수 대기 천막에서 웅성거리는 소리가 들렸는데, 정정배가 쳐다보니 구주희 선수들이 유니폼을 입고 모여 있는 것이 보였다.

"마르티네즈도 저기 합류했군요."

페이 총이 말했다. 말티는 작업조 대표 선수 중에서도 인기인답게 맨 앞에 서서 긴 머리를 휘날리고 있었다.

"작업조가 이겨야 할 텐데."

"수확조가 이겨야 할 텐데."

페이 총과 제인은 거의 동시에 말했고, 그들은 잠깐이지만 서로를 쳐다봤다. 정정배는 그들을 보며 살며시 미소를 지었다. 블라디미르는 누가 쳐다보든 말든 남은 음식들을 집어 먹기 바빴다.

"마리아만 안 왔군요."

"곧 올 거예요. 아까 여기 오다가 만났어요. 총무부에서 자원봉사자들과 얘기 중이더군요."

정정배의 물음에 블라디미르가 친절히 답해 줬다.

"그렇군요."

발레리가 단상 앞에 서서 오후 게임이 시작될 예정이니 모두 자리해 달라고 말했다. 작업조 선수들이 경기장으로 걸어 나가자 천막에 있던 사람들이 환호를 보냈다. 정정배는 일어날까 말까 하다가 목도리 청년을 위해 일어나 박수쳤다. 건너편에 있는 수확조 천막에서 선수들이 나왔을 때도, 작업조 못지않게 사람들이 응원하는 소리가 들렸다. 발레리는 조용히 해 달라고 부탁했다.

"객관적인 전력으로는 단연 작업조가 유리하지. 우리의 스타 말티가 있고, 이번 시즌에 젊은 피를 잘 수혈했으니까."

경비조인 블라디미르가 말했다.

"그래서 줄다리기에서 꼴등 했을까요?"

제인이 말했다.

"정말? 꼴등 했어?"

"네."

페이 총은 잠자코 있었다. 경기장으로 나온 작업조와 수확조 선수들이 나란히 마주 보고 섰다. 그들은 긴장했는지 모두 안색이 좋지 않았다. 한 명씩 악수하기 시작했다. 작업조 주장인 말티와 수확조 주장인 호세가 포옹한 순간, 갑자기 마이크가 혼선된 것보다 더 큰 소음이 울려 퍼졌다. 폭격 소리인 줄 알고 어떤 이들은 테이블 아래로 몸을 감추기도 했다. 그때 페이 총은 제인의 귀를 막아 줬다. 제인은 페이 총을 물끄러미 바라봤다. 마치 자기는 페이 총이 귀를 막아 줘서 아무 소리도 들리지 않는다는 듯이. 소리는 공장조 천막에서 들렸다. 덕분이의 딸인 샐리가 주인공이었다. 꽃무늬 원피스를 입고 양 갈래 머리를 한 샐리는 무엇이 서러운지 두 눈이 시뻘게질 정도로 울고 있었다. 엄마인 덕분이는 "얘가 원래 안 그러는데." 라고 반복해서 말하며 아이를 달랬다. 옆에 있던 덕분이의 남편이자, 샐리의 아빠인 율리도 죄송하다고 사람들에게 말하고 있었고, 주변의 친척들도 적지 않게 당황한 눈치였다.

"사람이 죽기라도 했니? 왜 우는 거야?"

발레리는 마이크에 대고 경기를 빨리한다고 해서 좋을 것도 없으니 아이가 그치면 진행하겠다고 말했지만, 울음소리 때문에 잘 들리지 않았다. 그녀는 단상에서 내려와 샐리에게로 달려갔다. 샐리는 야유회장을 눈물바다로 만들어 버릴 기세로 주저앉아 울어 댔다. 장기전이 되자, 각각의 천막에서 사람들이 한마디씩 내뱉었다.

"밥을 먹여 봐요!"

"기저귀는 갈았어요?"

"내가 보기엔 슬퍼서 우는 것 같아. 슬퍼서 그래."

"똥을 싼 게 분명해요. 확인해 보슈."

"쪽쪽이를 물려야지."

"안아서 살살 달래 줘요. 아이는 소중하게 다뤄야 한다고."

"아무리 봐도 배고픈 거 같은데."

"이대론 무리야."

"아기한테 물어봐요, 왜 우는지."

덕분이는 울고 있는 샐리를 들쳐 메고 단상으로 걸어 올라갔다. 정정배는 그 모습에서 그녀의 할머니인 미숙을 봤다. 언제나 고개를 꼿꼿하게 들고 다니던 위풍당당하던 여인이었지. 그 사람과도 아주 친했었는데. 덕분이가 마이크를 잡고 입을 열었다.

"죄송한 말이지만, 여러분이 말씀하신 건 다 해 봤어요. 갈게요. 죄송합니다."

"잠깐만요."

한 소년이 경기장으로 뛰쳐나왔다. 큰 키에 연두색 봉사활동 조끼를 입은 소년은 정정배의 눈에 낯이 익었다. 제항기르. 정정배는 혼자만 들리게 조용히 말했다. 로힌턴의 둘째 아들이자 숲의 지배자, 나무 남자. 그 소년은 지체하지 않고 긴 다리를 이용해 성큼성큼 단상으로 걸어 올라갔다. 제항기르는 덕분이에게 눈인사를 하고 샐리 앞에 섰다. 그는 샐리의 귀에 대고 속삭였다. 울고 있던 샐리는 놀랍게도 그 속삭임에 울음을 그쳤다.

"정말?"

샐리가 제항기르에게 물었다.

"그럼."

그녀는 주위를 두리번거렸다. 그렇게 하면 잃어버린 인형을 찾을 수 있을 것처럼. 정정배는 샐리와 눈이 마주쳤다. 샐리가 입술을 깨문 채 그를 바라봤다. 정정배는 왜 그러느냐는 표정을 지어 보였다. 그때 제항기르가 호주머니에서 딸기 맛 사탕 하나를 꺼냈다.

"까 줘."

샐리가 사탕을 보더니 코를 훌쩍거리며 말했다. 제항기르는 친절하게도 사탕 껍질을 벗겨 건넸다.

"아니……."

덕분이가 한마디 하려고 하자 어느새 따라온 율리가 막았다.

"기다려 보자."

"이빨 썩어."

샐리는 딸기 맛 사탕을 맛있게 먹었다.

"걱정하지 마."

제항기르는 샐리의 머리를 쓰다듬어 주고 단상에서 내려왔다. 사람들이 탄성을 질렀다. 정정배는 자기 아들도 아니지만 대견스러웠다. 병상에 있는 로힌턴이 이 사실을 안다면 좋아했을 텐데. 단상에서 내려온 제항기르에게 사람들이 몰려와 무슨 얘기를 했냐고, 사탕을 주니까 그친 거냐고 물었다.

"막내에게 하는 것처럼 했어요. 그뿐입니다."

제항기르는 그렇게 말한 뒤 부끄러운 듯 모습을 감췄다. 덕분이는 소란을 일으켜서 죄송하다고 말하곤 샐리의 손을 잡고 내려왔다. 샐리는 자긴 운 적이 없다는 태연한 얼굴로 사탕을 쪽쪽 빨면서 걸어갔다. 발레리는 한숨을 쉬었다. 정정배는 그녀가 속으로 하는 말을 들을 수 있었다. 더는 못 해 먹겠군. 내년쯤엔 정말 은퇴해야겠어. 이제 나도 지쳤어. 지쳤다고. 발레리는 긴 원피스 자락을 땅에 끌리지 않게 들고 단상에 섰다.

"재개할게요. 선수들은 입장해 주세요!"

천막에서 선수들이 또다시 뛰어나와, 포옹하고, 인사했다. 사람들도 다시 환호했다. 지체된 만큼 경기가 속행됐다. 작업조가 선공이었다. 첫 번째 선수인 목도리를 두른 유비가 관중들 앞에 홀로 섰다. 말티를 포함한 다른 선수들은 어디 한번 해보라는 듯이 팔짱을 끼고 그를 지켜봤다. 아홉 개의 핀이 유비 앞에 허수아비처럼 세워져 있었다.

"작업조의 듬직한 유망주인 유비 군이군."

블라디미르는 전문가다운 어투로 말했다.

"이번 시즌 성적이 괜찮아서 바로 주전을 꿰찼지. 하지만 야유회 무대는 처음이라, 제 실력을 발휘할지 모르겠어."

"마리아는 아직도 안 오나요?"

정정배가 물었다.

"올 거예요. 걱정 말아요. 경기에 집중합시다. 이번 경기는 결승전 같은 명경기가 될 겁니다."

"기억 구슬을 보는 것보다 재밌겠는데요."

페이 총이 제인을 쳐다보며 말했다. 제인은 입을 내밀고는 페이 총의 팔을 괜히 한 번 툭 쳤다. 유비는 관중들을 향해 고개를 꾸벅이면서 인사했다. 정정배와 눈이 마주치자, 정정배는 사내를 향해 오른손으로 주먹을 만들어 들어 올렸다. 그가 할 수 있는 한 온 힘을 다하여. 유비도 답하듯 주먹을 쥐어 올렸다. 그러고는 공을 잡은 뒤 눈을 감았다. 정정배는 그가 주문을 외우고 있는 중이라고 믿었다. 하나, 둘, 셋, 넷, 다섯, 여섯, 일곱, 여덟, 아홉, 열. 유비가 눈을 떴다. 그는 망설임 없이 아홉 개의 핀을 향해 공을 던졌다. 공이 유비의 손을 떠났다. 공은 야자 매트 중앙으로 갔다가, 바깥쪽으로 벗어났다가, 다시 중앙으로 굴러가면서 핀 가운데를 향해 나아갔다. 마침내 공이 첫 번째 핀과 두 번째, 세 번째, 네 번째 핀을 쓰러트렸고, 넘어진 핀들이 다섯 번째 핀과 여섯 번째 핀도 건드렸다. 다섯 번째 핀과 여섯 번째 핀에 휩쓸려 일곱 번째와 여덟 번째 핀까지 넘어졌지만, 마지막 아홉 번째 핀만은 쓰러트리지 못했다. 유비가 입을 벌리고 아쉬워하고 있을 때, 바람 때문인지 갑자기 아홉 번째 핀이 흔들거렸다. 그때 정정배는 등 떠밀 듯 자신의 몸 밖으로 빠져나왔다. 어머니의 배 속에서 그렇게 탈출했듯이. 예상하지 못한 죽음의 순간이었다.

4

그는 걸었다. 땅은 눈으로 축축했다. 숨이 차올랐지만, 그는 죽은 사람이었다. 양배추밭에 다다라서야 마리아와 끝내 만나지 못했다는 걸 알게 됐다. 섣불리 야유회장을 뛰쳐나왔다. 몸속을 탈출했을 때 세상은 이미 함박눈이 내리고 있었다. 그러나 살아 있는 사람들은 그걸 알지 못하는지 놀이 관람에 한창이었다. 자기들의 머리와 옷에 눈이 쌓여 가는 줄도 모른 채. 죽은 정정배의 육신은 긴 낮잠에 빠진 것처럼 평온한 얼굴로 의자에 앉아 있었다. 이제 누가 건드리면 술 취한 사람처럼 쓰러지고야 말겠지. 그는 사람들이 자신이 죽었다는 걸 알고 슬픈 표정을 짓는 것을 보기 싫어 재빨리 걸음을 옮겼다. 나가는 길을 찾다 샐리와 마주쳤다. 아이는 그를 향해 손을 반듯하게 펴서 흔들었다. 잘 가요. 정정배도 잘 지내라고 짧게 말했다. 샐리가 울었던 건 내가 죽을 걸 알아서였을까. 만일 그렇다면, 그녀가 커서도 부디 이 슬픔이라는 감정을 잊지 않고 살아 주기를 바랐다. 그는 야유회장에서 멀어져 갔다. 정정배를 애처롭게 바라보던 마르티네즈의 시선도 느껴졌지만 뒤돌아보지 않았다. 산 사람 중에서도 죽은 이를 볼 수 있는 인간들은 의외로 많았다.

밭이 보이자 걸음을 멈췄다. 눈은 고스란히 차곡차곡 쌓여 세상에 솜털 이불을 선물했다. 밭은 수확 철이 아니라 황량했다. 그는 어디로 가야 할지 몰랐지만, 다리가 저려 잠깐 쉬어 가기로 했다. 돌 위에 앉았다. 차갑지 않았다. 생각해 보니 허리도 아프지 않았다. 설마 머리도 새로 자라난 건가 싶어 만져 봤지만, 눈앞의 양배추밭처럼 말끔했다.

짙고 깨끗한 눈은 기억 풍선 같았다. 그렇게 생각하자 눈송이에서 빛이 났다. 선명한 눈 속에 저마다의 이야기가 담겨 있었다. 눈은 땅에 떨어져 결국 우리의 삶에 스며들고야 말 거야. 그는 잊고 있었던 예순 번째 생일날 했던 다짐이 떠올랐다. 생일날 저녁, 그는 태어나면서 했던 결심이 갑작스레 생각났고, 다시는 잊지 말자며 자기 자신과 약속했었다. 이 세계의 공기를 처음으로 마시면서 그가 했던 결심은 '살자'였다. 어떻게든 살자. 그의 부모에게 듣기로 그는 태어나자마자 호흡이 불안정해 중환자실에 실려 갔었다고 한다. 그런 그에게 살아간다는 것은 희망이자 전부였다. 하지만 이렇게나 오래 살게 되다니. 놀라웠다. 눈송이들이 햇볕에 말린 이불처럼 그를 덮기 시작했다. 새 우는 소리가 들렸다. 이제 귀신이 지나가더라도 그를 알아보지 못할 것이다. 그러자 외로워졌다. 지금껏 만나 왔던 사람들의 얼굴이 순식간에 스쳐 지나갔다. 영혼의 파트너 울찌. 언제나 날 챙겨 줬던 마리아. 구주희 스타이자 울찌의 아들, 마르티네즈. 나의 아버지, 정방규. 평생 구주희만 하고 싶어 하던 동생 정정지. 당당함의 대명사 홀랑. 가녀리고 슬픈 여인 빌궁. 회사가 전부였던 엘레나. 엘레나의 딸이자, 검은 원피스 유행의 대표주자 발레리. 펍의 사장이며 늘 의문스러웠던 앙드레. 어리숙하면서도 따뜻한 페이 총. 모두의 사랑을 받는 명옥. 처음으로 만든 기억 구슬을 선물해 준 유나. 구주희 놀이 대표 위원장이자 말동무였던 하베르츠. 작업조를 대표하게 될 소년 유비.

제인. 율리. 덕분. 후안. 청아. 마린 큐. 우연히 만난 수많은 사람들. 눈을 손으로 훔쳐 이야기를 탐닉해 볼까 하다가 그만뒀다. 죽음은 역시 단순하고 고독했다. 관자놀이가 가려워 긁었다. 해가 떠오르는지, 지고 있는지 알 수 없었다. 눈은 무참히 내렸고, 태양이 눈을 녹였다. 그도 이대로 땅에 스며들어 가기만을 기다렸다.

"정배 씨."

정정배의 이름을 부르는 소리가 들린 건 오랜 시간이 지나고 나서였다. 태양 아래로 두 사람의 형체가 보였다. 그는 올찌밖에 떠오르지 않았다. 옆에 있는 사람은 분명 새로 사귄 친구일 거야. 목덜미를 만져 봤다. 그녀가 짜 준 목도리는 죽은 육신에 놓고 왔다. 올 겨울은 문제없을 거라던 목도리를 10년 넘게 썼다고 말하려고 했었다. 눈을 맞고 있던 그가 일어섰다. 왼발 발가락을 꼼지락거려 봤다. 그리고 그들을 마중하기 위해 다리를 들어 옮겼다. 땅 위에 발자국이 새겨졌다. 몸은 가벼웠다. 머리카락이 자라나고 있는지 따갑기도 했다.

올찌에게 할 이야기가 많았다. 회사는 여전히 잘 돌아가고 있어요. 고객들은 몸 안의 기름을 짜내기 위해 여전히 우리 회사를 찾고, 직원들은 성실히 일하죠. 이제는 그 기름을 가지고 기억 구슬이라는 걸 만들기 시작했어요. 당신이 했던 일에서 더 나아간 겁니다. 구슬을 들여다보면 고객들이 살아온 이야기를 엿볼 수 있어요. 그러나 난 그걸 그렇게까지 좋아하지 않아요. 차라리 그 시간에 다른 사람과 대화를 하겠어요. 그거 알아요? 당신과 이야기 나누는 시간이야말로 내 삶에서 가장 행복한 시간이었답니다. 그때 우리는 일을 하면서 짧게나마 수다를 떨었었죠. 기억나죠? 그는 흐뭇했다. 입이 간지러웠다. 유비가 던진 공에 여덟 개의 핀이 넘어졌다. 나머지 아홉 번째 구주희는 어떻게 됐을까. 그건 살아 있는 사람들만이 알 것이다. 어찌 됐든 그 친구들 모두 아프지 않고 잘 살아가기를. 이따금 내가 있었다는 걸 기억해 주기를. 또 우리의 놀이가 계속되기를. 그는 간절히 바랐다.

작가의 말

　제인은 동생 조니에 대해 자주 이야기하곤 했다. 제인 덕택에 페이 충은 조니가 아몬드초콜릿을 사랑했고, 밤이면 둘레길 산책하길 좋아했다는 것, 제인의 노랫소리를 끔찍이도 싫어했다는 걸 알게 됐다. 조니를 아는 건 페이 충 뿐만이 아니었다. 제인과 페이 충의 자식들과 손자 손녀들까지 모두 조니를 알았다. 그래서 제인의 손녀인 메이는 이렇게 말하곤 했다. 내가 초콜릿을 좋아하는 건 조니 할아버지 때문이에요. 유전이라고요. 그러니 먹을 수 있게 해 줘요. 부탁입니다.

　페이 충은 그런 조니를 딱 한 번 질투했다. 하필 그들의 결혼식 전날 밤이었다. 내일 맞을 하객들에 대해 얘기하다, 제인이 조니가 있었다면 정말 좋았겠다고 말한 것이다. 그놈의 조니! 조니! 결혼식 전날까지 조니. 이제 그만 좀 해. 페이 충이 소리 높여 말했다.

아예 조니랑 결혼하지 그래. 뭐라고? 너무한 거 아니야. 제인은 어이가 없었다. 뭐가? 실망이야. 뭐? 지금 말실수했어, 알아? 아니, 모르겠는데. 그때였다. 커튼이 펄럭이더니 창문이 열렸다. 그리고 어느새 화장대 의자에 조니가 앉아 있었다. 뚱하고 무심한 표정으로. 조······ 조니! 놀란 제인은 그대로 몸이 얼어붙었다. 아니, 이게 무슨 일이야. 페이 총도 믿기지 않았다. 조니는 차분히 말하기 시작했다. 좋은 날 앞두고 싸우지 마요. 알겠죠? 응? 어쨌든 날 잊지 않고 기억해 준 건 너무 고마워. 형님도요. 근데 내 얘기 너무 많이 하지 마. 귀가 간지럽다고. 나도 내 삶이 있는 건데, 그러지 마. 알았지? 이럴 수가. 조니에 금방 적응한 페이 총은 다가가 말했다. 반갑네, 조니! 누나 걱정은 하지 말게. 앞으로 내가 잘할 테니까! 네, 네. 알아서 행복하세요. 하고 싶은 말이 많지만 다음에 해요! 또 만날 일이 있을 거예요. 다음에 봐요. 기다리는 사람이 있어서요. 그 말을 끝으로 조니가 갑자기 사라졌다. 열린 창문으로 선선한 가을 바람만 들어올 뿐이었다. 아주 먼 곳에서 밤새 우는 소리가 들렸다. 두 사람은 한동안 조니가 떠나간 창문을 바라봤다.

다음 날, 그들은 그 누구보다 행복하게 결혼식을 올렸다. 이후에 그들은 아이를 가지고, 아버지가 불의의 사고로 돌아가신 뒤 마을에서 먼 곳으로 이주하고, 한여름 에어컨이 고장 나 쩔쩔매고, 누가 설거지를 하느냐는 문제로 다투기도 했다. 조니는 자연스럽게 그들의 삶에서 점점 멀어져 갔다. 하지만 그들은 매해 조니가 떠났던 날만큼은 잊지 않았다.

그들은 그렇게 모두 잘 살아가고 있을 것이다. 몸에서 자유로워진 울찌와 정정배, 시건방 떠는 마린 큐, 말괄량이 샐리, 중후해진 마르티네즈까지 모두. 때론 그들에게 감당할 수 없이 큰 슬픔이 닥치기도 하겠지만, 꿋꿋이 이겨 낼 수 있을 거라고 믿는다.

나는 소설 속 인물들이 말해 주길 기다렸다. 또한 그들이 하는 이야기를 믿어 의심치 않았다. 덕분에 믿는 것만으로도 삶은 꽤 풍요로워질 수 있다는 걸 깨달았다. 긴 시간이었다.

부족한 소설을 택해 주신 넥서스 심사위원님들과 편집부에 감사의 말을 전하고 싶다.

끝으로 내 곁에 있는 소중한 친구들과 사랑하는 가족들 그리고 삶이 아직 많이 더딘 운이에게 이 책을 바친다.